Sonya
ソーニャ文庫

復讐者は純白に溺れる

小出みき

JN132248

イースト・プレス

contents

序章

「……天使様、来てくれるかな」

かすれた声で少女は呟《つぶや》いた。

火の気のない屋根裏部屋は、雪のちらつく戸外とほとんど変わらないくらい冷え冷えとしている。灯《あかり》は鎧戸《よろいど》の隙間から射し込むわずかな月明かりだけ。少女が横たわる粗末なベッドには、ほつれて穴の空いた薄い毛布が二枚きり。ガタガタ震えているのは寒いというだけではなかった。

熱で渇いた喉が引き攣《つ》り、こほ……と小さく咳き込む。水が飲みたいが、木の椀《わん》はとうに空《から》になっている。たとえ残っていたとしても今の少女に身を起こして椀を手に取る力はなく、水が欲しいと声を上げることさえもうできなかった。叫んだところで来てくれるとは思えない。

いよいよ自分は死ぬのだ。

七歳の少女にとって、『死』は恐ろしいものではなかった。それはきっとこの苦しみからの解放。

朦朧《もうろう》とする意識の中、少女は大好きな天使の姿を思い浮かべた。

週に一度、ミサに訪れる教会のステンドグラス。立派な剣を振りかぶり、悪魔を討《う》たんとする大天使――。教会には他にも天使の描《えが》かれたステンドグラスがあったが、少女はこの剣を持った天使がいちばん好きだった。

甲冑《かっちゅう》を身に着け、剣をかざした勇猛《ゆうもう》な天使。なのに、その中性的な美しい顔はどこか哀しげに思えた。あるかなきかの微笑《びしょう》を浮かべた唇も、勝利の喜びではなく苦痛と煩悶《はんもん》を堪えているかのようで……。悪魔を斃《たお》すのは『正しい』ことなのに、まるでそれを憂いているみたいで。

きっと、すごく優しい天使様なのだ。斃すべき悪魔にさえ憐《あわ》れみを覚えずにはいられないほど。

ミサのあいだ少女は頭《こうべ》を垂《た》れながら、ずっと横目でその天使を見つめていた。

逢いたい。この天使様に逢いたい。自分が『死ぬ』ときはこの天使様に迎えに来てもらいたい。

天使様。剣の天使様。どうかわたしが『死ぬ』ときにはそのお姿を見せてください。

どうか、どうか、お願いです――。

こほ、とまた咳が喉をひりつかせる。少女はぜいぜいと喘《あえ》いだ。苦しい。今度こそ本当に死ぬに違いない。燃えるように身体が熱いのに、四肢《しし》は氷みたいに冷たくて震えが止まらない。

天使様。

早く来て。

わたしを連れて行って……。

† † †

少女が『死』を夢見る部屋の二階下。灯を落とした食堂で一組の夫婦が額《ひたい》を突き合わせるようにしてひそひそ話をしている。旅籠《はたご》を営むこの夫婦は、謎の人物から提示された大金に目が眩み、余所《よそ》から預かっている少女を勝手に売り払うことにした。

七年ものあいだ夫婦は少女の養育費をすべて着服していた。本来なら、少女にこざっぱりとした服を着せ、お腹いっぱい食べさせても充分おつりのくる金額なのに、それを自分たちの贅沢《ぜいたく》と旅籠の修繕や仕入れに流用し、余りはせっせと貯め込んだ。少女を女中としてこき使う一方、実子たちを甘やかし、遊ばせていた。

少女はこの夫婦にとってただの金づるだった。金を持ってくる使者には実の娘を身代わりにして会わせた。使者は不自由していないかと尋ねて外見を確認するだけだ。実の娘は少女よりひとつ年上だったし、いつもいいものを食べていたから肌艶《はだつや》もよく、見るからに健康そうで、使者が疑惑を抱くことはなかった。

本当は髪の色も瞳の色も違うのだが、使者は少女の本来の外見を詳しく知らないらしい。つまりは少女と実際に会ったことが一度もないのだ。だから連れて来られたのが本物だと思い込み、夫婦の欺瞞《ぎまん》に気づかなかった。

少女は自分がどこからか預けられたのだということを知らなかった。養父母に捨て子だと言われ、それを信じ込んでいたのだ。

冷たい世界しか知らない少女にとって、教会のステンドグラスの天使だけが救いだった。いつかあの天使様に逢いたいという一心で、少女は黙々と働いた。正しい人の許には天使がお迎えに来ると神父様は言っていた。真面目に働いて主人夫婦に恩を返せば、きっと天使様が迎えに来てくれる。そう信じて、少女は苦境に耐えた。そう信じることだけが少女の精神を支えていた。

凍てつく冬の寒い午後。どんよりした雪催《ゆきもよ》いの曇天《どんてん》の下、旅籠の前に一台の馬車が止まった。黒塗りの大型四輪馬車は、裕福な人々の旅行用と思われた。

立派な馬車から悠然《ゆうぜん》と降り立ったのは上等なテイルコートの上に毛皮の縁取りのついた外套《がいとう》を羽織り、瀟洒《しょうしゃ》なステッキを握った上背のある紳士だった。異様なのは、長い嘴《くちばし》のついた不気味な仮面がトップハットの下からこちらを向いていること——。

及び腰で愛想笑いを浮かべる夫婦に仮面の紳士は食事を注文した。後ろに控えていた従者が差し出した革袋には銀貨がぎっしり詰まっていた。

紳士は何故か出された食事には手をつけず、ここで女中として働いている小さな少女を呼ぶよう命じた。訝《いぶか》しみつつ女将は少女を呼んだ。上客を逃したくない一心だった。

少女はおどおどしながら紳士のテーブルの前に立った。不気味な仮面にぽかんとする少女が空腹だと気づき、紳士は自分が注文した料理をすべて少女に与えた。少女は夢中になって食べた。朝にお椀半分の豆スープと薄いパン一切れを食べたきりだったのだ。いつも昼は抜き。夜にまた豆スープとパン、運がよければ家族の残り物がもらえる。

お腹いっぱい食べた少女に、紳士は手つかずだったパンも与えた。そして少女が下がると夫婦に向かって、あの子を譲ってもらいたいと切り出した。

仮面の紳士は破格の金額を提示した。少女の養育費百年分にもなるであろう大金だ。目の前で金貨の大袋を示され、夫婦は少女を売り渡すことに同意した。こうして少女自身には何も知らされないまま取引が成立し、今夜迎えに来ると言って紳士は去った。

その日の夕方、少女は高熱を出した。少女がお金持ちに引き取られることになったと知った旅籠の娘がやっかみ、冷たい水を頭から浴びせたのだ。濡れた衣服のまま仕事をさせられた少女は熱を出して倒れてしまった。

夫婦は毒づきながら少女を寝かせたが医者は呼ばなかった。どうせ売り払うのに金をかける必要などない。引き取られるときに生きていればいいのだ。

シンとした深夜の食堂に、薪《まき》の爆《は》ぜる音だけが響く。あの紳士は本当に来るのかと危ぶんでいると、遠くからかすかに車輪の音が聞こえてきた。

やがて戸口の前でぴたりと音が止まり、馬の嘶《いなな》きが聞こえた。扉が開き、冷たい夜風がひゅうと吹き込む。そこには昼間と同じ格好の紳士が佇《たたず》んでいた。毛皮の縁取りのついた外套にトップハット。長い嘴のついた不気味な仮面。

「……娘はどこだ？」

紳士は感情のこもらない低声で尋ねた。

「ね、寝てます。連れてきますか」

「部屋に案内しろ」

そっけなく命じられ、旅籠の主人は燭台《しょくだい》を手に紳士を屋根裏部屋に案内した。紳士は主人から燭台を受け取り、ひとりで部屋に入った。狭い屋根裏部屋には灯もなく、板戸の隙間から凍ったような月が覗いていた。

紳士は燭台をテーブル代わりの木箱に置き、横たわる少女を無言で見下ろした。少女は苦しげに浅い呼吸を繰り返している。

ぼんやりと紳士を見上げ、少女は小さく眉を寄せた。唇が動いたが、声は聞こえない。だんなさま、と言ったのかもしれなかった。怖がっている様子はない。仮面は不気味だろうが、昼間にも見たし、食事も摂らせてやった。

別に親切心でおごったわけではない。目の前で娘の腹が派手に鳴ったので気まずくなっただけだ。鉄面皮の自分でも腹を空《す》かせた子どもはさすがに無視できなかった。

手許に確保しておきたいというだけでかわいがる気は毛頭ないが、飢えさせるつもりもない。召使にするにしても、最低限の衣食住を保証するのは雇い主として当然のこと。

この旅籠の主人には当然ではなかったようで、どう見ても少女の扱いは非道すぎる。冷遇どころではなく完全に虐待だ。

ぱくぱくと少女が口を動かす。

「……パン？」

口の動きから察して呟くと、少女は頷いた。

パン。ありがとう。

紳士は右手の手袋を外し、少女の額にそっと手を当てた。かなりの高熱だ。意識が朦朧としているに違いない。紳士がおもむろに仮面を外すと、見上げていた少女の苦しげな顔が、ぱあっと輝いた。

かすれた悲鳴を上げ、少女の目から涙があふれた。

「来て……くれた……っ」

ひゅっと喉が鳴り、コホコホと苦しげに咳き込む。紳士は木箱の上の椀を急いで取ったが、空だったのでチッと舌打ちをして大股で扉へ向かった。

「水を汲《く》んできてくれ。急いで」

控えていた従者に椀を押しつけると、従者は素早く階段を駆け下り、水差しと椀を持って戻ってきた。椀に汲んでくるよりこぼさずに済むと考えたのだろう。紳士は水差しと椀を受け取るとベッドの側に戻り、苦しげに咳き込んでいる少女の背中を支えて唇に水の入った椀をそっと寄せた。

「ゆっくりだ。ゆっくり」

言われるまま少女は舐《な》めるように少しずつ水を飲んだ。ようやく咳が収まり、ふたたび横になって少女は深い溜め息をついた。

「天使様。わたし、死ぬるんですね」

嬉しげな囁《ささや》きに紳士は凝然《ぎょうぜん》とした。死ぬるんですね、と少女は言った。死ぬんですね、ではなく。まだたった七つの幼い少女が。死ぬるんですね、と。

紳士の脳裏《のうり》に、同じ七歳で非業《ひごう》の死を遂《と》げた別の少女の面影がよぎる。似てはいない。

髪の色も瞳の色も違う。目の前の少女のほうがずっと痩《や》せて小さい。

代わりになるはずもないのに、記憶の中の少女がどうしてもだぶって見える。彼女はいつも天真爛漫《てんしんらんまん》な笑みを浮かべていた。目の前の痩せこけた少女の、諦《あきら》めきった穏やかな微《ほほ》笑《え》みとはまるで正反対の。

いつも笑っていた少女は、なんの罪もないのに炎に呑まれて死んだ。目の前の少女は自分が原罪を背負っていることも知らずに従容《しょうよう》と死を受け入れようとしている。

このまま死なせてやるべきか？

――いや、生かさなくては。少なくとも、自分の背負う罪を知るまでは。己の罪を理解できるようになるまでは。そのために引き取ろうとしたのではなかったか。

何故、彼女が自分を天使と呼ぶのかはわからない。天使であるはずがないのに。

俺は悪魔だ。生まれながらの罪人であるおまえを生き地獄に引きずり込むためにやって来た。そのことをおまえが知るまで死なせるわけにはいかない。

紳士はふたたび仮面を着けると、古びた毛布ごと少女を抱き上げた。

「……天使様。天国に連れてってくれるんですか……？」

熱に潤《うる》んだ瞳で、たどたどしく尋ねる少女に紳士はかぶりを振った。

「私は天使ではないから天国へは連れて行けない。だが、ここよりずっとましなところへ連れて行ってあげよう」

「そこは寒くない……？」

「寒くないよ。暖かくて居心地のいい場所だ。安心して眠りなさい。目が覚めれば世界が変わっているから」

言葉の意味もよくわからないまま少女は目を閉じた。

すっぽりと包まれるような安心感。

やっぱり天使様だ。悪魔を追い払うために怖い仮面で変装して、わたしを迎えに来てくれたの。

そうに決まってる。

だって、こんなにもあたたかいんだもの。まるで優しい翼に包まれているみたいに……。

第一章　秘めた想い

「——見えてきたわ！　あれがニスティア王国ね？」

海風に煽《あお》られる帽子の鍔《つば》を押さえながら、ビアンカは昂揚《こうよう》した声を張り上げた。

「いけません、お嬢様。落ちたらどうするんですか」

傍《かたわ》らに控える侍女が、手すりに摑《つか》まって身を乗り出す主をハラハラしながら制する。

「リディったら心配性ね」

ひとつ年上のリディは頼もしい姉のような存在だ。ビアンカが朗《ほが》らかな笑い声を上げると波打つ金髪が陽光をはじき、澄んだ碧《みどり》の瞳が宝石のようにきらめいた。

きめ細かな肌は雪をも欺《あざむ》く白さで、ふっくらした唇は血色よく艶やかだ。十八歳としてはやや小柄でほっそりしており、睫《まつ》毛《げ》の長いぱっちりとした双眸《そうぼう》のせいかやや幼《おさな》げだが、流行の白いハイウエストドレスの胸元は誇らしげに盛り上がっている。鍔の大きな帽子は飛ばされないよう顎下《あご》でリボンで結んであった。

　リディは栗色の髪を三つ編みにしてヘアバンドのように巻きつけ、ボンネットをかぶり、白襟のついた焦げ茶色のジゴスリーブドレスを着ている。彼女は背が高く、ビアンカとは頭半分以上違う。

　ふたりは帆船《はんせん》の甲板に並び、少しずつ近づいてくる陸地を眺めた。フィリエンツの港を出発して二週間。風にも恵まれ、航海は順調そのものだった。

「ああ、早く着かないかしら」

「危ないですってば、お嬢様！」

　足元の横木に上ってさらに手すりから身を乗り出すビアンカに侍女は悲鳴を上げた。なんとか引き戻そうとおろおろしていると、背後から笑い声が聞こえてきた。

「そのくらいにしておきなさい。リディが泣きそうだ」

「――お兄様！」

　振り向いたビアンカはパッと顔を輝かせて甲板に飛び下りた。大した段差ではないが、リディが小さな悲鳴を上げる。かまわずビアンカは長身の紳士に抱きついた。

「だって待ちきれないんだもの」

「あと少しの辛抱だよ」

　甘えた声で訴えるビアンカに紳士は苦笑した。彼の名はノエル・ディ・フォルジ。ビアンカの庇護者であり、この帆船の持ち主でもある。まだ三十四歳でありながら公国でも一、二を争うと言われる大富豪で、君主フィリエンツ公の覚えもめでたい若き勲爵士《カヴアリエーレ》だ。

漆黒の髪はうなじにかかるほどの長さで、いつもは軽く後ろに流しているが海風でやや乱れて額に落ちかかっている。普段は冷ややかなくらいに理知的な水色の瞳が、ビアンカに向けられるときだけやわらかくなごむ。それをビアンカは密《ひそ》かに自慢に思っていた。

ノエルに肩を抱かれてふたたびビアンカは陸地へ目を遣《や》った。先刻より少し近くなった気がする。

「十一年ぶり……なのね。お兄様」

「そうだな」

感慨深そうな面持ちでノエルは相槌《あいづち》を打った。

兄と呼んでいてもノエルとビアンカに血の繋がりはない。今から十一年前、七歳のビアンカはニスティア王国北部の辺鄙《へんぴ》な街道沿いにある旅籠でノエルと出会った。捨て子だったビアンカは旅籠を営む夫婦に虐待同然の酷《むご》い仕打ちを受けており、その苦境から救い出してくれたのがノエルだったのだ。

当時デボラと呼ばれていたビアンカは、彼に引き取られて名を変えた。ビアンカは『白』を意味するフィリエンツの言葉で、新たな人生を始めるにあたって名前を変えてはどうかと勧められたのだ。

デボラという名前にはなんの思い入れもなかった。むしろ怒鳴《どな》られ、苛《いじ》められた悪い記憶ばかりが付きまとう。

ビアンカ。なんて素敵な名前だろう。『白』を意味するその名前を、天使と見紛うノエルが与えてくれた。だから喜んで名前を変え、ビアンカは捨て子の女中から大富豪の妹になった。

ノエルはビアンカを連れてニスティア王国からフィリエンツ公国へ移った。もともと彼はフィリエンツに住まう実業家で、仕事でニスティアを訪れたときたまたま自分の妹と同年代の少女が怒鳴られながらこき使われているのを見かけ、憐憫《れんびん》を覚えたらしい。

本当に天使のような人だとビアンカは思う。かつて唯一の心の拠り所だった、教会のステンドグラスに描かれた天使。剣を振り上げながら、どこか哀しげな微笑を浮かべた美しい天使。狂おしいほどに希《こいねが》ったとおり、天使が迎えに来てくれたのだとビアンカは今でも信じている。

ノエルはあらゆるものを与えてくれた。清潔でかわいい衣服、暖かなベッド、美味《おい》しくて栄養のある食事。愛らしいぬいぐるみや素敵なおもちゃ。優しい子守《ナニー》や家庭教師《ガヴァネス》まで。音楽や絵画、ダンスにバレエまで習わせてくれた。

しかし何より嬉しかったのはノエルと家族になれたことだ。ビアンカにとって初めての『家族』。旅籠の夫婦はデボラを拾い、育ててはくれたけれど、家族と見做《みな》されてはいなかった。デボラはあくまで女中であり、使用人にすぎなかった。

だから当然、今度はノエルの家で女中奉公するのだと思い込んでいた。そうではないと言われてビアンカはとまどった。ではどうして自分を引き取ってくれたのかと尋ねると、彼は少し考えてから『きみと同じ年頃の妹がいたんだ』と答えた。

彼の妹がすでにこの世に亡いことを、ビアンカはすぐに察した。自分は亡くなった妹の代わりに引き取られたのだ。ならばビアンカというのは妹の名前なのだろうか？　尋ねると彼は首を振った。妹の代わりは誰にもできない……と。

その口調に踏み込んではならない悲愴《ひそう》さが含まれていることを、幼心にもビアンカは理解した。身代わりではないと言いながらノエルはビアンカを妹として遇《ぐう》し、兄と呼ばせてくれた。彼に『お兄様』と呼びかけるのは最初は気恥ずかしくて、でもそれ以上に嬉しくて、ビアンカはひとりのときにもそっと『お兄様』と呟いては、ふかふかのクマのぬいぐるみをぎゅうと抱きしめたのだった。

ビアンカはノエルとともに生まれて初めて船に乗り、海を渡った。フィリエンツ公国はニスティア王国よりずっと南にある。陸路だと険《けわ》しい山脈を越えねばならず、街道の治安もよくないため、昔から船での往来が盛んだ。

ノエルが言ったとおり、フィリエンツは暖かく気候の穏やかな国だった。冬はそれなりに冷え込むけれど、ニスティアの凍《こご》えるような片田舎と比べれば別天地だ。

あかぎれに悩まされることも、冷えきった手足を擦り合わせながら古毛布をかぶって縮《ちぢ》こまる必要もない。いつでも暖炉《だんろ》には赤々と炎が揺らいでいるし、肌触りのいいリネンも目の詰まった毛布も、軽くて暖かな羽根布団もたっぷりある。

しばらくはそれが夢のように思えて眠るのが不安だったくらいだ。目が覚めたらあの氷のような硬い寝床にいるのではないか……と。これが紛うかたなき現実なのだと確信できるようになったのは、ノエルに引き取られて半年も経《た》ってからだった。

そして気がつけば公国の豪壮《ごうそう》な邸宅で暮らし始めて十一年の月日が流れていた。今やノエルは押しも押されぬ大富豪で、フィリエンツ公に財政上の助言を行うほどだ。四年前、三十歳になると同時に勲爵士に叙《じょ》された。勲爵士は一代限りの称号とはいえ、れっきとした貴族である。

独身のノエルには上流階級の令嬢たちが熱いまなざしを送っている。しかし本人は結婚に関心がないらしく、ビアンカは大好きな『お兄様』を未だに独占していた。

ビアンカ自身にも縁談がいくつも来ているのだが、ノエルはそれらをすべて断っていた。十六歳で社交界デビューするや否や縁談が舞い込み始め、断ってもかまわないかと問われてビアンカは頷《うなず》いた。

『お兄様が結婚するまでは結婚したくないの』

きっぱりそう言うと、ノエルは困ったように苦笑いをした。それからも縁談は引きも切らなかったが、すべてノエルが門前払いした。ビアンカはそれで満足していた。ノエル以外の男性に興味はない。

そう、初めて会ったときからノエルのことが好きだった。けれど、それが恋愛感情としての『好き』なのだと、ビアンカは社交界デビューの舞踏会ではっきりと気づいた。その夜、ビアンカは初めて公衆の前でノエルと踊った。幸せで胸がいっぱいだった。しかしその後は別の男性と踊らなければならなかった。それが舞踏会のマナーだとわかっていてもビアンカには苦痛でならなかった。ノエルとだけ踊りたい。ずっとノエルと踊っていたい。だがそれは舞踏会では許されない。

だからビアンカは舞踏会が嫌いだ。ノエル以外の男性と踊らなければならないし、ノエルが自分以外の女性と踊るのを見なければならないから。

彼に手を握られて頬《ほお》を紅潮させている令嬢などに気づいた途端、自分のパートナーを放り出して割り込みたくなってしまう。自分はずいぶんと嫉妬《しっと》深いようだと気づいたものの、厭《いや》なものはやっぱり厭なのだった。

そうはいっても社交を避けて通ることはできない。ビアンカは勲爵士ノエル・ディ・フォルジの妹として恥ずかしくない振る舞いをしなければならないのだ。ノエルがそれを求めているからではなく、彼に恥をかかせるようなまねは絶対にするまいとビアンカは自ら決めていた。

　さいわいノエルも社交活動はさして好きではなく、どうしても断れないものや、誰それと話すとかはっきりとした目的があるものだけに出席することにしている。招待にいちいち応じていては毎日予定で埋まってしまう。だからノエルは週に一、二度、ビアンカはさらにその半分程度に出席した。

　大切にされたおかげで健康になったが、もともとビアンカはあまり丈夫な質《たち》ではない。疲れすぎると熱を出して寝込むこともよくある。幼い頃からノエルはビアンカが寝込むと側についていてくれた。申し訳ない以上にそれが嬉しい。

　甘えていることはわかっている。でも、ノエルを独占しているのだと思うことは、後ろめたさを含みつつも甘美な陶酔を齎《もたら》すものだった。

　でも……と不安を覚えずにはいられないのだ。

　いつまで彼を独占していられるのだろう？　ノエルはビアンカに優しい。甘いといってもいいくらいに。それでも本当の兄妹ではないから、いまひとつビアンカは無邪気に徹しきれない。

　兄と呼ばせてもらっていても兄ではなく、彼はビアンカの恩人だ。縁もゆかりもない、身元不明の自分を引き取って贅沢をさせてくれたばかりか、教育を施し、教養も身につけさせてくれた。

　過分な扱いだと思う。だから、彼の役に立たなければ……という思いを強くビアンカは抱いている。もしも彼がどこそこへ嫁に行けと命じたなら従う覚悟はあった。それがノエルの事業や社会的地位の向上に役立つなら従わねばならない。

だが彼はそんなそぶりは微塵《みじん》も見せず、ビアンカの甘えを許してくれている。そうはいっても彼もそろそろ三十代半ば。結婚するには最適の時期だろう。贔屓目《ひいきめ》を差し引いてもノエルは非常に魅力的な男性だ。すらりと背が高く、引き締まったしなやかな身体つき。男らしい端整な顔立ちに怜悧なまなざし。

彼に見つめられると心臓を射抜かれたような心持ちになる……と洩らしている貴婦人をどこかの舞踏会で見かけたが、ビアンカにはよくわからない。ノエルはいつも包み込むように優しくビアンカを見つめるから。

いつか彼は、あの優しい目で自分以外の誰かを見つめるのだろうか。それとも自分が知らないだけですでにそんな人がいる？　想像するだけで頭が逆上《のぼ》せたようになり、どうかするとビアンカは本当に熱を出してしまう。

そんなこととは知らずにノエルはかいがいしく看病してくれる。嬉しいけれど申し訳ない。大人にならなきゃ、とビアンカは何度も自分に言い聞かせた。ノエルには幸せになってほしい。自分をこんなに幸せにしてくれたのだから、もっともっと幸せになってもらわなければ。

でも、あと少し。もう少しだけ、妹としてノエルを独占していたい。ノエルが結婚したら、すぐに自分も結婚しよう。彼が自分以外の女性に優しいまなざしを向けるのを見たくないもの。ノエルが選んでくれた人と結婚すれば、きっと役に立てるはず……。

ノエルの前では明るく振る舞いつつ、そんなことを考えて鬱々《うつうつ》としていたある日、ノエルは仕事でニスティア王国へ行くと告げた。半年か一年は向こうに滞在する予定だという。そんなに長く……と悄然《しょうぜん》としたビアンカは、一緒に行こうと言われて一も二もなく頷いた。

ニスティア王国は故郷だが、郷愁《きょうしゅう》に駆られたことは一度もなかった。ニスティアはあくまで『デボラ』の故郷であって、ビアンカが故郷だと思えるのはフィリエンツ公国だ。甘い香りの美しい花々が咲き乱れ、小鳥が囀《さえず》り、澄んだ青空が広がるフィリエンツ。

対してニスティアは陰鬱《いんうつ》な暗雲が垂れ込め、雪まじりの寒風《かんぷう》が吹きすさぶイメージしか思い浮かばない。フィリエンツより北に位置するといってもニスティアにも四季はある。花咲く春も、陽射し眩《まばゆ》い夏もあったはずなのに、ビアンカにはまるで思い出せないのだった。鮮明なのは寒くて凍えそうな記憶だけ……。

†　†　†

ニスティアの港で船を降り、馬車で王都リドへ向かう道中、ビアンカは目を丸くして景色を眺めた。

「見て、お兄様！　花が咲いてる！」

「春だからね」

可笑《おか》しそうにノエルが応じた。窓に貼りつくビアンカに、向かいに座る侍女のリディも苦笑している。

四月下旬、港から王都へ向かう街道沿いには色とりどりの花が咲き乱れていた。

「ニスティアは春なんてない国だと思ってたわ。何故かしら」

「以前ビアンカが暮らしていた村は王都よりずっと北だから、確かにこの辺りよりも寒い時期はずっと長かったろうね」

なるほど、とビアンカは頷いた。いい思い出がないから余計に寒々しい記憶しかないのかもしれない。

整備された街道を軽快に馬車は駆け抜け、半日ほどで王都リドへ入った。王都の中央をザビ河という大きな河が貫き、ビアンカたちが上陸した港まで流れ下っている。右岸のほうがやや高く、王宮を中心に貴族の屋敷が建ち並んでいる。

馬車は橋を渡り、左岸の街へ入った。

「政治的なことは右岸が中心で、商業関連は左岸が中心なんだ。最大の市場もこちら側にある」

ノエルの説明に頷きながらビアンカは窓外の景色を熱心に眺めた。右岸は澄ました雰囲《ふんい》気《き》だったが、左岸は人出も多く、活気がある。フィリエンツでも商業地区に隣接した屋敷に住んでいたから、こちらのほうがなじめそうだ。

　馬車は大通りをどんどん進み、次第に建物の間隔が広くなり、緑が増えてきた。やがて木立に囲まれた瀟洒《しょうしゃ》な館が見え始める。馬車は噴水のある車回しを通って広々とした玄関前に止まった。すでに使用人たちが出迎えに並んでいる。

　ノエルの手を取って馬車から降りたビアンカは、居並ぶ召使たちの中心に見知った顔を見出した。執事のジェルヴェだ。二十九歳とまだ若いが、フィリエンツの屋敷を完璧に取り仕切っている有能な人物である。彼は準備のため一月ほど先行してニスティアへ渡っていた。

「無事のご到着、何よりでございます。旦那様、お嬢様」

　ジェルヴェは慇懃《いんぎん》に一礼した。彼に倣ってお仕着せ姿の召使たちが一斉に頭を下げる。

「問題はないか？」

「はい、旦那様。補修はすべて完了し、お部屋も整っております」

「素敵なお屋敷ね！」

　ジェルヴェの案内で館内を見て回りながら、ビアンカははしゃいだ声を上げた。

「ここは昔、とある貴婦人が別荘として建てたそうだ。彼女は詩人や芸術家を招いてサロンを主催していたが、没後は長らく空き家になっていた。それを買い取って修繕したんだよ」

好奇心いっぱいにきょろきょろしていると、ノエルが説明してくれた。傷《いた》んでいた箇所を修復し、壁紙を明るいものに張り替え、優美なしつらえの家具を入れた。

「さぁ、ここがおまえの部屋だ」

ドアが開かれるとビアンカは歓声を上げた。

「素敵……！」

そこは広々とした天井の高い寝室だった。床は美しい寄木張りで、壁紙は淡い草色と白のストライプ。ところどころに薔薇《ばら》や水仙《すいせん》、百合などの水彩画がかけられている。天蓋《てんがい》付きのゆったりした寝台はヘッドボードに白鳥の彫刻が施されていた。

屋敷はT字型をしており、庭に向かって突き出した部分は一階が食堂、二階が寝室となっている。ビアンカの寝室はT字の横棒の左側で、反対側にもうひとつ寝室がある。三階は物置や使用人部屋だ。

ビアンカの部屋と庭向きの部屋の間には小さな円塔があり、寝室から繋がるそこは婦人部屋《ブドワール》となっていた。塔の中の部屋なんてお姫様みたい！　とビアンカは喜んだ。ちなみに塔の一階はノエルが書斎として使うそうだ。

「気に入った？」

「もちろん！　ロマンチックですごく素敵だわ」

フィリエンツの自室は深みのある飴色を基調とした家具や腰板に、くすんだピンクや薔薇の描かれたファブリックを合わせたもので、上品で落ち着いた雰囲気がとても気に入っているけれど、こちらの軽やかで明るい内装もいい。

寝台と反対側には丸テーブルと二脚の椅子、窓の近くには寝椅子とソファ、楕円形のローテーブルが置かれている。広い部屋なので暖炉は二カ所にあった。

婦人部屋の窓から見下ろすと、花の咲き乱れる花壇とみずみずしい緑の芝生が広がっていた。奥では柳の木が風に揺れ、四阿《あずまや》もある。

「ありがとう、お兄様。すごく素敵よ」

はしゃいでノエルに抱きつくと、優しく肩を撫《な》でられた。

「気に入ってもらえてよかったよ」

「お兄様のお部屋はどこ？」

「隣だ。食堂の上。そっちのほうが庭に面していて眺めはいいんだが、おまえには婦人部屋があったほうがいいかと思ってね。いやなら取り替えるよ」

「こっちでいいわ。お庭は婦人部屋から見えるから大丈夫よ」

「それじゃ、一息つこうか。お腹も減っただろう」

ジェルヴェがすかさず応じた。

「軽食とお茶の支度を整えています」

ビアンカはかぶったままだった帽子を取ってリディに渡し、ノエルと腕を組んで部屋を出た。


三日後の夜。馬車から降りたビアンカはノエルに手を引かれ、馬の落とし物を踏まないように気をつけながら道路を渡った。右岸の貴族街にあるベランジェ伯爵の広壮な屋敷の玄関前は招待客の乗ってきた馬車でごった返している。

ベランジェ伯爵はフィリエンツにしばらく滞在していたことがあり、以前から交流が続いている。伯爵はノエルがニスティアに到着するとすぐに舞踏会の招待状を送ってきた。

招待状にあった開始時間よりも少し遅れて到着したのだが、すでに到着している客の馬車も帰りに主人をすぐ乗せられるよう玄関近くに陣取っているので渋滞はまったく解消されていない。

ビアンカはドレスの裾を気にしながらどうにか玄関にたどり着き、ノエルが古めかしいお仕着せに鬘《かつら》をつけた侍従に招待状を渡すのを見守った。

侍従は頷き、控えていた従者に案内するよう指示した。舞踏会場である大広間の入り口で、案内係が朗々と客の名前を読み上げる。

「フィリエンツ公国勲爵士《カヴァリエーレ》、ノエル・ディ・フォルジ卿およびご令妹ビアンカ様」

やかましいほどだった喧噪《けんそう》がぴたりと収まり、一斉に視線を向けられてビアンカはひくりと喉を震わせた。ノエルの腕に添えた指に思わず力が入ってしまう。

招待客の名を読み上げるのはフィリエンツでも同じだが、こんなに食い入るように凝視されたことはない。

「大丈夫、いつもどおりにしていればいい」

ノエルの囁きに小さく頷き、精一杯気を張って足を踏み出すと、人込みを掻《か》き分けるようにして主催者の伯爵夫妻が笑顔で現れた。

「やぁ、待ちかねていたよ、ノエル」

灰色の髪を撫でつけた恰幅《かっぷく》のよい伯爵はいそいそと歩み寄り、気さくにノエルと握手した。ついでノエルは伯爵夫人の手を取り、礼儀正しく手の甲に唇を寄せた。

挨拶が済むと夫人はニコニコしながらビアンカと腕を組んだ。

「いらっしゃい、お友だちの皆さんに紹介するわ」

「よろしくお願いします。お行儀よくするんだぞ、ビアンカ」

「もうっ、お兄様ったら」

「大丈夫、ビアンカの立ち居振る舞いは淑女《しゅくじょ》として完璧ですよ」

まんざらお世辞でもない夫人の口調に、ビアンカは気をよくした。社交界の花と謳《うた》われる貴婦人に褒《ほ》められるのは嬉しい。

ビアンカが夫人に連れられて行くと、伯爵とノエルの周囲にはそれまで遠巻きにしていた人々がどっと詰めかけた。

単に外国人というだけでも社交界では興味の的《まと》になる。しかもノエルはまだ三十代前半の若さでありながら叙勲《じょくん》された凄腕の実業家で大富豪。さらにニスティア国王とも張れるのではと噂《うわさ》されるくらいの富裕な大貴族であるベランジェ伯爵と昵懇《じっこん》の間柄となれば、知り合っておいて損はない。

ビアンカのほうも異国の若き大富豪の妹ということで、やはり誰もが興味津々《きょうみしんしん》だが、全員がベランジェ伯爵夫人のように好意的なわけではなかった。やはり意地の悪い視線を向けてくる人もいる。しかし伯爵夫人はビアンカのことを娘同様にかわいがっていることを強調したので、迂闊《うかつ》なことはできないと周囲の人々は感じたようだ。

フィリエンツに限らず、一代貴族の勲爵士は貴族としては最下位である。見下してくる人は多い。特にノエルが実業家であることから、成り金と陰口を叩かれることもしょっちゅうだ。

爵位は高くても手元不如意《てもとふにょい》の人たちは、やっかみも激しい。ビアンカが社交界をあまり好きではないのは、聞こえよがしに悪口を言われたり、面と向かって侮辱《ぶじょく》されることが度重なったためでもあった。

国が違っても社交界はどこでも同じようなもの。ノエルはよくそう言っている。事業の中心が貿易業と銀行業のため、ノエルは頻繁《ひんぱん》に外国と行き来している。各国の社交界では歓迎されることもあれば、成り上がりと蔑《さげす》まれることもあるそうだ。

　ビアンカはフィリエンツで社交界デビューしてからニスティアが初の外国だった。本当はニスティア人なのだが、十年以上フィリエンツで暮らしていたのでほとんどフィリエンツ人のような気がしている。ノエルがニスティア語の家庭教師をつけてくれて、家庭内でもたびたびニスティア語で会話していなければ、今頃すっかり忘れてしまっていただろう。

　談笑するうちに時は過ぎ、夜会の主眼であるダンスが始まった。カドリールからガロップ、ワルツと続く。ビアンカは最初にノエルと踊り、それからベランジェ伯爵と踊った。同時にノエルは伯爵夫人と踊った。

　あまり続けて踊ると疲れるので、ビアンカは飲み物をもらって休憩することにした。アルコールにはあまり強くないため果汁で割った赤ワインにする。古代風の円柱の周りに置かれた椅子に座り、ホッと吐息を洩らすと、柱に軽くもたれてシャンパンを飲んでいたノエルに誰かが気軽な調子で呼びかけた。

「ノエル。ここにいたのか」

「フィルマン男爵」

　ノエルは会釈《えしゃく》を返した。相手は押し出しがいい、隆《りゅう》とした身なりの紳士だった。四十歳くらいだろうか。ビアンカと同年代の令嬢を伴っている。立ち上がって、軽く膝《ひざ》をかがめてお辞儀《カーツィー》をすると、紳士も頭を垂れて返礼した。

「ビアンカ。こちらはフィルマン男爵。以前から仕事でご一緒させていただいている。

――男爵、妹のビアンカです」

「初めまして、男爵様」

フィルマン男爵はビアンカが差し出した手に唇を寄せた。

「よろしく、ビアンカ嬢。私はピエリック・デシャネル。兄君には以前から仕事で世話になっている」

「そうでしたか」

「これは私の娘でクローデットという。年は十九だ」

「はい。先ほどベランジェ伯爵夫人からご紹介いただきました」

ビアンカが頷くと、クローデットは澄ました微笑を浮かべて軽く会釈した。ひとつ年上のクローデットは赤毛にいきいきとした蒼《あお》い瞳の美少女だ。ビアンカよりも少し背が高く、物腰は堂々としている。

伯爵夫人に紹介されたとき、ちょっと含みのある視線を向けてきたので印象に残っていた。

「またお会いできて嬉しいですわ、ノエル様」

充分に礼儀正しいその口調に隠しきれない媚《こび》が混ざっていることを、ビアンカは敏感に察した。珍しいことではない。裕福な実業家で男振りのよいノエルに心惹《こころひ》かれ、無意識にこんな声を出す女性が数多《あまた》いる。わかっていてもおもしろくはない。

「クローデット嬢。お元気そうで何よりです」

差し出された手にノエルが礼儀正しく唇を寄せるのを、ビアンカはちらと横目で窺った。ノエルは誰にでも礼儀正しい。仕事上必要だからだとわかっていても、特に妙齢の未婚女性が相手だとどうにも落ち着かない気分になってしまう。

「ノエル。娘と一曲踊ってやってくれないか。きみが来ていることを知ってからこの子はそわそわしっぱなしでね」

「まぁ、お父様ったら」

顔を赤らめてクローデットは父親を軽く睨《にら》んだ。

「喜んで」

ノエルは微笑んで会釈した。クローデットは差し出された腕に嬉しそうに自らの腕を絡めると、ちょうど曲が変調したタイミングでするりと踊りの輪に入っていった。

ビアンカはじっとふたりを見つめた。クローデットの背に添えられたノエルの手。ちりちりと胸が焦《こ》げつくような感覚は紛れもなく嫉妬だ。あの手が自分以外の女性に触れるのを見ると、どうしても平静でいられなくなってしまう。

（嫉妬深すぎるわ、わたし）

わかってる。でもどうしようもない。おかしな考えかもしれないが、ノエルが『兄』でなければむしろこれほどの嫉妬は感じないのではないか……。そんなふうにも思えた。

自分が『妹』でなく、彼の妻とか婚約者とかだったら。そうしたらもっと泰然《たいぜん》としていられるのかもしれない。彼はわたしのものなのだから、と。

(本当は兄妹じゃないのに)

彼の妹として大事にされることが嬉しかったはずなのに。ずっと感謝していたはずなのに。いつからか、『妹』であることに胸苦しさを覚えるようになった。

そんな自分がすごく欲深でいやらしく思えて嫌悪を感じる。でも、心はどうにもならない。自分で自分を諫《いさ》めても叱咤《しった》しても、ままならない心は駄々っ子みたいに地団駄踏んで叫ぶのだ。

ノエルはわたしだけのものなの！　と。

いっそのこと、自分の気持ちに気づく前にノエルが結婚していればよかったのかもしれない。まだ無邪気に彼を『兄』と慕《した》えた頃……そう、自分がまだ十歳かそこらのうちに彼が結婚していたら、たぶん相手の女性も『姉』として素直に慕えたはずだ。

恨《うら》みがましい気持ちが頭をもたげ、ついふたりを見る目つきが険しくなってしまう。ノエルたちは同時に踊っているたくさんの組の中で、とりわけ目立っていた。けっしてビアンカの贔屓目ではなく、周囲で見物する人々の注目を集めている。

無理もない。ノエルは外国の勲爵士として珍しがられているうえに、すらりと均整の取れた体軀《たいく》と男らしい秀麗《しゅうれい》な美貌《びぼう》を併せ持つ、それこそ水の滴るような美男子なのだから。

相手の令嬢も見劣りしてはいなかった。ビアンカより背が高く、意志の強さを感じさせるくっきりとした目鼻立ち。念入りに鏝《こて》で巻いて散らした燃えるような赤毛。ドレスは金糸の地模様が浮き上がる濃い赤紫の生地で、エメラルドを連ねた豪華なネックレスが豊満な胸元にかかっている。

ビアンカも胸はわりと大きいのだが、全体としては小作りで華奢《きゃしゃ》な身体つきなので、どうにもバランスが悪い。その点、クローデットは実に均衡が取れていた。ノエルとの身長差もちょうどいい。

父親の男爵はノエルと事業をしているというし、爵位は低くとも羽振りは相当いいようだ。高級生地のドレスはデザインもエレガント。ニスティアはモードの先進国で、ドレスカタログや綺麗に彩色されたファッションプレートは多くの国の女性を虜《とりこ》にしている。

彼女は微笑みながらノエルを見つめていた。ふたりの唇が動いているので何か話しているようだが、音楽とステップの靴音、周囲のざわめきでまったく聞こえない。ビアンカはやきもきしながらふたりの姿を追った。

唯一の救いはノエルが淡然《たんぜん》とした表情を崩さないことだ。やむなく付き合いで踊るときなど、彼はあんな顔をする。愛想よくも悪くもなく、礼儀正しいが何を考えているのかわからない顔つき。だが、それが却って謎めいた魅力を深めてしまっていることも否めない。たぶんクローデットも同じだろう。しきりと話しかけ、彼の気を惹こうとするが、ノエルはするりと躱《かわ》してとぼけている。駆け引きにまでは至らない、女性の一方的な勇み足。ほんのちょっとだけビアンカは胸がすいた。

（お兄様が優しく笑いかけてくれるのは、わたしだけ）

そう思うだけでも胸がひりつくような独占欲は、かなりの程度満たされた。だが、傍らに立つ男爵がふと満足げな笑みをこぼしたことに気づき、ビアンカの胸はふたたび波立った。

男爵は踊るふたりを好もしげに眺め、何やら頷いている。

（もしかして、娘をお兄様に妻《め》あわせようと考えてる……？）

以前からノエルとは付き合いがあるようだし、見るからに目端が利《き》きそうな人物だ。悪い意味ではなく、貴族っぽさがあまりない。会話も気安い雰囲気だったし、授爵《じゅしゃく》してまもない新興貴族なのだろうか。

そんなことを考えながらふたたびノエルの姿を目で追っていると、誰かが近づいてきて男爵に話しかけた。

「こんばんは、フィルマン男爵」

「プレヴァン侯爵！　こ、これはどうも……」

　よほど驚いたのか、男爵は口ごもった。上位貴族である侯爵から気さくに話しかけられて驚いている。特に親しい間柄でもないのだろう。興味を惹かれて振り向くと、栗色の髪と思慮深げな榛色《ヘイゼル》の瞳をした青年が男爵と握手していた。

「いらしてたとは気づきませんで。失礼を」

「来たばかりだよ。所用でちょっと遅れてね。伯爵夫妻に挨拶を済ませたところだ」

　育ちのよさが一目でわかる真面目そうな若者だ。彼はビアンカに視線を向け、なんだか眩《まぶ》しそうな顔になった。

「こちらのご令嬢は、お嬢さんのお友だちかな？」

「ああ……いえ、取引相手の妹さんです。フィリエンツの勲爵士で……」

「ノエル・ディ・フォルジの妹、ビアンカと申します」

　頭を垂れてお辞儀すると、彼は意外そうな顔で独《ひと》りごちた。

「あなたが……？」

「兄をご存じでいらっしゃいますか？」

「いや……。噂に聞いただけだ。まだ若いのにフィリエンツ公の財務顧問に抜擢《ばってき》されたとか」

「非公式な相談役ですわ」

　控え目に訂正すると、侯爵は微笑んで一礼した。

「アンドレ・ルルーシュです。どうぞよろしく、ビアンカ嬢」

「プレヴァン侯爵は我が国の貴族の重鎮《じゅうちん》であるルヴィエ公爵の跡継ぎなんだよ」

男爵がそっと耳打ちした。ということはプレヴァン侯爵というのは父公爵の付帯爵位なのだろう。上位貴族は複数の領地を持っているものだ。ふつう、跡取りである長男は父親の爵位を継ぐまでは二番目に高い爵位を名乗る。

公爵は王家に連なる血筋の家柄だから、彼もまた準王族というわけだ。貴族の序列では最下位である男爵が話しかけられて驚いたのも無理はない。

「一曲、お相手願えますか？　ビアンカ嬢」

礼儀正しく申し込まれ、ビアンカはとまどった。

もとより身分的に拒否できる相手ではない。ノエルは一代限りの準貴族だし、正確に言えばビアンカは準貴族の妹というだけで自身は貴族ではないのだ。

「……喜んで、侯爵様」

差し出された腕にそっと手を添えると、いきなり背後からぐいと肘《ひじ》を摑まれた。見知らぬ男性がアンドレを押し退《の》けるように割って入り、ビアンカの顎を摑んで仰向《あおむ》かせる。

それはアンドレと同年代かと思われる高慢そうな美青年だった。金髪で翠《みどり》がかった蒼い瞳をしている。やや女性的な面差しで、密生《みっせい》した金色の睫毛は瞬きしたらバサバサ音がしそうなほど長い。赤い唇は健康的と言うより血を塗りつけたようで、どこか禍々《まがまが》しさを感じさせた。

「見たことのない顔だな」

獲物を見つけた性悪《しょうわる》猫みたいな目つきで美青年はニヤリとした。脊髄反射的にゾワッとしてしまう。なんだろう、この気色悪さ。空恐ろしいほどの美貌だが、ひどく軽薄で頽《くず》れたような病的な雰囲気が漂う。

「王太子殿下、おやめください。彼女が困っています」

突き除けられて唖然としていたアンドレが気を取り直して美青年をたしなめ、ビアンカはぎょっとした。

(王太子殿下？　それじゃ、この人は……)

いきなり女性の顎を摑むような粗暴な人が、この国の世継ぎ？

顔立ちそのものは優しげでさえあるのに、長い睫毛に囲まれた翠がかった蒼い瞳にはぞっとするような嗜虐的《しぎゃくてき》な光が揺らめいている。

(この人、何か変……)

ビアンカは震えそうになるのを懸命に堪えた。王太子はそんなビアンカをおもしろそうにしげしげと眺めた。まるでウサギを捕らえて舌なめずりをするキツネのようだ。

「美しいな。そう……壊したくなるような繊細《せんさい》な美しさだ。気に入った。ダンスの相手をしろ」

腕を取られ、反射的に足を踏ん張る。王太子が眉を吊り上げ、その場の空気が凍りついた。と、硬質な靴音がカツンと響き、ノエルが悠然とした足取りで近づいてきた。

「お兄様っ……」

無我夢中で王太子の腕を振り払い、ぎゅっとノエルに抱きつく。彼は大きな掌《てのひら》でビアンカの背をそっと撫で、背後に押しやった。

「ご無礼をお許しください、王太子殿下」

うやうやしく胸に手を当てて一礼すると王太子は不興げに眉をひそめた。

「誰だ、おまえ」

「フィリエンツの勲爵士、ノエル・ディ・フォルジと申します。妹のビアンカはこの国へ来たのは初めてで、こちらのしきたりには不案内なのです。どうぞご寛恕《かんじょ》いただけますよう」

深々と頭を垂れるノエルの背後でビアンカは慌ててお辞儀《カーツィー》をした。深くうつむいて唇を嚙《か》む。いくら王太子だからって、あんな傲慢《ごうまん》で横暴な男に対しノエルに頭を下げさせたのが悔《くや》しくてならない。

「異国の勲爵士ふぜいが出しゃばるな」

横柄に顎《そ》を反らし、王太子はノエルを睥睨《へいげい》した。

「——殿下。もしよろしければダンスのお相手を務める名誉をわたくしに賜《たまわ》れますでしょ

うか」

ふたたび緊張を孕《はら》む空気のなか進み出たのはベランジェ伯爵夫人だった。さすが二十年近くも社交界に君臨する花形だけあって、あでやかな微笑みにも堂々たる貫禄《かんろく》が漂っている。二十代前半の王太子がいかに権力を振り回そうと、長年の経験と成熟した人格からにじみ出る重みには有無を言わせぬものがあった。

一瞬気圧されたような顔をした王太子は、さっと唇を舐め、王族らしい威厳を取り繕った。

「もちろん、喜んで。伯爵夫人」

王太子と腕を組んだ夫人は、ホールの中央へ向かって歩き出しながらビアンカにパチッとウィンクをしてみせた。咄嗟に会釈を返すことしかできなかったが、感謝でいっぱいになる。

「すまなかった、ビアンカ嬢。さぞ怖かったろう。殿下はあのとおり、なんでも自分の思いどおりにさせる方だから」

申し訳なさそうにアンドレに詫《わ》びられ、ビアンカは慌ててかぶりを振った。

「いいえ！　わたしがもっとそつなく振る舞えればよかったんです。――あ、こちらはわたしの兄です。お兄様、プレヴァン侯爵アンドレ様よ」

「初めまして」

　ふたりは握手を交わした。ほんの一瞬、アンドレの顔を奇妙な表情がかすめたような気がしたが、ノエルはあっさりとした微笑を浮かべて会釈するとビアンカの肩を抱いた。

「そろそろお暇しようか」

「はい、お兄様」

　ふたり揃って挨拶すると伯爵は申し訳なさそうに眉を垂れた。

「夜食を一緒にできないのは残念だが、殿下に居座られるとまた厭な思いをさせてしまいそうだからね。また改めて、今度は内輪の晩餐会《ばんさんかい》を開こう。ぜひ来てくれたまえ」

「はい、喜んでお伺いします」

　ビアンカは微笑むと、何かもの言いたげなアンドレに会釈をして、ノエルとともに玄関へ向かった。

「……大丈夫かい？」

「平気よ」

「すまなかった。別室で仕事の話をしていてね。騒ぎに気づくのが遅くなった」

「舞踏会のときまで仕事の話？」

「もともとこの国へは仕事で来たからね」

「そうだったわ」

　ビアンカはしゅんとした。

「わたし、お仕事の邪魔しちゃった……？」

「そんなことないよ」

ノエルが微笑むとちょうど馬車がやって来た。夜食をいただいてから帰宅するという予定だったから、早すぎる呼び出しに馭者《ぎょしゃ》はとまどっている。

乗り込んで馬車が走り出すと、ふぅとビアンカは溜め息をついた。

「残念だわ。もっと伯爵様や奥様とお話ししたかったのに」

ふと、ノエルと踊るクローデットの姿が思い出され、きゅっと唇の裏を噛む。

「また機会はあるよ。しばらくこの国にいるんだから」

そうね、と頷き、ビアンカはノエルにもたれた。

「……お兄様とも踊りたかった」

「いつでもお相手するよ」

なだめるように優しく肩を撫でられ、こくんと頷く。

クローデットと踊ってどうだったのか尋ねてみたかったが、答えは聞きたくない。ノエルは人の悪口を言わない人だから、たとえ彼女のダンスがすごく下手だったとしても露骨《ろこつ》に貶《けな》したりしないだろうし、見ていた感じではクローデットのステップは問題なかった。

踊りながらふたりは何を話していたのだろう。クローデットが一方的に話しかけていたように見えたが、実際はどうだったのか。彼女は明らかにノエルに気がある様子だ。他にも彼に熱い視線を送る令嬢はたくさんいた。一代限りの準貴族とはいえ、ノエルはとても裕福だから、結婚相手として悪くない。

　爵位が高くても懐具合が思わしくない貴族は多い。貴族らしい体面を保つだけで相当のお金がかかるのだ。高位貴族なら馬車は最低二台必要だし、それぞれに馭者が要《い》る。もちろん馬がいなければ話にならない。

　少なくとも四頭の馬と餌代、厩舎《きゅうしゃ》に馬丁《ばてい》。屋敷内の使用人も大勢いる。執事に家政婦、従者、侍女、従僕、料理番、仕事別に複数のメイドと下男。彼らに給金を支払い、お仕着せを支給する。

　定期的に舞踏会や晩餐会を催せば衣装代や蝋燭《ろうそく》代もかさむ。まさか貴族の屋敷で臭くて煤ける獣脂蝋燭を使うわけにはいかないから、高価な蜜蝋《みつろう》の蝋燭が必要だ。お金はいくらあっても足りない。

　家計に汲々《きゅうきゅう》とする貴族たちにノエルがお金を貸し付けていることをビアンカは知っている。実のところ、公国の君主であるフィリエンツ公さえこっそりノエルからお金を借りていた。国家予算に手をつけるわけにはいかないので、私費の足りない分をノエルに用立ててもらっているのだ。

　公がノエルを勲爵士に叙したのは、公国の商業活動への貢献というもっともらしい名目の他に、貴族の称号を与えて懐柔しようという魂胆《こんたん》があったのは間違いない。ノエルは授爵の打診があったとき、そんなもの要らないと再三固辞したので、慌てた公が是非もらってほしいと泣きついたのだと、こっそりジェルヴェが教えてくれた。

表向きノエルは個人への融資は行なっていない。貸し付けはあくまで彼の個人的な財産から出されており、ディ・フォルジ商会とは無関係だ。だが、その貸し付けで得た情報や人脈は商会の事業に大いに生かされている。

ノエルは特に裕福な家の生まれではない。昔聞いた話では、両親はどこかのお屋敷に勤めていたが、火事でノエル以外の全員が亡くなったとか……。天涯孤独となったノエルは独力で今の地位を築き上げた。相当の才覚と努力が必要だったのは当然だが、それだけではないはずだ。

時折ノエルはひどく冷淡な、昏《くら》い目つきになることがあった。今はけっしてビアンカに向けられることはないけれど、最初に出会ったとき彼はそんな目つきで冷ややかに自分を眺めていた気がする。

そのときは熱で朦朧として、大好きなステンドグラスの天使が実体化して自分を迎えに来てくれたのだと思い込んでいたから、最初の冷たい一瞥《いちべつ》を思い出したのはずっと後になってからのことだ。そのときにはもうノエルはビアンカを妹として大事にしてくれていたから、錯覚だろうとすぐに忘れてしまった。

ふたたび思い出したのは数年経ってからのこと。たまたま窓辺に座って何か考え事をしているノエルを見つけ、喜んで抱きつくと彼は一瞬、別人のように冷たく厭《いと》わしげな視線をビアンカに向けた。驚いたビアンカは反射的にふぇえ……と泣き声を上げた。

『嫌わないで、お兄様。いい子にするから、ビアンカを嫌わないで』

懸命に訴えると、たじろいだノエルは慌ててビアンカを膝に抱き上げ機嫌を取った。

『昔あった厭な出来事を思い出していたんだよ、ごめんね……』

彼はそう言って何度も謝った。

それ以来、ノエルがあのように冷たいまなざしをビアンカに向けることはない。ビアンカも彼の過去について尋ねなかった。とてもつらいことがあったのは想像に難《かた》くない。家族を全員失った。その一言だけで充分だ。

ビアンカは家族を持たなかった。ノエルは家族を失った。ひとりぼっちのふたりが寄り添って家族になった。それでいい。ノエルはビアンカを愛してくれる。妹として。

でも、ビアンカにとってノエルは『兄』という存在から日に日に逸脱してゆく。そう、今夜もまた……。

(お兄様が好き。大好き。他の女の人に取られたくない)

急に不安まじりの焦りが込み上げ、ノエルにぎゅっと抱きついてしまった。

「どうした？　……ああ、改めて怖くなったのか。大丈夫、これからは王太子と出くわさないよう用心するよ。あのお方は評判があまりよくないからね」

人を悪く言わないノエルがそう言うのだから、相当の悪評が流れているに違いない。顔立ちだけを取れば、まさしくおとぎ話の王子様そのものなのに。あの美しい翠がかった蒼い瞳には得体の知れぬものが蠢《うごめ》いていた。やたらと長い睫毛のせいか、極彩色の毛虫を連想してしまい、ぞわっと鳥肌が立つ。

ノエルはビアンカの肩を撫でながら嘆息《たんそく》した。

「今夜もまさか現れるとは思ってなかったんだ。ベランジェ伯爵は王太子とは特に親しくないし」

「招待状をなくしたって言ってたけど」

「そもそも出してないんだと思うよ。彼の身分ならどこでも拒否されることはないから、開催を聞きつけた舞踏会に適当に顔を出してるんだろう」

「自分で開催しても誰も来ないから？」

ハハッとノエルは笑った。

「言うね。王太子に招待されたら誰も断れないさ。ただ、彼が個人的に主催する舞踏会は特殊でね……。仮面舞踏会か仮装舞踏会のどっちかなんだ」

「行ったことあるの？」

「あるよ。某貴族から招待状を譲ってもらって偵察してきた。顔を見せないので招待状さえあれば別人だろうと入り込める。ただし、何かあった場合は本来の招待客が責任を取らされる」

　ビアンカは呆れた。

「なんだかそれも大変そう……。で、どうだったの？」

「そうだな。少なくともおまえは連れて行けない。刺激が強すぎる」

　悪戯《いたずら》っぽくニヤッとされてビアンカはむくれた。

「わたしは十八歳よ。社交界デビューも済ませてるんだから、れっきとした大人だわ」

　見せつけるように胸を張ってみせると、いきなりグゥ……とお腹が鳴った。ノエルが目を丸くする。

（なんで今～!?）

　ノエルはくっくっと喉を震わせて笑い出した。慌ててビアンカは力いっぱいお腹を押さえた。そういえば、最初にノエルと会ったときにも、テーブルに並んだ料理を見た途端派手にお腹が鳴ったのだった。さっきノエルとの出会いを追想していたせいか、余計なことまで思い出してしまう。

「わ、笑わないでよっ……」

「ごめんごめん。いや、そうだよな。お腹が減って当然だ。本当なら今頃伯爵家で美味しい夜食にありついていたんだから。帰ったらすぐに食事を用意してもらおう」

　なだめながらも声を忍ばせて笑い続けるノエルを、ビアンカは涙目で睨みつけた。

舞踏会から数日後、屋敷に来客があった。馬車の音が聞こえたので誰か来たことには気づいたが、ビアンカはベランジェ伯爵夫妻しかこの国に知り合いがいない。ノエルのお客だろうと思って婦人部屋の明るい窓辺で刺繍《ししゅう》を続けていると、しばらくして血相を変えてリディが走ってきた。

「大変です、お嬢様！」

「リディ、階段を駆け上がってきたでしょう。ジェルヴェに怒られるわよ」

「もう怒られました！　それよりお嬢様、大変なんです！　旦那様に縁談が……！」

驚愕のあまり、ぶすりと刺繍針が指先に突き刺さってしまう。

「ったぁ！」

「きゃあっ、お嬢様、大丈夫ですか!?」

ビアンカは針の刺さった指先を口に含み、慌てて駆け寄るリディを制した。

「大丈夫よ、ちょっと刺さっただけ。それより縁談って何？　いったいどなたとの――」

「フィルマン男爵令嬢クローデット様です！」

今度は心臓に針が刺さったような衝撃でビアンカは息を止めた。いや、針どころではない。太くて長い釘だ。それが木槌《きづち》でガンガンと心臓に打ち込まれるリアルな感覚に、ビアンカは思わず胸を押さえた。

「ク、クローデット様……？　本当なの……？」

「絶対間違いありません！　男爵様は旦那様にはっきりとおっしゃいました。是非とも娘を妻に迎えてほしい、と。お話では、ご令嬢もたいそう乗り気だそうで……。というか、ご令嬢のほうから縁組をせがんだらしいですよ。以前から旦那様に目をつけてたみたい」

（やっぱり！　そうじゃないかと思ったわ）

「――で、お兄様はお返事を……？」

「それがお断りになられたんです。当分結婚する気はないと、ぴしゃりとおっしゃって」

「あら……そうなの」

よかったと思ったのが露骨《ろこつ》に顔に出ないよう注意しつつビアンカは頷いた。

「男爵様はもうお帰りに？」

「はい。でも諦めてはいないみたいです。また来るからじっくり考えてくれたまえ、と笑って出て行かれましたから」

ビアンカはリディを下がらせると刺繍を再開したが、ちっとも集中できなかった。

顔を輝かせてノエルと踊っていた綺麗な赤毛の令嬢。悔しいけれど、すごく釣り合いが取れていた。クローデットは高慢にならないぎりぎりのラインで自信たっぷりで、自分の容姿が人目を惹くことを完璧に理解している。それだけでもう敗北した気分だ。

小柄で童顔のビアンカは、初めて会う人には十五歳くらいに思われてしまう。そのくせ胸だけは人並み以上なのだから恥ずかしくて仕方がない。

(どうしてこうバランスが悪いのかしら)

針を仮止めして刺繍板を膝に置き、ビアンカは溜め息をついた。

ノエルが均整の取れた美男子だから、余計に自分の身体つきが不格好に思えてしまう。男女の違いはあるにせよ、彼を挟んでビアンカとクローデットが並んでいたら確実に十人中十人がクローデットとノエルをカップルと見做すに違いない。

ノエルのほうは特に気があるそぶりもなかったが、彼は普段から恬淡《てんたん》として感情の起伏をあまり見せないから本心はわからない。

それに、即座に断ったとリディは言っていたけれど、そんなにきっぱり断れるものだろうか？　男爵はニスティアでの大事な顧客のはず。新興貴族らしいから社交界での影響力は大きくないとしても――その点ではベランジェ伯爵という重鎮と付き合いがあるから問題はない――商業上はすごく顔が広いのかもしれないではないか。

ノエルだって身分的には一代貴族の勲爵士だが、フィリエンツ公国の実業界では誰もが認める実力者だ。そう、やっかみまじりに『陰の財務顧問官』と呼ばれるくらいに。

「お兄様だって、いつかは結婚なさるのよね……」

呟いて、刺繍板の枠をぎゅっと握る。

わかってる、ノエルがいつまでもビアンカだけの家族でいてくれるわけもないことは。彼は三十四歳の男盛り。仕事は順調だし、そろそろ結婚を……と考えてもおかしくない。もしかしたらニスティアでの事業拡大を見据え、こちらで結婚相手を探そうと考えているのかも。

あるいは、本来ニスティア人であるビアンカに同国人の夫を見つけてやろうと考えて、今回の訪問に同行させた……とか？

本当にそうだったらどうしようとビアンカは青くなった。

（厭！　やっぱりお兄様以外の人となんて結婚したくない）

でも『兄』であるノエルとは結婚できない……。

思い悩むうち、考えがどんどん後ろ向きになっていく。ノエルの結婚を止めるすべはない。どんなに好きでも彼にとってビアンカはあくまで『妹』。ノエルに救い出され何不自由なく面倒を見てもらった身の上としては、彼が誰を伴侶に選ぼうと口を出す権利などないのだ。

（覚悟……しなきゃいけないのよね……）

唯一の『家族』としてノエルを独占できなくなることを。誰それと結婚するようにと彼に言われたら従わなければならないことを。逆らうことなど思いも寄らない。ノエルはビアンカにとって恩人であり、庇護者であり……少し大げさかもしれないが、謂《い》わば神のごとき絶対者なのだから。

でも……と甘えてしまう気持ちがどうしても抑えられない。もしも彼が結婚するつもりなら、真っ先にそれを自分に伝えてほしい。誰かからそれを聞かされるのは厭だ。

「……お兄様にちゃんと訊《き》くべきよね」

ノエルはいつだってビアンカの質問にはきちんと答えてくれる。もし結婚するつもりがあるなら、そうだと言ってくれるだろう。迷っているのなら迷っていると正直に打ち明けてくれるはず。

ビアンカは胡桃材《くるみざい》のテーブルにそっと刺繍板を置き、部屋を出た。

廊下で執事のジェルヴェと行き合った。

「お兄様は書斎にいらっしゃるかしら？」

「はい。今はご接客中です」

「男爵様はお帰りになったと聞いたけど……？」

「その後、別の方が参られまして」

ジェルヴェが一瞬口ごもったことにピンと来てビアンカは声をひそめた。

「もしかして、女性の方？」

「……さようでございます」

ジェルヴェは無表情に頷いた。

「そう。だったら邪魔してはいけないわね。後にするわ」

何気なく言って踵《きびす》を返したビアンカは、慇懃なジェルヴェの顔に安堵の色がさっと走るのを見逃さなかった。

自分の部屋に戻ってゆっくり三十数え、ドアを細く開けて廊下を窺う。執事の姿はなかった。ビアンカはするりとドアの隙間から抜け出し、足音を忍ばせてノエルの書斎へ向かった。室内履きの靴底はやわらかなキップ革張りで、注意すればほとんど足音をたてずに済む。

書斎の扉にそうっと耳を押し当てたが、重厚な樫材《かしざい》の扉越しではくぐもった話し声がぼんやり聞こえるだけだった。額縁と扉の隙間で試してもやっぱりだめだ。鍵穴を覗いてみたが、内側から鍵が差されていて何も見えない。

床に這いつくばって下部の隙間に耳を当てるのはさすがにためらわれた。誰かに見咎《とが》められたら一発で立ち聞きがバレてしまう。こくりと唾を呑み、ビアンカは真鍮《しんちゅう》のレバーハンドルをおそるおそる握った。音をたてないようゆっくりと少しずつハンドルを押し下げてゆく。

限界までハンドルを下げ、ビアンカは内開きの扉を肩で押すようにして一センチほどの隙間を作った。

片目で室内を覗き込むと、小柄なビアンカなら横になって寝られそうなくらい巨大な書き物机の向こうにノエルが座っているのが見えた。その手前に後ろ姿の女性。光沢のあるモスグリーンの絹のペリースに、大きなリボンのついたストライプ柄のボンネットをかぶっている。

彼女は机に腰掛け、上半身を捻《ひね》って右手を天板についてやや前屈みになってひそひそとノエルに囁きかけていた。左手に提げた小物袋《レティキュール》がゆっくりと揺れている。身に着けているものがどれも高級品であることは一目でわかった。

ノエルは椅子の背にもたれて指を組み合わせ、考え込むような表情で頷いている。会話の内容は聞き取れないが、態度からして気心の知れた仲であることが窺え、なんとはなしにビアンカはムッとした。

(誰なのかしら。なんの話をしてるの……?)

顔は見えないが、後ろ姿だけでも美女の気配が漂っている。それもふつうの貴婦人ではなさそうだ。何気ないしぐさにも成熟した女性の色香と、えも言われぬ媚態《コケットリー》が醸《かも》し出されている。もしや話に聞く半社交界《ドゥミモンド》とやらの玄人女性では……?

嫉妬まじりの好奇心に駆られ、無意識のうちに扉の隙間が広がった。

と、急に彼女がくすくすと笑い声を上げ、さらに身を乗り出した。完全に腰が机に乗り上げ、洒落《しゃれ》た靴が床から浮くと同時に白い絹ストッキングに包まれた脚が大胆に覗く。のしかかるような女の背中でノエルの姿が見えなくなり、息を呑んだはずみにビアンカは摑んでいたレバーハンドルから手を放してしまった。

ガチャン、と大きな金属音が上がり、女がハッと振り向く。思ったとおりの、いや、予想した以上の美女だった。艶《なま》めかしい黒い瞳。すっと通った鼻筋。ぽってりと肉感的な紅唇――。

「誰だ？」

ノエルの厳しい声音《こわね》にビアンカは竦《すく》み上がり、脱兎《だっと》のごとく駆け出した。

自室に逃げ戻り、頭から上掛けを引っかぶって震えていると、しばらくしてコツコツと扉が鳴った。恐ろしくて返事ができない。もう一度ノックがあって、扉の向こうからノエルの声がした。

「ビアンカ。いるんだろう？　入るぞ」

静かにドアが開き、絨毯《じゅうたん》の上を靴音が近づいてくる。ビアンカは上掛けをぎゅっと摑んで息を殺した。ノエルはベッドの端に腰を下ろし、穏やかに尋ねた。

「書斎を覗いていたね」

「……ごめんなさい」

「こそこそ覗くくらいなら堂々とノックして入って来なさい。お行儀悪いぞ」

「ごめんなさいっ……」

身を縮めて詫びると、ふっと苦笑のような溜め息が聞こえ、上掛け越しにぽんぽんと頭を撫でられた。

「どうした？　何かあったのか」

温和な口調で尋ねられ、ビアンカは唇を噛んだ。

「……あの人は誰？」

「仕事の相手だよ」

「ずいぶん親しげだったわ」

「けっこう長い付き合いだからね」

「恋人なの？」

「違うよ」

「嘘《うそ》！　キスしてた」

がばっと跳ね起きて睨むと、ノエルは困ったように苦笑した。

「してないよ」

「わたしが邪魔したから？」

「違う。本当に彼女とはそういう関係じゃないんだ」

ノエルはまっすぐビアンカを見つめ、諭すように言った。彼の瞳に嘘はない。でも、あの女性のほうはどうかわからないではないか。

「……迫られてた？」

「彼女の悪ふざけだよ。人をからかうのが好きな女性でね」

「男爵令嬢との縁談をからかわれてたんじゃないの」

視線を落として呟くと、ノエルは小さく嘆息した。

「やれやれ、そっちも覗いてたのかい」

わたしじゃない、と言い返そうとしたが、リディが咎められて馘《クビ》にでもなったら困るので、ぐっと堪えた。

「覗いてたのなら知ってるだろうけど、縁談は断った」

「でも男爵は諦めてないんでしょ」

「何度来たところで返事は同じだ。相手が誰だろうが結婚するつもりはない」

ビアンカは驚いて目を瞠った。

「結婚しないの？　まさか一生？」

「ああ」

「どうして!?」

「どうしてと言われてもね……。特に結婚したいと思わないんだ。仕事も忙しいし、おまえの面倒も見ないといけないから」

ぽんぽん、とまた頭を弾むように撫でられる。ビアンカはにわかにカッとなり、ノエルの手を振り払った。

「もうそんな子どもじゃないわ！　社交界デビューもしたし、れっきとした大人なんだからっ」

「そうだったな。ごめんよ、そんなつもりじゃなかったんだ」

なだめられると自分が駄々っ子みたいに思えてますます腹立たしくなってしまう。

（そうよ、わたしはもう大人なの。それにお兄様とは本当の兄妹じゃない）

「……お兄様、わたしのこと好き？」

「もちろん、大好きだよ。――私のかわいい妹」

ノエルはまるで芳醇《ほうじゅん》なワインを口の中で転がすかのように呟いた。これまでもノエルはビアンカに向かってよく『私のかわいい妹』と口にした。時に優しく、時に悪戯っぽく、時にはどこか郷愁《きょうしゅう》をおびた口調で。

そうして大きな掌で頬や頭を撫でてくれる。幼い頃は単純にそれが嬉しかったのに、長じるにつれて少しずつ不満を覚えるようになった。

嬉しかったはずの妹扱いが、次第に枷《かせ》のように思えてきて。そんな自分を不遜《ふそん》だと叱《しか》りつけても、ノエルへの慕情は出会った頃の無邪気なものに戻ることはなく……。

気がつけば、彼が視線を留めた女性たちに、やがては彼に熱い視線を送る女性たちに、ビアンカは妬《ねた》ましさを覚えるようになっていた。

彼に見つめられたい。『妹』としてではなく。

「……わたしもお兄様が大好き」

言うなりビアンカは彼にしがみつき、遮二無二《しゃにむに》唇を押し当てた。だが、唇の感触さえ定かでないうちに二の腕を強く掴まれ、荒々しく押し戻されていた。

「ふざけるのはやめなさい」

「ふざけてないっ……」

無我夢中で言い返したビアンカは、猛々《たけだけ》しい怒りを孕んだ眼光に凍《こお》りついた。こんな凄《すさ》まじい目つきで睨まれたことは一度もない。

青ざめるビアンカに、ノエルの表情はたちまちやわらいだ。

「……ビアンカ。おまえは私の大切な妹なんだ。こんなことをしてはいけない」

「血は繋がってないわ。お兄様が孤児《みなしご》のわたしを引き取って大切にしてくれたことには感謝してる。いくら感謝しても足りないくらい感謝してるわ。でもわたし……お兄様が好きなの。お兄様として以上に――」

唇に指を押し当てられ、言葉を封じられてしまう。

「黙るんだ、ビアンカ」

有無を言わせぬ口調に、ひく、と喉が引き攣った。覗き込む彼の瞳は昏く、冷たい翳《かげ》りをおびていた。まるで凍てつく夜のよう。

脳裏の暗闇に、長い嘴のついた仮面が浮かび上がった。黒い革手袋を嵌《は》めた手が、ゆっくりと仮面を外す。現れた顔は見えない。ただ、その視線だけが、凍りついた星のように蒼い瞳だけが、ビアンカを凝視している。

天使様。

口中でビアンカは呟いた。

寒村の教会のステンドグラス。悪魔を押さえ込み、剣を振り上げた死の天使。あるかなきかの憫笑《びんしょう》を浮かべた端整な口許《くちもと》。仄《ほの》かな哀しみをたたえた表情に、幼いビアンカは救済を見出していたけれど。ひたと視線を据えられた悪魔からすれば、かの天使はこんな目をしていたのかもしれない——。

射竦められたようにビアンカが固まっていると、ノエルは静かに目を閉じてコツリと額を合わせた。一呼吸して目を開けたときには、彼のまなざしはいつもの穏やかさを取り戻していた。

「……おまえは私の大切な妹なんだ。わかったね？」

ビアンカはひくりと喉を鳴らし、ふるふるとかぶりを振った。泣きたくなんてないのに、勝手に涙がにじんでくる。

「わか、りたく、ない……」

「ビアンカ」

困り果てた声音に、罪悪感と不満とがないまぜになった。

わがままを言っているのはわかっている。甘えていることも。困らせたいわけじゃないのに、困ればいいとも思っている。命の恩人の意向に従うべきだと思いつつ、このどうしようもない感情を解き放ちたいと希っている。

「……お兄様のばか！　きらいっ」

八つ当たりのように叫び、ふたたび頭から上掛けを引っかぶってベッドに突っ伏した。

彼に背を向け、身体を丸めてぎゅっと目をつぶっていると、独りごちるような声がした。

「私はビアンカが大好きだよ。おまえが望むかぎり一緒にいる。兄妹として、ずっと仲良く一緒に暮らそう」

「……誰とも結婚せずに？」

「言っただろう、私は誰とも結婚しないって」

「わたしをどこかへお嫁にやったりしない？」

「おまえが行きたくないなら無理強いはしないよ」

「どこへも行かない。どこにも行きたくないわ。ずっとお兄様の側にいる」

「そうしたいのなら、そうするといい」

ノエルは依怙地《いこじ》に言い張るビアンカの肩をいたわるように撫で、立ち上がった。静かにドアが開く音に、ビアンカは背を向けたまま呟いた。

「……ごめんなさい、お兄様」

「怒ってないよ」

「あの女性は？」

「もう帰った」

穏やかに彼が答え、ドアが閉まる。ビアンカは胎児のように身体を丸め、ぎゅっと唇を噛んだ。

ノエルはいつだって優しい。でも、その優しさの向こうには固く閉ざされた扉があることに気づいてしまった。

人当たりのよさに隠された、誰も寄せつけない部分が彼にはあることに薄々気づいてはいた。どんなにビアンカを『妹』としてかわいがってくれても、けっして全面的に心を許しているわけではないのだと。

そう考えるとたまらなく寂しい気持ちになった。妹扱いしながら、真の家族とは思っていない。実の妹ではないにもかかわらず、『妹』であるがゆえに恋愛対象として見てくれない。

「……勝手だわ」

恨みがましくビアンカは呟いた。本当に勝手なのはどちらなのか、わからないまま。

ビアンカは知らなかった。ドアを閉じたノエルが、冷たく昏いまなざしで『馬鹿な子だ』と吐き捨てたことを。

第二章　堕ちた小鳥

　翌日、またもノエルに来客があった。差し出された銀のトレイから名刺を摘まみ上げ、ノエルは眉をひそめた。執事が尋ねる。

「お帰りいただいたほうがよろしいでしょうか」

「そうもいかないな。お通ししてくれ」

「かしこまりました」

　引き下がった執事は、やがてピンクの薔薇の花束を抱えた青年を案内してきた。ノエルは立ち上がって青年を出迎えた。

「ようこそ、プレヴァン侯爵」

　一礼し、執事に下がるよう目線で促す。書斎のドアが閉まるとプレヴァン侯爵アンドレ・ルルーシュはやや顔を紅潮させ、そわそわした様子で切り出した。

「約束もなく押しかけて申し訳ない」

「何か急用でも？　表立った行き来は控える取り決めのはずですが」

ノエルの口調は身分がはるか上である侯爵に対するものとしてはややぞんざいだった。気を悪くした様子もなく、アンドレはきまり悪そうに目を泳がせた。

「ああ、すまない。どうにも気が急いてしまって、次の会合まで待てそうになくてね。個人的な用向きでもあることだし……」

ノエルは片方の眉をわずかに上げた。

「お手許金の不足なら用立てますよ？　少額であればいちいち父君に報告はしません」

「いや！　いやいや、そういうことではけっしてない！」

焦《あせ》って手を振り回した侯爵は、花束を持っていることを思い出して大事そうに抱《かか》え直した。

この真面目なお坊っちゃまは又従兄弟《またいとこ》の王太子とは違い、享楽的《きょうらくてき》な王都リドにあって慎ましい生活を送っている。あくまで貴族としては慎ましやかという程度だが、懐具合に見合わない贅沢に耽《ふけ》る連中が多数を占《し》める中では珍しいことだ。

その彼が豪華な花束持参で突然訪ねてきたとなれば、目当てがノエルであろうはずもなかったが、彼はしれっと尋ねた。

「では、なんでしょうか」

「――その。じ、実は……先日の舞踏会で、妹君のビアンカ嬢に、ひ、一目惚《ひとめぼ》れをしてしまったのだ……！」

「……」

ノエルの目つきがさらに冷たくなったことに、頭に血が上ったアンドレは気づかない。

「そ、それで、交際を……結婚を前提とした交際を、許してもらえないかと……」

(いきなり結婚と来たか)

ノエルは内心うんざりした。夜会での彼の態度から厭な予感はしていたが、こうまで逆上せあがるとは思わなかった。

「……それはまた急なお申し出ですな」

「唐突なのは重々承知している。申し訳ない」

「ビアンカは勲爵士の妹というだけで、あくまで平民です。侯爵閣下の結婚相手にふさわしいとは思えません」

ニスティアもフィリエンツも厳然《げんぜん》たる階級社会だ。貴族は貴族同士で結婚するのが当然と考えられている。特に伯爵以上ではその風潮が強い。ビアンカを配偶者として世間の顰《ひん》蹙《しゅく》を買わないで済むのは男爵か子爵、せいぜい伯爵の三男以下だろう。いずれ公爵位を継ぐアンドレの妻として認められるわけがない。

だが、アンドレはますます頬を紅潮させて言い張った。

「いや、そんなことはない！　ビアンカ嬢は実に美しく、愛らしく、立ち居振る舞いも洗練された女性だ。きみのことだから貴婦人としての教養もしっかり身につけさせているだろう」

「確かに、どこに出しても恥ずかしくないよう教育は施しましたが……」

「だったら大丈夫だ」

「しかしあの子はまだほんの子どもです」

「十八なのだろう？　ちょうど適齢期じゃないか」

　どの国でも中流家庭以上の娘は早ければ十五、六で社交界デビューし、遅くとも二十三くらいまでには結婚すべきものとされている。独り身のまま二十五を過ぎれば『嫁《い》き遅れ』だの『嫁かず後家』だのと見下げられ、陰口を叩かれることを覚悟しなくてはならない。

「きみにとっても悪い話ではないはずだ。我々は同志。計画が成った暁には、きみはこの国でも――」

「閣下」

　静かに、だが厳然とノエルは青年侯爵を遮った。その口調には有無を言わせぬものがあり、冷ややかなまなざしに威圧されてアンドレはたじろいだ。

　身分的にはずっと下だが、ノエルはアンドレよりも十一歳年長。しかも表社会だけでなく暗黒街での経験さえ、いやというほど積んできた男である。

アンドレの父公爵は現在の国王との政争に破れ、隠遁《いんとん》を余儀なくされた。嗣子《しし》として厳しく育てられたとはいえ、それでも日の当たる世界ばかりを歩んできたアンドレには到底太刀打ちできない気迫が、ノエルの全身から放たれている。

青くなったアンドレを見て、フッとノエルの目つきがやわらいだ。

「滅多なことを口になされませんよう。たとえ自宅だろうと、迂闊に口を滑らせればすべてが台無しになりかねません」

「す、すまない。浅慮だった」

アンドレは口ごもりながら額に浮かんだ冷や汗をせかせかとぬぐった。

(お育ちがよすぎるのも考えものだな)

ノエルは彼の馬鹿正直な性格に懸念を抱きつつ、慎重に言葉を選んだ。

「愚妹《ぐまい》へのご好意はありがたいことですが、いささか勇み足が過ぎますな。ご自分のお気持ちを、お父君の公爵閣下にはまだお話ししておられないのでしょう？」

またアンドレの頬に赤みが差した。まったくこの若様は顔に感情が出すぎる。実直さは一般的に好ましい性質だろうが、慎重を期する陰謀には向いていない。

「いや、その……し、心配になったのだ！　王太子が……ビアンカ嬢に目を付けたのではないかと」

ノエルは眉をひそめた。

(予想外とは言えないな。なんといってもあ、の、男、の、息、子、だ)

彼の様子にアンドレが勢い込む。

「だ、だから、誰かと交際していることがはっきりしていたほうが、妙な手出しをされなくて済むと思ったのだ」

「いや。むしろ逆に、よりいっそう危なくなると思いますね」

「何故だ!?」

「あの王太子が貴方《あなた》に遠慮するとはとても思えないからです」

痛いところを突かれたようにアンドレがウッと詰まり、ノエルはさらに畳みかけた。

「遠慮どころか奪い取って貴方の鼻をあかしてやろうと考えるかもしれない。大事な妹を危険な目に遭わせるわけにはいきません。妹に好意をお持ちなら一切近づかないでいただきたい」

「そ、そんな……」

取り付く島もなくきっぱり言われ、アンドレはショックのあまりふらついた。

「そうでなくとも私が貴方がたと繫がっていることを知られては困るんです。私から公爵家に資金が流れていると知られれば計画が頓挫《とんざ》しかねない」

「そ、それはそうだが……っ」

「大体私は表に出るつもりなど一切ありませんので。必要な資金を提供し、できる範囲で助言や人的援助も行いますが、あくまで裏方です。しかし、裏方なしでは舞台の成功も覚《おぼ》束《つか》ないということは……当然おわかりですね？」

すっと冷酷に目を細めると、侯爵は青ざめて唇を震わせた。

「貴方が情熱のままに行動すれば、お父君の悲願も気高い志《こころざし》も、すべては虚しく泡沫《うたかた》と消えることになるのですよ。――よって、妹との交際は許可できません。我々の計画にとっても妹の身の安全にとっても、いいことはひとつもない。諦めてください」

にべもない言葉にアンドレはうなだれた。

「……わかった。だが、せめて挨拶だけでもさせてくれないか？　この花束を直に手渡したいんだ。挨拶したらすぐに帰るから」

「あいにく妹は体調を崩して寝込んでおります」

「何？　容態はどうなんだ？　なんならうちのかかりつけ医を――」

気色ばむアンドレに、ノエルは冷然とかぶりを振った。

「妹はもともと身体が弱く、無理がきかない体質なのです。先日の舞踏会でひどく気疲れしたようでしてね。体調が回復するまで屋敷でのんびり静養させます」

「……では、これを渡してもらいたい」

ノエルは差し出された薔薇の花束を受け取った。

「お預かりします」

彼が呼び鈴を鳴らすと、すぐに執事が現れた。

「侯爵閣下がお帰りだ」

頷いた執事は一礼して引き下がった。ノエルが玄関までアンドレを送ると、すでに玄関前に侯爵の馬車が横付けされていた。執事から帽子とステッキを受け取った侯爵は帽子の縁に指を添えて会釈し、馬車に乗り込んだ。

馬車が走り去るのを見送り、ノエルは執事を従えて書斎に戻った。

机の上に置いた花束を手に取り、執事に向かって放り投げる。

「捨てろ」

「かしこまりました」

ぶっきらぼうな命令に執事はうやうやしく一礼し、ドアを閉めて立ち去った。ノエルは書き物机に腰掛け、アンドレの名刺を手に取った。

『王太子がビアンカに目を付けたのではないかと……』

彼の抱いた危惧に唇をゆがめる。

「ふん。所詮下種《げす》の子は下種。そして毒婦の子は……やはり毒婦だ」

忌《い》まわしげに吐き捨てると彼は名刺を執拗《しつよう》なほど細かく引き裂き、バラバラにして屑籠《くずかご》に放り込んだ。

その頃ビアンカは屋敷の庭園をあてどなく歩いていた。寝込んでいるとノエルがアンドレに言ったのはまるきり嘘ではなく、実際ビアンカは頭痛がしてしばらく横になっていた。

(ずっと側にいるって、お兄様は約束してくれた)

それは嬉しいのだが、あくまで兄妹としてだと思うとせつなくてたまらなくなる。

(欲張りすぎよ)

きっとこれが強欲という罪なのだろう。この世には七つの大いなる罪悪があるという。強欲はその中でもとりわけ罪深いものとされている。何故なら欲望には限りがないからだ。欲求は満たせても、欲望はけっして満たされることがない。穴の空いた革袋にいくら水を注いでもこぼれるばかり。渇きは癒《いや》されるどころか増す一方だ。

あんなにもノエルは優しいのに。縁もゆかりもないビアンカを妹として慈《いつく》しみ、大切にしてくれた。どれだけ感謝してもしきれない。なのに強欲な自分が叫んでいる。愛が欲しいと。妹として愛されるだけでは足りないのだと。

「……わたし、やっぱり悪魔なのかもしれない」

独りごちると、泣き笑いが込み上げた。強欲なうえに嫉妬深いのだから始末に負えない。嫉妬も七つの罪悪のひとつ。きっと自分は『強欲』と『嫉妬』の悪魔から生まれた、罪深い存在なのだ。

（お兄様を愛してる）

兄として、そしてひとりの男性として。それはわかちがたく結びついて切り離すことができない。だから自分のことも妹として、同時にひとりの女性として愛してほしい。相容《あいい》れない愛をどちらも欲しがるなんて、あまりに自分勝手だ。

こんなわがままを言っていたら、いつかノエルに愛想を尽かされるのではないか。そんな恐れを覚え、ビアンカは日傘《パラソル》の柄を両手でぎゅっと握りしめた。

ノエルに見捨てられたら生きていけない。彼はビアンカにとってまさしく世界と同義だった。わがままが過ぎて見捨てられるくらいなら……彼の望む『妹』であり続けるほうがまだましだ。

どちらの愛も欲しいと駄々を捏ねる自分を持て余し、ビアンカはぶつぶつと呟いた。

「お兄様はわたしを妹として愛してくれてる。妹でいれば、ずっと愛してくれるわ。死ぬまでずっと。お兄様はけっしてわたしを見捨てない。『妹』だもの。それで充分じゃない。そうよ、立場をわきまえなきゃ。わたしには……なんの権利もないんだもの……」

妹としてノエルを支えられるだけで幸せと思わなければ。

そうだ、自分は彼に恩返しをしなければならない。優しく甘やかされてつい忘れかけていたが、自分はノエルが成功し、幸せになるために役に立たなければならないのだ。

ふと思いつき、ビアンカは呟いた。

「……もしかしてわたし、お兄様の幸せの障害になってる……？」

もしかしなくても絶対そうだと青ざめる。ノエルに甘え、独占したがり、彼自身の幸せな人生を妨害している。

生涯結婚せず、ずっと側にいるという約束だって、わがままな妹を気遣って言ってくれたことだ。そんなことを強要できる権利など、ビアンカにはないのに。

もしも自分がいなかったら、今頃ノエルはとっくに結婚していたのではないか？　あの男爵令嬢……クローデットとの縁談だって、まとまっていたかもしれない。

いや、ノエルならもっと上位の貴族からの縁組だって見込めるだろう。フィリエンツの社交界でも、美男の大富豪である彼は当然人気があった。伯爵令嬢や侯爵令嬢が彼に熱いまなざしを送っているのを見かけるたび、じりじりと身体の内部から炙《あぶ》られるような苦痛を感じた。もしかしたら、すでに彼女たちとの縁談が持ち上がっていたのかもしれない。

美貌と富と血筋、すべてを兼ね備えた華やかな令嬢たち。ノエルに仕事上の成功と人生の幸福のどちらも与えることのできる女性たちを、ビアンカは妬んだ。そんな醜《みにく》い感情を抱く自分が厭だった。真っ黒な心の内をノエルに知られたら……。そう考えただけで絶望で死にたくなる。

ビアンカはノエルの『かわいい妹』でいなければならない。彼がそう望んでいるのだから。幼い頃はただ無邪気に彼を慕うだけで自然とそうでいられた。それがいつからかだんだんと難しくなって、今ではどんなに努力しても醜い綻《ほころ》びが隠しきれない。

ノエルの幸せを願っているのに、彼の隣に自分以外の女性がいることを想像するだけで心が火傷したみたいに金切り声を上げる。

今回の縁談がまとまらなくても、同じことはこの先何度でも繰り返されるだろう。たとえ五十歳になったとしても、ノエルが裕福であるかぎり縁談は舞い込んでくる。経済力のある男性なら、いくつになっても引き合いがあるはずだ。

だが、ビアンカは若さを失ったら何も残らない。ノエルの『かわいい妹』はいつか『かわいそうな妹』になり……やがては重荷になるだろう。ビアンカがいちばんなりたくないものに。

(わたしがなりたいものって……何かしら？)

ふっとそんな疑問が浮かび、ビアンカはベンチに腰を下ろして考え込んだ。

彼の重荷にはなりたくない。それくらいなら死んだほうがまし。

だったら、なりたいものはなんだろう？

ずっと彼の側にいられる存在。『妹』としてではなく。

妻？　配偶者？　もちろんなれたら最高だけど、それは無理。ビアンカは『妹』なのだから。

何か、他にいい言葉があったはず。なんだったかしら。何かの本で読んだのよ……。

「――――伴侶」

ああそう、伴侶だ。人生の伴侶。ともに人生を歩む存在。

その言葉は読んでいた本の頁《ページ》から浮き上がるように目に飛び込んできた。そうなれたらどんなにいいだろうと溜め息をつき、しばし夢想に耽った。

「そうよ。わたしはお兄様の『伴侶』になりたいんだわ。『妹』ではなく」

たとえそれが表沙汰にできない秘密の関係でも。愛人という日陰の存在だとしても。

ノエルさえ受け入れてくれるならかまわない。

ビアンカにとって、ノエルこそがこの世を照らす光。眩く光り輝く太陽なのだから――。

その夜、晩餐を終えたビアンカは湯浴みをし、白いコットンの夜着をまとって昼間考えた計画を念入りに思い返した。

ぐるぐると思い悩んだ挙《あ》げ句《く》、ビアンカはとんでもない決意を固めたのだった。

ノエルを誘惑する。自分を伴侶にしてもらうために……！

的外れではないにせよ、経験もなければ知識も足りないビアンカにはかなり無茶な計画である。男女の秘め事については漠然としたイメージしかない。具体的な結婚話でもあれば違ったのだろうが、ビアンカが持っている知識は十二歳で初潮が訪れたときに家政婦が教えてくれたことだけだった。

当時、ノエルに頼まれた家政婦はビアンカをフィリエンツ公の宮殿の一角にある美術館へ連れて行った。美しい若者の裸像を指しながらあれこれ説明してくれたのだが、周囲の人を憚《はばか》って小声だったのと、その裸像の均整の取れたしなやかな身体つきがなんとはなしにノエルを彷彿とさせ、純粋な賛美の気持ちで見とれてしまい、家政婦の話はほとんど耳に入らなかった。

社交界デビューすればいやでも艶聞《えんぶん》が耳に入るようになり、それに伴って多少の性知識は増えたものの、やはり曖昧模糊《あいまいもこ》としたものだった。男性は女性の裸が好きで、美人の裸であればなおのことむしゃぶりつかずにはいられない……といった、あまりに雑なうえにひどく偏《かたよ》った知識でしかなかった。

リディはビアンカを美人だと請け負ってくれた。贔屓目を差し引いたとしても不細工ではないだろう。自分ごときの裸、美術館に並ぶ芸術作品には遠く及ばないけれど、多少バランスが悪くても見苦しいほどではないはずだ。とにかくむしゃぶりついてもらえれば後は自然にうまくいく。

そんなわけはないのに、生来の思い込みの激しさから視野が狭くなったビアンカは、湧き上がる不安を無理やり押し込めてこっそりとノエルの許へ向かった。

軽やかな意匠に彩《いろど》られたビアンカの部屋とは反対に、ノエルの部屋はどっしりと落ち着いた雰囲気だ。焦げ茶色の腰板にダマスク模様の深い青の壁紙。床まで届くカーテンは群青色で、くすんだ金の装飾が施されている。

絨毯は青を中心に赤の差し色が入り、バランスよく配置された家具は腰板と同じ色味の濃い茶色で統一されている。ビアンカのものより一回り大きな四柱式ベッドは天鵞絨《ビロード》の帳に囲まれ、金色のタッセル付きのひもでくくられていた。

ベッドは空だった。この部屋の主はまだ戻ってきていないが、それは想定済みのこと。ノエルは晩餐の後居間で少しくつろぐと、寝る前にもう一仕事するのが習慣なのだ。

誰もいないのにきょろきょろと周囲を見回し、そそくさとベッドにもぐり込む。脱いだ室内履きはベッドの下に押し込んでおいた。

ドキドキしながらビアンカは頭から寝具をかぶって横になった。肌触りのいいまっさらなリネン。毎日メイドが取り替えているのに、なんだかノエルの香りが漂っている気がして鼓動が高鳴る。

かすかにほろ苦いベルガモット。針葉樹を思わせるシダーウッドと官能的なアンバーグリスが密やかに混じり合う。

ディ・フォルジ商会では香料も扱っており、付き合いのある調香師が彼だけのために調合したという特別な香水だ。どこか謎めいた、神秘的な感じのする香りで、ノエルにとてもよく合っている。ビアンカはこの香りが大好きで、幼い頃はノエルに抱きついては深々と吸い込んでうっとりしたものだ。

ずっとこの香りに包まれていたい。彼の腕の中で。そのためなら、淑女にあるまじきはしたないまねに及ぶことも厭わない。もう自分は子どもではないのだということを、彼にわかってもらうのだ。なんとしても。

やがて寝室の扉が開く音がして、ビアンカは緊張に身体をこわばらせた。足音はベッドには近づかず、別のドアが開閉する音がした。寝室に続く化粧室へ入ったらしい。

ビアンカの部屋もそうだが、化粧室は浴室も兼ねている。頃合いを見計らって召使が湯の準備をしておき、必要に応じてビアンカの場合は侍女が、ノエルの場合は従者が洗髪や着替えを手伝う。もしも従者が寝室に入ってきたらどうしようかと、今さらながらビアンカは焦った。

さいわいにもノエルはひとりで身繕いをしたようで、更衣室のドアがふたたび開いたとき聞こえてきたのは彼の足音だけだった。

ベッドに近づいてきた足音が、ぴたりと止まる。ビアンカも息を殺して固まり、ぎこちない沈黙がしばし続いた。やがて溜め息まじりの声が聞こえてきた。

「……何をしてるんだ、ビアンカ」

おそるおそる上掛けを引っ張って目だけを覗かせる。ノエルは燭台を片手に、ふくらはぎまであるワンピース型の夜着に室内履きというくつろいだ寝支度で、苦りきった顔をしていた。

「あ、あの。一緒に寝てもいい……？」

「いいわけないだろう。もう子どもじゃないんだぞ」

叱りつけるような声音にビアンカはムッとした。ずるい。こんなときだけ大人扱いするなんて。

「そうよ。わたしはもう大人なの。だから、大人としてお兄様と一緒に寝たいの」

ノエルは片手を顔に当て、はぁっと溜め息をついた。

「何を言っているのか自分でもわかってないらしいな……。さぁ、ベッドから出て、部屋に戻りなさい」

「厭！」

「聞き分けのない子だな」

ビアンカは跳ね起き、眉を吊り上げて抗議した。

「今度は子ども扱い？　勝手だわ！」

「こっそりブランデーでも飲んだのか？　困ったお嬢様だな」

ノエルは燭台をサイドテーブルに置くと、有無を言わさずビアンカを抱き上げた。

「やだっ、下ろして！」

「部屋に戻るんだ。あまり聞き分けがないと、外出を禁止するぞ。舞踏会に行けなくなってもいいのか」

「お兄様が余所の女の人と踊るのを黙って見てるしかないなら、舞踏会なんか行きたくないわっ」

「おまえとだって踊ってるだろう」

「『妹』だからでしょ。でももうそれじゃ厭なの。わたしは本当の妹じゃない。亡くなった妹さんの身代わりはもう厭なの……！」

ノエルがかすかに息を呑む。こわばる体軀にしがみつき、ビアンカは強引に唇を押し当てた。前屈みになっていた彼はバランスを失い、ベッドに倒れ込んだ。起き上がろうとするノエルにビアンカは必死にすがりついた。

「お願い！　お兄様の伴侶になりたいの。そのためならどんなことでもする。なんでも言うことを聞くわ。だからお願い……！」

「……伴侶だって？　おまえが……俺の？」

くぐもった声は奇妙に平板だったが、無我夢中のビアンカは気づかない。

「お兄様とずっと一緒にいたいの。妹としてではなく」

「……おまえは妹だ」

「違う！　わたしを引き取ってくれて、大事に育ててくれたことには感謝してるわ。感謝してもしきれないくらい。でも、もうだめなの。お兄様のことが好き。好きで好きで、たまらないの。わたしはもう、お兄様の『妹』ではいたくないの……っ」

「────そうか」

いきなりノエルの声が冷たく、よそよそしくなる。ハッとすると同時に彼はビアンカの腕を振りきって身を起こし、逆に肩を摑んでぐいとシーツに押しつけた。

「……!?」

冷ややかに見下ろされ、息を吞む。ノエルのまとう雰囲気は一変していた。まるで見知らぬ人のよう。おぞましい毒虫でも眺めるような目つきで、彼は侮蔑《ぶべつ》もあらわに吐き捨てた。

「まったく……。見てくれだけでなく、性質も母親そっくりなんだな。純情ぶった顔で男の同情を引き、鼻面を引き回した挙げ句、破滅に追いやって喜ぶ……忌まわしい姦婦《かんぷ》め」

「な、何言ってるの……？　母親そっくりって……わたしのお母様を知ってるの!?」

「もちろん知っているさ。だから大枚はたいておまえを買った。そう……復讐のために」

買った？　復讐？

思いも寄らぬ言葉に啞然となるビアンカを、ノエルは凄まじい怒りを孕んだ目つきで睨みつける。それだけで身体が凍りつき、ビアンカは蒼白になった。

底知れぬ憎悪のこもった声音で彼は告げた。それはまるで死刑宣告のように厳然と響いた。

「俺の家族が死んだのは、おまえの母親のせいだ」

「えっ……!?」

「殺されたんだ。なんの罪もなかったのに」

「で、でもわたし……捨て子だって……」

「そう、捨てられたも同然だったな。おまえはあの旅籠の主人夫婦に預けられていたんだ。養育費をつけて。強欲な養父母はおまえを捨て子と偽り、女中代わりにこき使った。そんなこととも知らぬおまえを俺は大金を支払って買い上げた。使い道が決まるまで手許に置いておくつもりだった」

あまりに無慈悲で冷酷な言葉にビアンカは呆然とした。

(使い道って、何……？　わたしは……お兄様にとって道具でしかなかったの……？)

頭を殴られたようなショックに放心するビアンカを、ノエルは凄惨《せいさん》な面持ちでせせら笑った。

「あの夫婦みたいにおまえを最下級の女中扱いしてもよかったんだ。たまたまおまえが死んだ妹と同い年でなければ絶対にそうしていた」

「いっ……！」

容赦なく顎を摑まれ苦痛に顔をゆがめるビアンカを、ノエルは憎悪にぎらつく瞳で凝視した。

「哀れな妹と同い年だったせいで、俺としたことが……ついほだされてしまったんだ。死んだ妹の代わりにおまえを妹として扱い、妹にしてやりたかったことを全部おまえにしてやった。兄としての情を惜しみなく注ぎ込んだ」

いつもと全然違う荒々しい口調で、歯ぎしりするようにノエルは呟いた。

「なのにおまえは、もう妹でいたくないと言う。……勝手な奴め。本当に母親そっくりだ。あの毒婦と同じように、俺を道化にして愉《たの》しむ魂胆か」

ぞっとしてビアンカは激しくかぶりを振った。

「違う！　違うわ、わたしはただ、お兄様のことが好きなの。大好きなの。だからお兄様にも愛してほしい……。それだけなの……っ」

「……愛していたよ、俺のかわいい妹」

ノエルはそっとビアンカの頬を撫でた。狂気を孕んだ瞳に、冷たい手で心臓を鷲摑《わしづか》みにされたような心地になる。

この人は誰？　こんな人は知らない。こんなのはノエルじゃない。わたしのお兄様じゃない……！

それともこれが本当のノエルだというの……!?

優しい兄の顔はただの見せかけだった、と？　ビアンカを欺くための、本心を隠すための、仮面にすぎなかった、と？

――――仮面。

ふいに記憶の底から恐ろしい仮面が浮かび上がった。長い嘴のついた、不吉で不気味な仮面。その下にビアンカは美しく慈悲深い天使を見出した。しかし本当はどちらが仮面だったのか。どちらが彼の素顔だったのか。

ビアンカを突き放したノエル。ビアンカを抱きしめたノエル。いったいどちらが本当の彼なのか……もうわからない。

ノエルは喉の奥でククと笑った。

「かわいい妹……。そう、何度も自分に言い聞かせた。たとえ顔は悪辣《あくらつ》な母親そっくりでも、中身は俺の妹と同じ……純粋で無邪気な娘なんだと、ね」

私のかわいいいい妹。

何度もノエルはそう呟いた。あれはビアンカに言い聞かせるのではなく、自分自身を牽制するためだったのか？　ビアンカを目にするたびに掻き立てられる憎悪を封じるための――。

「そんなもの所詮は幻影だった。妹は死んだ。炎に巻かれ、父と母と一緒にあの世へ行ってしまった。俺だけを、ひとり残して……」

「おにい……さま……。――ッ!?」

力任せに掌で口を押さえ込まれ、ビアンカは目を見開いた。冷酷無残な瞳が凝視していた。今のノエルは完全に見知らぬ人間だった。

(違う、違う！　こんなのお兄様じゃない……っ)

ビアンカは懸命に首を振った。

いつだってノエルは穏やかで優しかったのに。ビアンカに微笑みかけ、何くれとなく気遣ってくれて……。幼い頃は寝る前に本を読み聞かせ、ダンスの練習に付き合い、乗馬を教えてくれた。誕生日にはいつもビアンカの好きなごちそうと素敵なプレゼントが用意されていて……。

なのに。

こんな人は知らない。こんな冷たい目をした人が、大好きなノエルのはずがない……！

「――そうだ。おまえは俺の妹じゃなかったんだ」

思い出したかのように呟くなり、彼はビアンカの夜着を荒々しく捲《めく》り上げた。

「!?　や……ッ」

我に返って抗《あらが》うと小馬鹿にしたように嘲笑《ちょうしょう》された。ノエルは蔑みの目でビアンカを眺め、皮肉った。

「大人の女として扱ってほしいんだろう？　願いどおりにしてやろうじゃないか」

「待っ……」

強引に夜着を頭から引き抜かれ、絨毯の上に投げ捨てられてしまう。もともと寝るとき下着は身に着けない。あっという間に丸裸にされたビアンカは、ノエルを誘惑しようと企んだことなどはるか彼方に吹っ飛んで周章狼狽《しゅうしょうろうばい》した。

それでもノエルが身にまとった夜着を無造作に脱ぎ捨てると、引き締まったしなやかな身体つきに思わず見とれてしまう。着痩せする質なのか、想像よりずっと胸板が厚く逞しい。ビアンカの視線に、ノエルは唇をゆがめた。

「生娘《きむすめ》のくせに涎《よだれ》を垂らしそうな顔をして……。それともすでに男を知ってるのか。薄物一枚でベッドにもぐり込んで待ち伏せするくらいだからな」

「違……っ」

ぐっと乳房を摑まれ、驚きと痛みに悲鳴を上げてもノエルは容赦しない。

「無理に作ってるのかと思えば……自前だったのか。童顔のくせに胸だけ豊満とは。さすが尻軽にふさわしい、いやらしい身体つきだな」

やっぱり子どもっぽいと思われてたんだ……と悲憤《ひふん》が込み上げた。それ以上に、投げつけられる侮蔑の言葉と愛撫というにはあまりに乱暴な扱いに、どんどん心が冷えてゆく。

こんなことを望んだわけじゃない。なりふりかまわず突進しながら、きっとどこかで期待していた。ノエルが自分の気持ちを受け止め、優しく抱いてくれることを。

無知で自分勝手で馬鹿なわたし。ノエルが本当はわたしを憎んでいるのだと、知りもせず――。

「ま、待って、お兄様！　お母様のこと聞かせて。知ってるんでしょう？」

少しでも落ち着きを取り戻してもらおうと懸命に訴えたが、ノエルは侮蔑もあらわに吐き捨てた。

「決まってるだろう。おまえそっくりの、どうしようもない色情狂《いろぐるい》さ」

「ひ、ひどいわ、そんな言い方……っ」

ぐいと顎を摑まれ、険しい眼光にヒッと悲鳴がかすれる。

「事実だから仕方ない。何せ自分の父親と寝るような女だからな」

「え……？」

愕然《がくぜん》とするビアンカに、くっと彼は喉を鳴らした。

「おまえの母親は、自分自身の父親と通じておまえを産んだ。おまえは父親とその娘の間にできた穢《けが》れた罪の子なんだよ」

ビアンカは絶句した。

「……嘘！　嘘よ、そんなのっ……」

ノエルは答えず、残酷に目を細めた。いつも優しかった水色の瞳が今は割れた氷片みたいだ。ノエルは嘲《あざけ》りに鼻を鳴らすとビアンカの腿《もも》を強引に押し広げた。

「やぁっ……」

陰部がぱくりと割れ、秘処が剝き出しになる。必死に抗うも力任せに押さえつけられて身動きできない。ノエルはビアンカの膝裏を摑み、脚をM字に広げて覗き込んだ。

「……ふん。さすがに処女では乳房を揉んだくらいじゃ濡れないか」

ピン留めされた蝶《ちょう》の標本さながら、シーツに縫い留められてビアンカは羞恥に身を震わせた。押さえ込まれて腰が浮いているので、上半身を起こすこともできない。

フッと敏感な場所を吐息がかすめた次の瞬間、ぬるりと熱い感触に花芯が包まれた。

「ひッ……!?」

反射的に首をもたげると、ノエルが恥部に顔を埋めていた。カーッと頭に血が上り、恐慌《パニック》状態に陥《おちい》ってじたばたとビアンカは暴れた。

「やっ、やだ！　やめて、お兄様……っ」

返ってきたのはわざとらしくじゅうっと粘膜を吸い上げる音だけだった。同時にゾクゾクッと背筋を経験したことのない戦慄《せんりつ》が駆け上がる。

「んぅッ……！」

舌全体を使って秘裂を舐め上げられ、くすぐったさとぞわぞわするような未知の感覚にビアンカは肩を竦めた。

「やめ、て……そんな、とこ……きたな……っ」

答えはなく、代わりにぺちゃと濡れた音がした。就寝前に湯浴みはしたものの、ビアン力にはそこが排泄《はいせつ》をする場所だという感覚しかない。月のものが下りてくる場所でもある。そんなところを舐められるなんて想像を絶していた。

どんなに懇願してもノエルは口淫をやめてくれなかった。緩急をつけて柔肉を舐め上げ、襞《ひだ》に隠された肉芽を舌先で転がしながらちゅくちゅくと吸いねぶる。

何故ノエルがそんなことをするのか理解できないまま、ビアンカは下腹部に不穏な疼《うず》きを覚え始めてうろたえた。

(な、なに……これ……?)

ぞくぞくと肌が粟立つようなこの感覚。寒くもないのに鳥肌が立ちそうになる。気がつけば息を荒らげて腰をくねらせていて、ビアンカは羞恥で真っ赤になった。

「……濡れてきた」

ツッッと舌先で花芯を舐め上げ、ノエルは皮肉っぽく囁いた。

「そ、それはお兄様の……」

唾液、と口にすることができずビアンカは口ごもった。ノエルは身を起こし、濡れた唇を見せつけるように指先でたどった。淫猥《いんわい》なしぐさにお腹の奥がぞくぞくしてしまう。

赤面したビアンカに目を細めると、ノエルは濡れた指先を花唇のあわいに滑らせた。くちゅ、と淫靡《いんび》な水音がして指が沈む。肉芽の付け根をくすぐるように撫で、指はぬぷりと隘路《あいろ》にもぐり込んだ。

「いッ……痛……ぁっ」

びくりと肩を竦め、ビアンカはぎゅっと目をつぶった。生まれて初めて異物を挿入される違和感に、背中が冷たくなる。

「や、やめて、お兄様。痛い……っ」

「指一本で音を上げるのか？　それでよく俺を誘惑しようなどと考えたものだ」

「ごめんなさい……っ」

「どうせわかってなかったんだろうが、優しくしてやるつもりはない。おまえはもう俺の、妹ではないんだからな」

ぐっと指を押し込まれ、ビアンカは唇を噛んで悲鳴を上げるのを堪えた。

「……っく」

すすり泣きが洩れても無慈悲な動きは止まらない。ビアンカは絶望に呻《うめ》いた。妹ではなく、ひとりの女性として見てほしいと願っていた。だが、ノエルにとって妹でないビアンカは憎悪の対象でしかなかったのだ。女性どころか人間として尊重する価値すらない忌まわしい存在だった。

そんなこと知りたくなかった。誰よりも愛している人にこれほど憎まれていたなんて。『妹』というお仕着せをまとっていたからこそ、ノエルはビアンカを愛してくれた。亡くなった本当の妹の身代わりに。その贅沢なお仕着せをビアンカは脱ぎ捨ててしまった。それがどれほど貴重なものだったのかも知らず。

「んぅ……ッ!?」

痛みの中にぞわりと快楽が混じる。ぐちぐちと未熟な花筒に指を抜き差ししながら、ノエルがふたたび花芯に吸いついた。この小さな突起を刺激されると否応なく下腹部が疼き、快感が込み上げる。指の滑りがぐんとよくなり、ビアンカは自分が濡れていることをいやでも自覚させられた。

ノエルに舐められたせいとばかりは言えない。自分の身体が刺激によって何かぬめるものを分泌しているのだ。もしや月経ではないかと焦ったが、ノエルの端整な顔に汚れはついていない。ホッとすると、彼は不機嫌そうにビアンカを睨んだ。

「何をにやついている。気持ち悪い」

「にやついてなんか……っ」

気持ち悪いと言われてショックを受けていると、身を起こしたノエルはビアンカの腰を膝に引き上げた。そのときになってビアンカは初めて彼の男性自身を目撃し、ぎょっとした。大理石の彫像では見たことがあっても、生身の男性の持ち物を見るのはもちろん初めてのことだ。

白く冷たい大理石の彫像とは違って、それは赤黒いような生々しい色彩をおびているうえに、天を衝《つ》くかのごとく猛々しくそそり立っている。にわかに恐怖心が芽生え、青ざめ

たビアンカは無意識に逃れようとシーツを摑んで身を捩った。

即座に腿を押さえつけられ、さらにノエルが膝立ちになったせいで腰が持ち上がってしまう。恥部が真上を向いて開かれる格好を取らされ、ビアンカはうろたえて空中で脚をばたつかせた。

「やっ……やだ、やめてっ」

恐怖と混乱で、ぶわりと涙があふれる。曖昧な性知識しか持たないビアンカにも、彼が何をしようとしているのか想像はついた。あの恐ろしい凶器のようなものでビアンカを貫くつもりなのだ。狭くて繊細な肉洞を執拗に指で探り、舌でねぶりさえしたのはこのためだったのだ。

「お願い。やめて、お兄様」

「妹でなくなったおまえの願いを聞いてやる義理などない」

にべもなく言い捨てると彼は怒張《どちょう》した剛直を花弁の中心に押し当てた。丸くなめらかな先端が処女襞にぬくりと沈む。ひときわ張り出した雁首で隘路をいっぱいにふさがれ、ビアンカは悲鳴を上げた。

「いやぁっ、痛い！」

「力を抜け」

苛立ったように命じられたが、言われたとおりにしたくてもとても無理だ。荒々しい侵入に未熟な粘膜はぎちぎちと引き攣り、無体な蹂躙《じゅうりん》を食い止めようと必死だった。

チッと舌打ちしたノエルが、身を乗り出してビアンカの唇をふさぐ。ぬるりと舌が入り込んできて、驚きに目を見開いたビアンカは、口中を淫靡に這い回る舌の動きにゾクゾクと戦慄《わなな》いた。思わぬ心地よさに恍惚《こうこつ》として目が裏返りそうになる。

次の瞬間、身体の中心に激痛が走り、さっと舌が引っ込む。それでも唇はふさがれたままで、ビアンカは苦悶《くもん》の呻きを洩らしながらボロボロと涙をこぼした。

あれが入ってきた。ノエルの憤怒《ふんぬ》を体現したかのような、あの恐ろしく猛々しい凶器。あれがビアンカの純潔を無惨《むざん》に切り裂いたのだ。

ようやく唇を離し、ノエルは囁いた。どこまでも冷たく無慈悲な声音で。

「わかったか。これが男に抱かれるということ。おまえが望んだのはこういうことだ」

唇を噛みしめ、ビアンカはふるふると首を振った。溜まった涙がこめかみを伝う。

違う。望んだのはこんなことじゃない。ノエルと愛し合いたかった。今までしてくれたように優しく抱きしめ、頬ではなく唇に甘いキスをしてほしかった。

こんな痛くてつらい思いをするなんて想像もしなかった。身体も心も踏みにじられ、惨めさと苦痛とに咽《むせ》び泣いている。

愛を望んだのに、与えられたのは憎悪だった。ノエルが愛していたのは『妹』としてのビアンカであって、ひとりの女性、ひとりの人間としてのビアンカは嫌悪と憎悪の対象でしかなかったのだ。会ったこともない母親のせいで。

（……わたしのお母様が、お兄様を不幸にしたせいで……）

そうとも知らず彼に甘えていた自分はなんと愚かだったのだろう。ビアンカの存在自体が、ノエルにとって苦痛を呼び覚ますものだったのに……。

壊れた人形のように、ビアンカは放心していた。こぼれ落ちた涙が幾筋もこめかみを伝う。ぼやけた視界に、無表情に見下ろすノエルの顔が映っていた。

まるで知らない人のよう。でも、自分は果たして彼を『知って』いたと言えるのだろうか。いや、何も知りはしなかった。彼の過去も、内に秘められた激情も。優しい兄という仮面を、盲目的に信じていただけ……。

凍てつく星のようなノエルの瞳を茫然と見返していると、彼は不快げに唇をゆがめた。

「泣けば許されるとでも？　母親のしたことは自分には関係ない、と」

目を瞬くと、さらに涙がこぼれた。同情を引くつもりなどなかった。ただ悲しかっただけ。愛する人に憎まれていたという、残酷な事実を突きつけられて。

ノエルは身をかがめ、間近からビアンカを凝視しながら囁いた。

「おまえが許されることなど永遠にない。忘れるな。おまえは存在自体が穢《けが》らわしい、近親相姦の落とし子なんだ」

涙がまたひとすじこめかみを伝った。

ああ、やはり。

やはり自分は悪魔だった。あの毅然《きぜん》と美しい天使に征伐される、穢れた悪魔だったのだ。

幼い頃、わびしい寒村の教会で食い入るように眺めていたステンドグラスが脳裏に浮かび上がる。ずっとあの天使に魅入《みい》られていた。それは自分が彼に討ち取られる悪魔だったから。

(悪魔は穢れた自分を恥じていたから……美しい天使の手で誅殺《ちゅうさつ》されることが嬉しかったのね……)

そう悟った瞬間、我知らず口の端に笑みが浮かんだ。それを見るとノエルはカッとしたようにビアンカを睨みつけた。

「何を笑ってる。破瓜《はか》されたばかりというのにずいぶん余裕だな。だったらこっちも遠慮することはない」

彼は一旦引いた腰を、勢いをつけてふたたび叩きつけた。

「いっ……！」

脳天を串刺しにされたような激痛に、ビアンカは悲鳴を上げた。無慈悲な抽挿《ちゅうそう》に揺さぶられて背中が反り返る。ビアンカは顎を反らし、口許を両手で強く押さえつけた。涙を抑えようと瞼《まぶた》を固く閉ざしたが、熱い雫《しずく》が濡れた睫毛を伝うのは止められなかった。

「くそっ……」

何事か低く罵《ののし》りながらノエルは繰り返し腰を打ちつけた。狭い肉洞を無理やりこじ開け、空恐ろしいほどに怒張した剛直を遮二無二突き入れる。

これが贖罪《しょくざい》であるかのように苦痛を耐え忍ぶうち、ビアンカの意識は次第に朦朧とし始めた。

（わたし、死ぬのかしら……？）

自分が死ねば、いくらかでもノエルの気持ちは楽になるのだろうか。だったらいい。憎しみの対象でしかない自分が彼にしてあげられることは、きっとそれくらいだから。

ノエルを恨む気持ちにはなれなかった。憎まれているのは悲しいけれど、だからといって嫌えない。

やっぱり彼のことが好きで、好きで、大好きで……。それで彼が楽になれるのなら、穢れた自分なんて死んでもかまわない。

だって彼を愛しているんだもの。彼はわたしのすべて。わたしの世界そのもの。拒否されて生きていけるわけがない……。

下腹部がぞくりと震え、苦痛とは異なる感覚が混ざり込む。指の隙間から短い吐息を洩らし、ビアンカは背をしならせた。

（ごめんなさい、お兄様。どんなに憎まれても、やっぱりわたしはお兄様のことが大好き……）

下腹部に熱い迸《ほとばし》りを感じると同時に、ビアンカの意識は闇に呑まれていった。

†　†　†

ノエルは肘掛け椅子にもたれ、寝台に仰向けに横たわるビアンカを凝然と眺めた。

ナイトテーブルに置かれた燭台で蝋燭が一本だけかすかに炎を揺らめかせている。部屋は薄暗く、ノエルの心はさらに暗澹《あんたん》として寒々しかった。

彼の心の暗がりを照らす光はもはやない。たった一本だけ燈《とも》っていた灯を、自らの手で握り潰してしまったのだから……。

意識のないビアンカは白い夜着をまとい、腹部で手を組み合わせていた。胸が規則的に上下していなければ亡骸のようだ。

むごたらしい仕打ちに耐えきれずビアンカが失神してしまうと、彼は水で濡らしたリネンで彼女の全身を拭き清めた。腹の上に放った残滓《ざんし》も、破瓜の血と蜜にまみれた陰部も、ていねいにぬぐった。ビアンカは一度も目を覚まさなかった。

清拭が済むと夜着を着せたが、やはり彼女はぐったりしたままだった。ノエルはビアンカをベッドに横たえ、両手を腹部で組み合わせると、しばしその姿をじっと見つめた。

これは葬送だ。はるか昔に亡くした妹の、妹の身代わりとして慈しんだ少女の――。

見当違いの償《つぐな》いであることはわかっていた。憎むべき存在のビアンカを妹の身代わりにするなんて間違いだと、最初からわかっていたのだ。それでも罪もなく殺された幼い妹の面影が、粗末なベッドから見上げた彼女に重なった。ただ年頃が同じというだけで似たところなどひとつもないのに。

十一年前のあの夜――。高熱を発し、悪寒《おかん》にガタガタ震えながら少女は感極まったようにノエルを見上げていた。それはようやく救いを見出した絶望者の目だった。

その瞬間、憎悪と復讐心で固く凍りついていたノエルの心に亀裂《きれつ》が入った。あろうことか、その少女を『いとしい』と感じてしまったのだ。たった七歳でこの世に絶望しきっていた少女を。

自分に憐憫の情など残っていたとは思いも寄らず、ノエルはうろたえた。憎むべき存在を哀れんだ自分を恥じさえした。これは生まれながらに穢れた存在だ、情けをかける必要などない。そう己に何度言い聞かせても、『いとしさ』は揺るがなかった。

自分にこんな感情が残っていたことが何よりも衝撃だった。こんなことでは復讐をやり遂げるのは不可能だ。冷徹にならなければ。どれほど復讐の炎に胸を焦がそうとも、頭脳はつねに計算高く、鋭敏に保たねばならない。

必要なのは鋼のごとき冷たい堅固さと、革鞭のごとき無慈悲なしなやかさ。優しさだの慈悲だのは単に柔弱さの言い換えにすぎず、危険な命取りになりかねない。

理性がいくら説得に努《つと》めても、息を吹き返した感情はしぶとかった。かわいそうだと純朴だった十五歳の自分が叫ぶ。妹と同い年だぞ。しかも死にかけてる。妹はすでに死んでしまった。でもこの少女は助けられる。妹にそうしてやりたかったように慈しみ、幸せにしてやることができるはずだ。

幸せだと？　何故俺がこいつを幸せにしてやらなければならないんだ。

復讐鬼が言い返す。こいつは忌まわしい悪魔の落とし子だ。ボロボロになるまで利用し尽くし、冷酷に捨ててやれ。

……そうだ、利用すればいい。

ノエルは理性と感情の妥協点を見出した。どのみち今すぐ役には立たないのだ。将来役立てるにしても、これまでと同じ最低の女中扱いのままではろくな駒《こま》に育たない。どうせなら従順に動く、使い勝手のよい駒に仕立てるべきだ。

だったら妹の代わりにしてもいいんじゃないか？　そうすれば償いと復讐を同時に進められる。一石二鳥だ……。

ビアンカ――当時はデボラと呼ばれていた――との最初の出会いと、そこから生まれた不毛な葛藤を思い起こし、ノエルはクックッと喉を鳴らした。

「……あの頃は、まだまだ俺も甘かったな」

あれが今だったら自分はどうするだろう。もしもあの旅籠でそのまま成長したなら、デボラは果たしてどんな女になっていたのか……。きっと誰にでも股を開いて小遣い稼ぎをするような蓮《はす》っ葉《ぱ》な女給に堕《だ》していたはずだ。それを想像すると死んだ魚のような目をしたビアンカが行きずりの男に揺さぶられている光景が思い浮かび、胸糞悪くなった。

同時に、そのほうがよかったかもしれない……とも思う。もしも放置しておけたのなら。絶望しきったまま成長し、売春婦を兼ねる女給に成り下がったデボラを見ても、憐憫の情など湧かなかったに違いない。さすがはあの淫売《いんばい》の娘、いい気味だと気分よく侮蔑できたはず。

しかし早晩手が届かなくなることがわかっては引き取るしかなかった。引き取ってしまった以上、使える駒に仕立てねば。そのために淑女教育が必要だった。

そう、ただそれだけのこと。ついでに妹扱いしてやったのは、無辜《むこ》にして死んだ妹への罪悪感がどうしてもぬぐえなかったからだ。

もしもビアンカが『妹』の立場を守ったなら、ずっと優しい兄でいてやれただろう。復讐を果たした後で良い相手に嫁《とつ》がせ、自由に使える財産をたっぷり残してやり、妹を幸せにしてやれたと満足して死ねたかもしれない。

……わかっている。そんなのはただの自己欺瞞だ。身代わりを相手にした偽《いつわ》りの償い。それでは死んだ両親に申し開きができない。ビアンカは仇《かたき》だ。仇の娘であり、彼女自身もまた汚辱《おじょく》にまみれた誅《ちゅう》すべき仇なのだ。

「――何故、『妹』でいられなかったんだ？　ビアンカ」

死人のような姿勢で眠り続けるビアンカに向かって、ノエルは昏いまなざしで呟いた。

虚ろな表情にやるせない翳《かげ》がよぎる。

おまえが『妹』のままでいてくれさえすれば、こんなことをしなくて済んだのに。

妹だと思っていられるかぎり、優しい兄でいられた。妹でないなら仇だ。妹であることをやめれば、ビアンカは憎悪の対象でしかない。

だが――その憎悪に昏い欲望が混じっていることもまた、認めざるをえなかった。ビアンカが自ら『妹』の範疇《はんちゅう》を踏み出そうとするずっと前から、ノエルは妹にはけっして抱かないはずの欲望を覚えるようになっていたのだ。

それは吐き気がするほどおぞましいことだった。それでは奴ら、、と同じ鬼畜になってしまう。そんなことは絶対にあってはならない。だからこそビアンカを『妹』という枠に無理やり押し込めた。

彼女が自分に対して兄への親愛を超えた感情を抱いていることには薄々気づいていた。血の繋がりがないことがわかっているのだから、禁忌の感覚は薄かっただろう。

だが、それ以上にビアンカが奴ら、、の娘だから、そもそも禁忌の感覚が鈍《にぶ》い、あるいはまったく持ち合わせていないのではと疑わしく思えてならなかった。

それが事実なのか邪推にすぎなかったのかはわからない。結局ビアンカは『妹』という謂わば安全な魔法円の内側に留まっていることができず、自ら踏み出してしまった。そして薄氷を踏み抜き……沸騰《ふっとう》する汚泥《おでい》に堕《お》ちたのだ。

「……馬鹿だな、おまえは」

ぽつりとノエルは呟いた。

俺はおまえを憎むと同時に劣情を抱いていたんだ。俺はおまえにとって誰より危険な獣だった。安全な檻《おり》から出たが最後、おまえを引き裂き、噛み砕くことになるのは必定だった。そんなことも知らないで、この俺に愛を求めるなどあまりに愚かすぎる。

「愛などとうの昔になくした。今の俺にあるのは憎悪と復讐心と……おまえたちを八つ裂きにしても飽き足りないほどの……残虐さだけだ」

昏いまなざしでビアンカを見つめ、ノエルは自嘲まじりに呟いた。

ビアンカ。俺がおまえに抱いた欲望は、己の内で吼《ほ》え猛《たけ》る凶暴な獣性の裏返しにすぎない。そう……けっして愛ではない。おまえが求めるような愛などでは、けっして。

第三章　凍りついた過去

朝になって目覚めたビアンカは、全身の痛みと倦怠感《けんたいかん》で昨夜の出来事を思い出した。

おそるおそる身体を動かせば脚の付け根にズキッと痛みが走る。無慈悲に押し開かれた花びらがじくじく疼き、今もなおあの剛直をねじ込まれているかのような違和感が付きまとう。

ビアンカは起こしに来たリディに、身体がだるいのでもう少し寝ていたいと訴えた。

あとでミルク粥《がゆ》でもお持ちしましょうと言ってリディが出て行くと、ぽつんとビアンカは呟いた。

「……夢じゃなかったのね」

昨夜、ノエルに抱かれた。甘ったるい夢想とはまるでかけ離れた暴力的なやり方で。

恋人として優しく睦《むつ》み合いたいという子どもじみた願望は無惨に散らされ、ビアンカは清純な乙女ではなくなった。

純潔を失ったことよりもずっと心身に堪えたのは彼の憎悪だった。ノエルはビアンカを憎んでいた。引き取ってからずっと憎み続けていたのだ。

顔も知らない母のせいで憎悪されながら、やはり顔も知らない彼の実妹のおかげで身代わりに厚遇されてきた。そうとも知らずノエルに甘え、大事にされているのをいいことに、より多くを求めた。人生の伴侶として愛されることを望んだ。本当は妹として遇されるだけでありがたいことだったのに。わかっているつもりだったけれど、やっぱり甘えていたのだ。彼の示す偽りの愛に。まやかしの愛に。

(……いいえ、そうじゃない)

確かに彼は愛していたのだ。ビアンカに重ねていた、失った本当の妹を。実の妹に注ぎたかった愛情を、本来憎むべき存在であるビアンカに注いだ。『妹』としての立場を逸脱しないかぎり、彼はずっと愛してくれただろう。それに満足できず、自分自身を愛してほしいと不遜に望み……強欲の代償に身代わりの愛さえ失った。永遠に。

心臓が凍りつきそうな感覚に、しばしビアンカは固く目を閉ざしていた。ようやくかぼそい息を洩らし、薄目を開く。

(そういえばわたし……どうやって戻ってきたのかしら)

ノエルのベッドで気を失ってからリディに起こされるまでの記憶がない。自分で歩いてきたとは思えないから、ノエルが運んでくれたのだろう。

あるいは誰かに運ばせた？　たとえば執事のジェルヴェとか……。彼はビアンカとノエルに血の繋がりがないことを知っているけれど、まさか――。

（ううん！　ちゃんと寝間着を着てるもの）

たとえジェルヴェに命じて運ばせたとしても、夜着はノエルが着せてくれたはず。そうだったと思いたい。激昂《げっこう》のあまりビアンカを辱《はずかし》めたのだとしても、せめてそれくらいは。

でも……どうだろう。あのときの、まるで知らない人のようだった彼の冷たい目つきを思い出しただけで背筋が冷える。

ビアンカは身体を丸め、ぼんやりと物思いに耽った。こうして寝心地のよいベッドでぬくぬくしていれば、昨夜の出来事が単なる悪夢だったようにも思えてくる。しかし身じろぎするたび刺すような疼痛《とうつう》が走り、安逸《あんいつ》な夢想への逃避を頑として許さない。

つらい現実を認めたくなくて悶々《もんもん》としていると扉が開き、絨毯の上を静かな足音が近づいてきた。足音はベッドの側で止まり、こちらを窺っている気配がする。頭から上掛けをかぶって寝たふりをしていると、いきなりぶっきらぼうなノエルの声がした。

「……空寝などやめろ。小賢《こざか》しい」

ビクッとしたビアンカがおそるおそる目を覗かせると、脚付きトレイを持ったノエルが無表情にこちらを眺めていた。

冷え冷えとした視線に、あれが夢であればいいという儚《はかな》い望みはこなごなになって吹き飛んだ。それでも冷ややかな侮蔑の浮かぶ顔から目を逸らせず、ビアンカは萎縮《いしゅく》しながらおずおずと彼を見返した。

ノエルは一片のぬくもりも感じられない瞳でビアンカを見下ろし、冷然と命じた。

「起きろ」

ビアンカは急いで身を起こした。突き刺すような痛みに顔をしかめそうになるのを、唇の裏をぎゅっと噛んでどうにか堪える。

ノエルは脚付きトレイをビアンカの前に置くと、窓際にあった椅子を持ってきて腰を下ろし、長い脚を無造作に組んだ。トレイの上ではミルク粥が甘い香りの湯気を上げている。

「喰え」

尊大に顎で示され、ビアンカは反射的に陶器のスプーンを握りしめた。ちらとノエルを窺うと不快そうに眉をひそめられ、焦って粥を口へ運ぶ。ノエルは無言でビアンカを眺めていた。

ぎくしゃくと粥を掬い、味もわからぬまま食べ続けてコトリとスプーンを置いた。

「……ごちそうさまでした」

相変わらずノエルは気難しい顔で黙っている。目を合わせるのも怖くてビアンカはうなだれた。食べ終えてもノエルはトレイを下げようとしないが、さりとて話しかける気配もない。ただ黙ってビアンカを眺めている。知らない人を見るような目で。

いや、人というより気に入らない置物か何かを眺めているみたいだ。捨ててしまおうか、それとも倉庫にでもしまい込むか、うんざりしながら考えあぐねているような目つき。

気まずい沈黙に耐えられなくなり、ビアンカは思いきって声を上げた。

「あの」

「――なんだ」

一拍置いて返ってきたそっけない声音に、掻き集めた気力はたちまち雲散霧消《うんさんむしょう》してしまう。それでも必死に言うべきことを探した。

「あ……。わたし、どうやって部屋に戻ったの……でしょう、か……？」

ノエルはフンと鼻を鳴らした。

「むろん俺が運んでやったんだ。身体を拭いて、夜着を着せて。おまえは死んだように眠りこけて一度も目を覚まさなかった」

「……ごめんなさい」

小声で詫びると、ノエルは何故か腹立たしげに眉を吊り上げた。

「おまえは――」

ふいに言葉を切り、彼はチッと舌打ちした。憮然《ぶぜん》と脚を組み直すノエルをビアンカはおどおどと窺った。また怒らせてしまった。昨夜から怒らせてばかり。もう二度と機嫌を直してくれることはないのだろう。ビアンカは禁忌を犯した。越えてはならぬ一線を越えてしまったのだ。

けっして触れてはならなかった彼の傷を無遠慮に踏みにじり、怒りを買った。ビアンカを取り巻く優しい世界は打ち砕かれた。それがガラスのように脆《もろ》かったことを、壊れてから初めて知った。どんなに悔《く》やんでも取り返しがつかない。

だったら知りたい。彼がこれほどまでにビアンカを憎む理由を、明確に。

「……両親のことを教えてください。わたしの、本当の父母のことを」

「知ってどうする」

冷笑され、ビアンカは上掛けをぎゅっと握りしめた。

「ただ知りたいんです。子どもなら……親のことを知る権利があると思います」

精一杯の気力を込めてノエルを見つめる。彼は嘲るようにビアンカを見返した。皮肉な笑みが口の端に浮かぶ。

「おまえの母親は、おまえの父親の娘だ。だからおまえは母親にとっては娘であり、妹でもある。父親からすれば、おまえは娘であり、孫でもある。ややこしいことだな」

本当にややこしい。理解しようと努めれば、その先に見えてくるのはけっしてあってはならぬ罪深い禁断の関係だ。

だが、その関係がノエルの不幸を招いたというのなら、ありのままの事実を知りたい。

知らなければならない。たとえそれが汚穢《おわい》に満ちた反吐《へど》の出るようなものだったとしても。

「わたしの父と母は、どういう人たちだったの？　今も生きているの？　両親はお兄様に……お兄様の家族に何をしたの？　わたしを憎んでいるなら、どうしてお兄様はわたしを引き取ってくれたの？」

矢継ぎ早に尋ね、軽く息を切らせる。

ノエルはガラス玉のような瞳でビアンカを眺めた。無機質で無感動なその目に、ふっと昏い翳がよぎる。

「……いいだろう。確かにおまえには知る権利がある。たとえ事実がどんなにおぞましいものであろうと、どうしても知りたいと言うのなら」

「話して。わたしは知りたい」

無知であることで罪を逃れられた世界は壊れてしまった。完璧に作られた、甘く優しい繭《まゆ》のような世界。ずっとそこでまどろんでいられれば、きっと幸せだったのだろう。

ビアンカは自ら望んで繭を食い破り、外へ出た。そこが氷雨《ひさめ》のそぼ降る冷え冷えと残酷な世界であることを知りもせず。

愛を求めたがために、愛を失った。なのに、どれほど憎まれようと、冷酷に踏みにじられようと、ノエルを厭う気持ちが起こらない。それが不思議だった。

だから知りたい。自分の存在理由を。それ以上に、ノエルが歩んできた人生を。

ゆっくりと、ノエルの唇に冷たい憫笑が浮かんだ。

「……おまえの母は、名をリュディヴィーヌと言った」

† † †

今から十九年前――。

十五歳の少年だったノエル・デフォルジュは、家族とともにニスティア王国の貴族、ギャロワ公爵に仕《つか》えていた。父は庭園を管理する園丁長で、母は厨房を取り仕切る料理人。ふたりとも上級使用人だったので公爵家の広大な敷地内に一軒家を与えられ、息子のノエルとその妹の一家四人で過不足なく暮らしていた。

ノエルは父の許で見習いをしていた。いつかは父のように園丁長になることを夢見て研鑽に励んでいた。丹精込めて造られた美しい庭園には頻繁に高貴な客人が訪れ、彼らを案内するのは父の役目だった。だから父は大抵、フロックコートに硬いフェルトの中折れ帽《ホンブルグ》という、やや古めかしい紳士の格好をしていた。

ギャロワ公爵は傍流王族の家系で、ニスティア王国で一、二を争う名門だった。領地と王都にそれぞれ館を構え、春から夏の社交シーズンは王都で、秋から冬にかけては領地で過ごすのが常だった。もっとも都会好きの公爵夫妻は冬でもたびたび王都へ出かけていたが……。

七月。社交シーズンはまだ続いていたが、今年はいささか事情が違った。嫡男《ちゃくなん》が無事に三歳を迎えたのだ。衣食住に恵まれた貴族であっても乳幼児の死亡率はきわめて高く、三歳までは誕生祝いをしないという風習がある。

悪魔に目をつけられないように……という呪術的な意味合いに由来し、その分三歳の誕生日は盛大に祝う。三歳を越えれば死亡率はぐっと下がる。

客人が増え、父も母も大忙しの毎日だった。七歳の妹でさえ菜園から野菜を運ぶのを手伝うなど、ちょこまかと走り回っていた。

まだ見習いのノエルは客の邪魔にならないよう注意しながらあちこちの庭で働いた。公爵家の庭園は生け垣で幾何学模様をかたどった整形庭園を中心に、自然を模《も》した風景庭園が周囲に広がっている。その中には瀟洒なコテージや温室、ガゼボ、円塔の形をした鳩小屋などが点在している。贅沢でのどかな田園風景だ。

ある日ノエルが剪定作業をしながら庭を見回っていると、並木道の外れに蹲《うずくま》っている人影を見つけた。薄い緑色のドレスをまとった女性で、側に日傘が転がっている。この辺りは公開していないから、公爵家の家族か、宿泊している招待客の誰かだろう。蹲った女性が顔を上げ、ノエルはすぐにそれが誰だかわかった。公爵令嬢のリュディヴィーヌだ。

「お嬢様？　どうなさいました」

「なんだか急に気分が悪くなって……吐いてしまったの」

ノエルが急いで駆け寄ると、彼女はふたたびえずき始めた。ノエルは遠慮がちに背中をさすった。

「ありがとう、もう大丈夫よ。……お庭を汚しちゃってごめんなさい」

青ざめた顔でリュディヴィーヌは詫びた。

「気にしないでください」

ノエルはポケットを探り、白い麻のハンカチを取り出した。

「どうぞ。きれいですから」

「ありがとう……」

リュディヴィーヌはハンカチを口許に押し当て、ほっと溜め息をついた。ノエルは彼女が立ち上がるのに手を貸し、日傘を拾って手渡した。

「離れに戻られますか？　お送りしましょう」

彼女は頷いてよろよろと歩き出した。いつでも支えられるようにしながらノエルは注意深く距離を保った。園丁見習いの身分では主家の令嬢に迂闊に触れるわけにはいかない。

歩いているうちに気分が持ち直したのか、彼女の足取りはいくぶんしっかりしてきた。

(なんだかやつれたみたいだ)

物寂しい横顔に、そこはかとない危惧を覚える。もともと色白だった肌は今や透《す》けるよう。まるで骨がガラスでできているのではと思えるほど、脆く儚く見える。

公爵令嬢リュディヴィーヌはノエルよりひとつ年上の十六歳。金髪に蒼い瞳の、ひっそりと憂いをおびた美貌の少女だ。弟が生まれるまでは莫大な資産を持つ公爵家のひとり娘で、驚くほどの美貌の持ち主であるにもかかわらず、何故かほとんど人前に出ることがなかった。

身体が弱く、病気がちのせいらしいが、未だに社交界デビューもしていない。彼女の立場なら十四歳くらいで国王に謁見し、王室主催の舞踏会で華々しくデビューを飾れるはずなのに。

不思議なことに母親の公爵夫人は病弱な娘にまったく関心を示さなかった。公爵夫妻が住まう巨大な本館にはいくらでも部屋があるのに、リュディヴィーヌは乳母と数名のメイドに傅《かしず》かれて母屋から歩いて十分ほどもかかるコテージで暮らしていた。

彼女が十歳になると乳母は職を解かれて去った。メイドたちは半年程度で顔ぶれが入れ替わる。公爵夫人が娘を気にかけていない、というより、はっきりと嫌っていることは明白だった。それが不思議でノエルは両親に尋ねてみたのだが、両親は互いに顔を見合わせ、『高貴な方々の考えはわからんよ』と言うだけだった。

離れに専属の料理人はおらず、ノエルの母が作った食事を一日二回、台所女中が籠《かご》に詰めて運んでいる。

ノエルはここで生まれ育ったのでリュディヴィーヌとは幼なじみのようなものだが、ほとんど交流はなかった。たまに散歩中の彼女を見かけることはあっても乳母がつねに目を光らせていて、使用人の子どもとはけっして遊ばせようとしなかった。乳母はお世辞にも優しそうとは言えず、些細《ささい》なことでよく彼女を叱りつけていた。

乳母が去り、メイドが散歩のお供をするようになると、彼女は時折ノエルに話しかけるようになった。咲いている花の種類を問われるくらいだが。

十五を過ぎた頃からリュディヴィーヌはひとりで散歩するようになり、いくらか会話が増えた。こちらから立ち入ったことを訊くわけにはいかないので、ほとんどがリュディヴィーヌの質問に答えたり、話に相槌を打ったりするだけだったが、美しい年上の令嬢との立ち話はノエルを晴れがましいような気分にさせた。

彼女はいっぷう変わった令嬢だった。ノエルにはよくわからない詩のことを滔々《とうとう》と話していたかと思うと、急に踵を返して立ち去ったり、悲しげにぼんやりしているかと思えばいきなりヒステリックに笑い出したりした。感情の起伏にやや極端なところがあるようだった。

ノエルに詩の本を突きつけ、次に会うときに暗唱してみせろと命じたこともあった。何篇かの詩を必死に暗記して諳《そら》んじてみせると、彼女はとても喜び、その本をノエルにくれた。自分はもう全部暗記してしまったから、と。リュディヴィーヌは物憂げに日傘を回しながらお気に入りの詩をよく口ずさんでいた。

「……坊っちゃまが無事に三歳を迎えられてよかったですね」

「ああ、そうね……」

まだ顔色の戻らない令嬢に付き添いながら言ってみると、彼女は気のなさそうな相槌を打った。

三年前、公爵の嫡男が生まれたときにも行き合った彼女にお祝いを述べたのだが、彼女はやはりぼんやりした顔つきでちょっと頷いただけだった。

ノエルは八歳下の妹がかわいくてならないので、リュディヴィーヌの無関心さが不思議だった。彼女の弟は十三歳も下だから、あまりきょうだいのような気がしないのかもしれない。母から聞いた話では公爵夫人は嫁いできてすぐにリュディヴィーヌを授かったものの、その後は流産を繰り返し、三年前にやっと男の子が生まれたのだという。当然ながら公爵夫人は待望の嫡男を溺愛している。

しばらく黙って歩を進めていたリュディヴィーヌは、急に何事か思い出したように独りごちた。

「……そうだわ。お祭り騒ぎの今なら気付かれずに済むかも……」

彼女はふいに足を止め、真剣な顔で向き直った。

「ノエル。あなたにお願いがあるのだけど」

「なんでしょう」

「今夜、離れに来てくれない？　そうね……十二時過ぎがいいわ。明日は狩猟会だし、たぶんその頃なら客のほとんどは休んでいるでしょう」

「は……!?　お、お嬢様!?」

こんな花が欲しいとかいう話だとばかり思っていたノエルは仰天した。リュディヴィーヌは真剣な顔で彼の手を握った。

「お願い。大事な話を聞いてほしいの」

「で、ですが」

「大丈夫よ、離れにはわたしひとりしかいない。メイドは母屋で休むから」

余計にまずいじゃないかとノエルは焦った。

「お話なら今ここで伺います。他に誰もいませんし、絶対誰にも言いません」

その途端、人の話し声が遠くから聞こえてきた。ひときわ高い声で自慢げに話しているのは公爵夫人に違いない。こちらには滅多に来ないのに、どういう気まぐれだろう。

リュディヴィーヌはさっと青ざめた。

「お母様に見つかったら怒られる！　――いいわね？　約束よ。玄関の鍵は開けておくから」

早口で言うなり彼女はよろよろと駆け出し、生け垣を曲がって姿を消した。ノエルは呻嗟にしゃがみ込み、雑草を抜いているふりをした。そこへ公爵夫人を先頭に客人数名が現れる。庭の案内を命じられた父の姿もあった。ノエルは立ち上がり、急いで狩猟帽《ハンチング》を取って畏《かしこ》まった。

一行が通り過ぎるのを待って急いでリュディヴィーヌを追ったが、すでに離れに入ってしまったのか、どこにも見当たらなかった。

その夜、ノエルは家族におやすみを言って自分の部屋に引き上げてからも、昼間の服装のまま落ち着かなく立ったり座ったりを繰り返した。

朝が早い父と母もまもなく寝室へ入り、七歳の妹はとうに夢のなかだ。

ノエルは古い銀の懐中時計を取り出して眺めた。十五歳の誕生日に父がくれたものだ。父はそれを祖父から十五のときにもらった。父は今、自分の給金で手に入れた新しい懐中時計を使っている。

自分もいつか十五になった息子へ古い時計を渡す日が来るのだろうか。今はまだ想像もつかない。

ふと、時刻は合っているんだろうかと不安になった。毎日ネジは巻いているが、時刻は時々父に聞いて合わせるだけだ。父は執事の時計に毎日合わせているから、この時計もそう大きくずれていることはないだろう。

そわそわしているうちに十一時を過ぎ、十一時半を回った。十一時四十五分になると、ノエルは覚悟を決めて立ち上がった。シャツとベストの上にこざっぱりとしたジャケットを着て、外出用のちょっといいショートブーツに履き替えて家を出る。

そうっと玄関の扉を閉め、ノエルは離れに向かって歩き出した。半月が雲間から覗いている。ノエルの住む家は庭園の奥にあり、もとはバンケティング・ハウス——晩餐を終えた客たちが庭園の景色を眺めつつデザートを楽しむために建てられたものだ。今はもうそのような習慣はなくなり、園丁長の住居として使われている。

整形庭園を挟んで広壮な屋敷を見ると、まだいくつかの窓には灯が燈っていた。早足で並木道を通り抜け、生け垣に挟まれた通路を曲がってコテージの前に出る。

一階は真っ暗だが、二階の一部屋の窓が半分開き、カーテンの隙間から灯が漏れていた。あそこがリュディヴィーヌの部屋だろう。玄関の扉をそっと押してみると、昼間言われたとおり開いていた。中に入ってしばらく暗闇に目を慣らしてからノエルは階段を上り始めた。

二階に上がると廊下の奥で扉が半分開いて室内の灯が洩れているのが見えた。廊下の中央には昏い赤の絨毯が敷かれ、突き当たりまでまっすぐ伸びている。

いったいどんな話があるのかと緊張しながらゆっくり歩を進めたノエルは、ふと呻き声のようなものが聞こえた気がして足を止めた。耳を澄ませば確かに聞こえる。むせび泣くような弱々しい女性の声と、何かがぎぃぎぃ軋《きし》む音。昼間、彼女が吐いていたことを思い出してノエルはハッとした。

また具合が悪くなって苦しんでいるのでは？　メイドは母屋で寝起きしていて夜はいないと言っていた。慌てて室内に入ったノエルは、目に飛び込んできた異様な光景に硬直した。お嬢様——と呼びかけようとした声は喉から出ることなく凍りついた。

室内は泥棒に入られたかのように散らかっていた。衣服が床に散乱し、口を開けた大きな鞄が転がっている。

奥のベッドでは裸の男女が絡み合っていた。ナイトテーブルに置かれた燭台の炎が大きく揺れ、裸体に淫靡な陰影を描く。

ほっそりした少女を組み敷いているのは大柄な男だった。大きく開いた脚の間に身体を割り込ませた男が猛然《もうぜん》と腰を突き入れるたび、少女の口からあられもない嬌声《きょうせい》が上がる。

その少女がこの部屋の主であることは、ショックだったがまだ理解できた。だが、彼女にのしかかり、猛然と腰を振っている男は……理解の範疇を越えていた。

呆然とするノエルに気づき、男が憤怒の形相で怒鳴った。

「貴様……ここで何をしてる!?」

それはこの屋敷の主——ノエルが家族で仕えているギャロワ公爵その人だった。つまりはリュディヴィーヌの父親だ。

（どういうことだ……!?）

力任せに殴打されたように頭がグラグラした。父と娘が身体を交えている……？　そんな、ありえない。そんなの許されることじゃない。

ふと、公爵は眉をひそめた。

「おまえ、園丁の……？」

その呟きに一気に血が逆流し、ノエルは飛び上がった。恐慌状態《パニック》に陥って部屋を飛び出す。待て、と響く怒号《どごう》を背に廊下を走り、転がり落ちる勢いで階段を駆け下りた。

玄関を飛び出したノエルは大きく枝を広げるニレの大樹を回り込み、まばらな林の中へ走り込んだ。どこを走っているのかもわからないまま芝生の斜面を駆け下り、小川にかかるアーチ橋を渡って、木立を背景にした岩屋《グロット》に駆け込む。

どうしてそんなところへ行ったのか、自分でもわからない。ただ、とんでもないものを見てしまってひたすら恐ろしく、どこかに隠れたかったのだ。

まだ十五で女性経験がなくても、ふたりが何をしているのかくらいわかる。それは結婚した夫婦のみが行うべきもの――少なくとも親族ではない大人の男女が行うものであり、けっして親子に許されるものではない。

なのに、公爵とその娘が身体を重ねていた。薄闇の中、空中で揺れる白い脚が思い浮かぶと反射的に吐きそうになった。

なんなんだ、あれは。彼女は何故あんなものを俺に見せた……!?

ノエルは岩屋の陰にうずくまり、膝を抱えた。寒くもないのにガチガチと歯が鳴る。彼は膝に顔を埋め、歯を食いしばった。

どれくらいそうしていたか……。ようやく落ち着いてきたノエルはよろよろと岩屋を出た。とにかく家に帰ろう。両親には……話さない。とても話せないし、話したところで信じてもらえるとは思えない。

いつのまにか月はすっかり雲に隠れていた。乏《とぼ》しい星明りを頼りにゆっくりとノエルは歩き出した。しばらく行くと夜空がうっすら明るくなっていることに気づいた。もう夜明けなのかと驚いたが、方角が違う。それに妙に赤く照り映えている。

違う。夜明けじゃない。――火事だ!

それが自宅のある方角だと気づき、ノエルは青くなって走り出した。やがて炎に包まれるバンケティング・ハウスが見えてきた。周囲に人だかりが見えたが、消火活動をしている様子はない。無我夢中で走っていくと、ノエルに気づいた誰かが叫んだ。

「あいつ……家にいなかったのか!?　くそっ、始末しろ!」

それは先ほどノエルに向かって怒号した声の主と同じだった。ギャロワ公爵。素っ裸で実の娘と醜悪な媾合《こうごう》を演じていた男が、今や贅沢な衣装に身を包み、大貴族らしい尊大さでノエルを指す。

公爵の命令に、燃える家を取り囲んでいた男たちが一斉に動き出した。それは消火に駆けつけた召使ではなかった。公爵が抱えている私兵の一団だ。

ノエルはほとんど見かけたことがなかったが、ギャロワ公爵は猟番や従僕の名目で十数名の荒くれ者を雇っていた。ほとんどが軍人崩れで、公爵一家の護衛や領地におけるトラブルの解決などを請け負っており、粗暴な態度から召使たちには嫌われていた。

松明を掲げた男たちが棍棒を手に蛮声を上げる。始末しろと公爵は命じた。捕らえるのではなく。あれを見たノエルを生かしておくつもりなどないのだ。

ノエルは回れ右をして必死に走った。家族がどうなったのか確かめたかったが、そのすべはない。捕まったら殺される。

さいわいにもノエルはこの庭園を知り尽くしていた。茂みに隠れ、木立を縫い、物陰で追手をやり過ごし、どうにか屋敷の広い敷地から抜け出した。行くあてなどどこにもなかった。着の身着のままであふれる涙をぬぐいながらノエルは丘を越えて必死に走り続けた。

†　†　†

ビアンカはこわばった顔でノエルを見つめた。彼は無表情にビアンカを眺めている。一切の感情が削《そ》げ落ちた顔は仮面のようで、ビアンカはずっと前に見た嘴の長い不気味な仮面のことをまたもや思い出した。彼があの仮面を着けていたのはビアンカがまだデボラだった頃、あの寒々しい旅籠で会ったときだけなのに。

記憶の底に埋もれていた仮面が無表情なノエルに重なり、ぶるりとビアンカは震えた。

「……それからどうなったの？　お兄様の家族は……」

「死んだよ、全員。父も母も妹も焼け死んだ。ギャロワ公爵は俺がその足で家に逃げ帰ったと思ったんだな。私兵に命じて家に火を放った」

「お兄様は……？」

「近くの森に隠れて様子を窺っていた。家族が助かってはいないかと、なかなか離れられなかった。だが……三人の葬儀が行われるのを見て、もう誰もいないのだと悟った。三人は村の教会の墓地に葬られた。今もそこで眠ってる。ニスティアへ仕事で来れば必ず訪れる場所だ」

ノエルは脚を組み替え、かすかに唇をゆがめた。

「火事の原因は失火とされた。蝋燭が倒れたせいだと。どうせ判定を下す判事は公爵だ。どうとでもでっち上げられる」

「ひどい……」

ビアンカは唇を噛んだ。わけもわからず焼き殺された人たちを思うと悲憤が込み上げる。

「その蝋燭を倒したのは俺だということになっている」

「え……!?」

「俺が不注意から火事を起こし、恐慌状態になって逃げ出した……という筋書きだ。もしもあのとき捕まっていたら、殴り殺したうえで火の中に放り込み、不幸な事故で片づけるつもりだったんだろう。捕まらなかったから、俺が火事を起こしたことにした」

「そんな！」

「知ったのはずっと後になってからだ。遠縁の者と偽って、教会の神父から話を聞いた。すでに代替わりしていたから、俺がその『逃亡犯』とは気付かれなかった。……当時俺はいつまでも森に隠れてはいられず、やむなくその土地を離れた。なんとしても俺を始末したい公爵が猟犬を使って捜索を始めてね……。見つかったら撃ち殺されるのは確実だった。密猟者と間違えたとかなんとか、いくらでも言い訳はできる。公爵はあの土地では絶対の権力者だった。誰も逆らえない」

公爵領を離れたノエルは南下して王都の雑踏に紛れたが、身を潜めているだけではどうにもならない。考えた末、フィリエンツへ渡ることにした。

もはや天涯孤独の身となり、ニスティアに思い入れなどひとつもない。ノエルの心を占めているのはギャロワ公爵への復讐、ただその一念だった。

ひとりの知己もない異国の地で、どんな汚い手段を使おうと復讐のための一財産を築くのだ。そのためなら汚泥のなかを這いずり回るのも厭わない。人に誹《そし》られ嫌われようと、憎まれようと、復讐に必要な財力と影響力を手に入れてやるのだ。

ただ殺すだけでは事足りない。炎に呑まれた父と母と妹の分まで存分に苦しめてやらねば……。

「あの男はすべてを奪った。だったら俺もすべてを奪い取ってやる。破滅させ、塗炭《とたん》の苦しみを味わわせなければ気が済まない。公爵も、あの忌まわしい毒婦リュディヴィーヌも……」

びくっ、とビアンカは身を縮めた。

「……お母様が、お兄様を陥れた、と……？」

「そうだ。あの女はわざわざ俺を真夜中に呼びつけ、実の父親との情事を見せつけたんだ」

「どうしてそんなことっ……」

「さぁな。ひょっとしたら俺を、俺の家族を憎んでいた……妬んでいたのかもしれない」

とまどうビアンカに、ノエルは酷薄《こくはく》な笑みを浮かべた。ひょっとしたらと言いつつ、彼がそう信じているのは明らかだ。

「何故？　どうして憎むの？　妬むの？」

「あの女はいつも俺たち家族を遠くからじっと見ていたんだ。俺の両親はとても仲がよかった。俺と妹も。だが、あの女は爪はじきだった。贅沢な本館で暮らすことを許されず、古びた離れにひとり追いやられていた。公爵夫人はリュディヴィーヌに冷たかった。嫡男が生まれてからはいっそう冷遇《れいぐう》した。……もっともそれは夫と娘が通じていたせいかもしれないが。そう、あの女も父親にだけは愛されていたわけだ」

「で、でも、お母様はお兄様に優しく接していたのでしょう？　詩の本をくれたり……」

「ただの気まぐれさ。貴族は使用人のことなど気にかけちゃいない。いくらでも取り替えのきく道具にすぎないんだよ。あの女は気さくに接してみせることで馬鹿な若造だった俺をいい気にさせた。青二才の俺は美しい令嬢が直々に話しかけてくれるだけで舞い上がってた。そうやって散々舞い上がらせたうえで叩き落とすことこそが、あいつら腐った貴族どもの愉しみなんだ。あの女は俺を頼ってみせ、相談があるとかなんとか思わせぶりなことを言って夜中に呼びつけ、父親と浅ましく情を交わす姿を俺に見せつけたんだ」

「どうしてそんなことするの!?　そんなところを見られたら公爵が――」

　ハッとビアンカは唇を押さえた。ノエルが口の端をゆがめる。

「そう、ただではおかないよな。事実、即座に奴は私兵に命じて俺の住まいに火を放った。たまたま家に帰ってなかったおかげで焼死を免れたものの、私兵に追われ、もう少しで殺されるところだった。……なんのつもりで情事を目撃させたのか知らないが、そのせいで俺の家族が皆殺しにされたのは事実だ」

ビアンカは絶句してノエルを見つめた。ショックで頭がぐらぐらする。かすれた声でビアンカは漸《ようよ》う尋ねた。

「わたしの父親は、本当にギャロワ公爵なの……?」

「出産の時期を考えればそうとしか考えられない」

自分が禁忌の関係から生まれ落ちたことをなんとか否定したくて足掻《あが》いたが、返ってきた答えはにべもなかった。

「あのときが初めてのようにはとても思えなかったし、昼間リュディヴィーヌは吐いていた。悪阻《つわり》だったんだろう。つまりおまえはあの場面に立ち会っていたわけだ。母親の胎内で」

皮肉にしてもあまりに残酷な物言いに気分が悪くなる。青ざめるビアンカを冷酷そのものの目つきでノエルは眺めた。

「リュディヴィーヌが妊娠していたのではないかと思いついたのは何年も経ってからのことだ。ある程度の財産を築いてからずっとギャロワ公爵とその周辺を監視させていたが、そのうちに妙なことに気づいた。公爵家の家令がとある旅籠に金を送り、定期的に部下を訪問させていたんだ。さらに調べると、家令がかつてその旅籠に幼い子どもを預けたことがわかった」

「それが、わたし……？」

　ノエルは頷いた。

「最初はおまえではなく、コランティーヌという娘がそうだと思った」

　十一年ぶりに聞く名前にビアンカは目を瞬いた。そう、コランティーヌだ。あの旅籠の主人夫婦の娘。すごく意地悪で、よく突き飛ばされたり転ばされたりした。

「彼女は旅籠の娘よ？」

「そうだ。あの夫婦は本来おまえのために仕送りされた金を着服し、実子のコランティーヌにおまえのふりをさせて公爵家の使いと引き合わせていた。おまえには捨て子だったのだと思い込ませ、女中としていいようにこき使った。あの夫婦にとっておまえはただの金づるだったのさ。何故あの夫婦に預けたのかは不明だが……不義の子を下手に知り合いに預けるわけにもいかず、あえて縁もゆかりもない平民を選んだんだろう」

「何故わかったの？　預けられたのはわたしのほうだと」

「近くにある別の旅籠で訊いて、コランティーヌが夫婦の実子だということはすぐに知れた。だからおまえを買い上げた。あまり時間がなかったので予想外の大枚をはたくことになったが仕方がない」

「時間がなかった……？」

「ギャロワ公爵がおまえを手許に引き取ろうとしていることがわかったからだ。奴も立場が変わり、娘が欲しくなったんだな」

「立場？　公爵じゃなくなったの？」

　ノエルは辛辣《しんらつ》な冷笑を浮かべた。

「奴はこのニスティア王国の現在の国王だよ。つまりおまえは王女様というわけだ。残念だったな、俺に連れ去られなければ王宮でお姫様暮らしができただろうに……。もっとも、あの犬畜生にも劣る男がリュディヴィーヌそっくりのおまえに手をつけずにいたとも思えないが」

　生理的嫌悪感にぞわりと産毛が逆立つ。真っ青になったビアンカを冷たくあざ笑うと彼は立ち上がり、脚付きトレイを取り上げた。

「そうそう、もうひとつ笑えることがある。国王になったギャロワ公爵は遠縁に預けていた娘を引き取ったそうだ。その娘は今、デボラ王女と呼ばれている。贅沢三昧《ぜいたくざんまい》の派手好きで、そこそこ美人だが頭は空《から》っぽだともっぱらの評判だよ」

　ビアンカはぽかんとした。

「それって……コランティーヌ？」

「あの旅籠の主人夫婦、悪辣さではギャロワ公爵に引けを取らないな。おまえを買い取ったときデボラは死んだことにしろと命じたんだが、一生遊んで暮らせる金を受け取ってもまだ足りなかったらしい。あの一家は爵位までもらい、大手を振って王宮に出入りしてる。

王女殿下のお気に入りとして、な。政略結婚の道具にするつもりで引き取った娘が真っ赤な偽者とは、ギャロワ公爵――ボードワン国王もいい面《つら》の皮だ。どうやってそれを教えてやろうかと今から楽しみでたまらないよ。リュディヴィーヌがそれを知らずじまいなのがつくづく残念だ」

ノエルは残忍な笑みを浮かべてビアンカを一瞥すると、脚付きトレイを持って扉へ向かった。

「ま、待ってお兄様！　お母様は……お母様はどうなったの!?　今どこにいるの？」

彼はドアの前で足を止め、背を向けたままそっけなく応じた。

「地獄のどこかじゃないか？　リュディヴィーヌなら死んだよ。おまえを出産したとき出血多量でな。天罰さ。――それと、俺はおまえの兄ではない」

冷ややかに言い捨て、彼は部屋を出て行った。冷たく閉ざされた扉をビアンカはしばし呆然と見つめていた。

第四章　殉愛の迷路

心身ともに受けた衝撃のあまり、ビアンカは寝込んでしまった。高熱を発し、悪夢にうなされた。たえまない悪寒にぶるぶる震えながら泣きじゃくり、譫言《うわごと》で許しを請《こ》い続けた。

身体を奪われたことよりも、告げられた残酷な事実がよりいっそうビアンカを苦しめた。自分の両親が罪深い行為に耽ったただけでなく、隠蔽《いんぺい》のためにノエルの家族を死に追いやったことが心苦しくてならなかった。

ごめんなさい。

ごめんなさい。

ごめんなさい……。

熱で朦朧としながらビアンカは乾きひび割れた唇で呟き続けた。

許して。

許して。

どうか許して、お兄様。

お兄様……。

泣き噎《むせ》ぶと、熱で火照《ほて》った頬にひんやりとした感触を覚えた。薄目を開けるとノエルが手の甲をそっとビアンカの頬に当てていた。彼は冷水で絞ったリネンをそっとビアンカの額に載せた。

……これは夢。

夢を見てるのね。だってもうわたしはお兄様の妹じゃない。お兄様はもうわたしのことなんか……。

悲しみに涙があふれた。

「ごめ……なさい……」

彼の袖口を摑み、ビアンカはぽろぽろと涙をこぼした。何度も何度も詫びた。ノエルはビアンカの手を静かに握った。黙って見下ろす彼の表情は翳になってわからない。ただ、手を握るしぐさはとても優しかった。

彼はガラスの吸い飲み《フィーディングカップ》でビアンカに水を飲ませてくれた。ひんやりとした手で優しく頬を撫で、手をさすってくれた。

ノエルの大きな手がビアンカはとても好きだった。ごつごつと節くれだった武骨な手は、肩周りについた筋肉同様、彼がかつては過酷な肉体労働に就いていたことを物語っている。彼は滅多に昔のことを語らないが、十代の頃に数年間港湾労働者として働いたことがあるといつか聞いたことがあった。

その武骨で優しい手が大好きだった。幼いビアンカの頭を撫で、軽々と抱き上げてくれた手。お腹を空かせた野良犬に襲われたとき、守ってくれた手。路傍《ろぼう》の花を摘んで帽子《ボンネット》に挿してくれた手。ワルツを踊るとき、そっと背中に添えられた手……。

脈絡なく次々と思い出が蘇り、あふれる涙が止まらなかった。

「ごめんなさい、お兄様。ごめんなさい……」

大好きな手が涙をぬぐってくれる。蝋燭の灯に浮かび上がった口許が、仄かな笑みを浮かべる。それだけでビアンカは安堵した。

「お眠り」

艶やかな天鵞絨のような囁き声。ビアンカはうっとりと彼を見つめた。記憶に灼《や》きついたステンドグラスの美しい天使。かざした剣を悪魔に突き刺すとき、きっと彼はこんなふうに微笑んで囁くのだろう。

お眠り、哀れな悪魔。

お眠り……。

微笑んでビアンカは目を閉じた。

安らかな死の睡《ねむ》りを彼がもたらしてくれることを希いながら。

ふ、と目を覚ますとカーテンの隙間から朝の光が洩れていた。傍らには肘掛け椅子が置かれ、リディが背凭《せもた》れから半分ずり落ちるような格好で眠っている。

（……わたし、生きてる）

あのまま死んでしまえばよかったのに……。

サイドテーブルには水を張った琺瑯《ほうろう》の洗面器とガラスの吸い飲みが置かれていた。昨夜、ノエルが水を飲ませてくれたのは夢だったのだろうか。リディが世話をしてくれたのを、熱で朦朧としてノエルと取り違えて……。

ビアンカは自分の頬を指先でたどった。あれも夢だったのか。ごつごつした長い指の背で、そっと頬を撫でてくれたのは。ひんやりした感触が火照った頬にとても心地よかった。

思い出して溜め息を洩らすと、リディの身体がさらにずり落ち、その動きで彼女は目を覚ました。小さく唸《うな》って目を擦ったリディは、ビアンカが見ているのに気づいて椅子から跳ね起きた。

「お嬢様！　よかった、お目覚めになったんですね」

「ん……」

上手く声が出せずに頷くと、リディは吸い飲みを取って唇にあてがってくれた。ゆっくり数口飲んで喉を湿《しめ》すとやっと声が出た。

「……ずっと付いててくれたの？」

「旦那様が。昨夜遅く、お熱が下がって落ち着かれたので交替しました」

リディはビアンカの額に手を置き、数秒して頷いた。

「大丈夫そうですね。お嬢様がお目覚めになったと旦那様にお知らせを……。ああ、まだお休みでしょうから、ジェルヴェさんにお伝えしておきます。今、お湯をお持ちしますね」

洗面器を持って足早に出て行ったリディは、やがて湯の入った水差しを洗面器に入れて戻ってきた。熱い湯で絞ったリネンで顔や身体を拭いてもらい、新しい寝間着に着替える。シーツも取り替え、さっぱりしたベッドで重ねた枕にもたれ、温かいビーフエキスを飲んだ。牛肉を水で煮出したもので、療養食としてもよく用《もち》いられる。

しばらくするとノエルが医師を伴ってやって来た。医師は懐中時計を見ながらビアンカの脈を測って頷いた。

「もう大丈夫です。疲れが出たのでしょう。しばらくは外出を控え、自宅で療養してください。食事は消化のよいものを」

礼を言ってノエルは医師を戸口まで送った。執事の案内で医師が去り、リディも下がらせてノエルは椅子に腰を下ろした。

ちらと窺うと、彼は無造作に脚を組み、肘掛けに軽くもたれてじっとビアンカを見ていた。冷ややかな視線に肩をすぼめ、慌てて手許に視線を落とす。彼が何も言わないので、ビアンカはおそるおそる切り出した。

「あの。ずっと側についていてくれたとリディに聞きました。すみません……」

「見張っていただけだ。熱に浮かされて妙なことを口走られては困る」

そっけなく言われ、ビアンカはしゅんと眉を垂れた。

「ごめんなさい」

「……っ、おまえは」

ノエルは声を荒らげたかと思うと、ふいに言葉を切った。不機嫌そうに顎をさする彼を、おずおずと窺う。

「わたし……何か変なこと言った……？」

「ずっと謝りっぱなしでうんざりした」

「ご、ごめんなさい」

「うんざりしたと言っただろう。さらにうんざりさせたいのか？　厭味《いやみ》のつもりか」

「そんなつもりじゃ。ごめんなさ……ぁ」

慌てて口を押さえ上目づかいに窺うと、ノエルは腕を組んで仏頂面をしていた。もう二度と自分に微笑みかけてはくれないのかと思うと悲しくて泣きそうになる。込み上げそうになるのをぐっと堪え、唇の裏を噛みしめた。

いたたまれない沈黙が続く。ビアンカはそわそわと上掛けを摑み、意味もなくひっぱったり、撫でつけたりしながら何か言わねばと必死に考えた。

(そうだわ、これからのことを訊いておこう)

勇気を奮い起こしてビアンカは尋ねた。

「あの。わたし、これからどうすればいいんでしょうか」

「どう、とは?」

「その……もう妹として扱ってもらえないなら、何をすればいいのか……と。この部屋も、出て行かないといけませんよね」

好みの家具や内装を施された明るくてかわいい部屋。そう、ノエルがビアンカの——いや、『妹』のために心を配り、整えてくれた部屋だ。もう自分はここで暮らす資格もないのだと思い、寂しい気持ちになる。

少し間を置いてノエルは答えた。

「おまえの処遇は目的を果たした後で考えることにする。それまではこれまでどおり私の妹を演じてもらおう」

「え……。いいの?」

「妹という役割の他に、何ができると言うんだ」

嘲るように言われ、しょんぼりと肩を落とす。確かに、お嬢様として育てられたビアンカにメイドの仕事をてきぱきこなすのは難しそうだ。旅籠で女中をしていた経験があるとはいえ、何しろ子どもの頃のことだし、この家の召使はみんな有能だからビアンカなど邪魔になるだけだろう。

「……いや、他にもあったな」

ノエルの呟きにビアンカは顔を上げた。

「何？　わたし、お兄様のお役に立てるならなんでもするわ！」

「見上げた心がけだな。……では俺の情婦役も務めてもらおうか」

「じょうふ？」

「愛人のことだ」

唇を皮肉にゆがめるノエルを、ビアンカはぽかんと眺めた。

「表向きはこれまでどおり妹として扱ってやる。暇人どもにゴシップネタを提供する気はないし、今は大事なときなんだ。妙な関心を持たれては困る」

大事なとき。そう、ノエルは復讐のためにこの国《ニスティア》へ来たのだ。彼の家族を殺したギャロワ公爵――今はこの国の統治者となったボードワン王に復讐するために。

（わたしはそのための駒……）

そう考えると悲しかったが、ノエルを恨む気持ちにはやはりなれなかった。彼は今までずっと優しかった。ビアンカを大事にしてくれた。『妹』として、確かに彼に愛されていた。それが復讐のためだったとしても、どうして彼を責められよう。

ビアンカ――デボラの両親は彼にひどいことをしたのだ。すべてを奪い、彼を孤独と悲嘆に突き落とした。デボラは穢れた欲望から産み落とされた罪の子だ。生まれながらに穢れていた自分に、ノエルは純白《ビアンカ》という名を与え、妹として庇護し、愛してくれた。彼の愛を失ったのはひとえに自分の強欲のせい……。

「……わかったわ」

こくんと頷くと、ノエルは憮然と眉を上げた。

「本当にわかってるのか？」

「こ、この前のようなことをすればいいんでしょう……？」

ビアンカは赤くなって目を泳がせた。身体に触れられ、秘められた奥深い場所にノエルの欲望を迎え入れる。すごく痛かったことを思うと憂鬱《ゆううつ》だが、彼が望むのなら仕方がない。

ノエルは黙ってビアンカを凝視している。なんだかひどく怒っているみたい。言われたとおりにすると答えたのに、どうして……？

「なんとも思わないのか？」

「え……。な、何を？」

「男に脚を開くことだ」

ビアンカはカーッと赤くなった。

「は、恥ずかしいです、もちろん……。でも……お兄様なら、恥ずかしくても我慢……できます」

ノエルはふたたび押し黙った。怖くて彼を見られない。

「馬鹿だな、おまえは」

冷淡に吐き捨てられ、ぎゅっと上掛けを握りしめる。

「……そうなんだと、思います」

「俺を好きだと言ったが、今でも同じことを言えるか？　無理やりおまえの純潔を踏みにじった、獣だなんて。それは……無理やりは厭だったけど。でも、やっぱりお兄様のことが……好き、です」

「け、獣のような男に」

ノエルは目を眇《すが》めてビアンカを眺め、フンと鼻を鳴らした。

「やはりおまえは馬鹿だ。どうしようもない馬鹿娘だ」

「……はい、そうです」

辛辣に馬鹿馬鹿と連呼しながら、ノエルの口調にほんのりと温かみが加わったように思えるのは気のせいだろうか。

「俺はおまえの兄ではないと何度言っても理解しない。本当に馬鹿だ」

「だったらなんて呼べば……？」

旦那様、だろうか。それともご主人様？　『愛人』は自分を囲う男をなんと呼ぶのかしら？

「俺の名も忘れたか？」

「……ノエル……」

「そう呼べばいい」

「ノエル……様？」

「何故『様』などつける」

心底厭そうに睨まれ、ビアンカは縮み上がった。

「だって呼び捨てるのは」

「おまえは王女様だ。勲爵士ごとき、呼び捨てて当然だろう」

「王女様だなんて……」

ビアンカは困惑と気まずさに眉を垂れ、ふと思いついた。もしかして、これって厭味か当てこすり？　仇の娘であるビアンカもまた、彼にとっては復讐の対象者だ。表向き妹として扱いながら実際には愛人として囲うことで、彼の復讐心が少しでも満たされるのなら……。両親のことで後ろめたさを感じるビアンカには拒めない。

「何を考え込んでいるんだ」

苛立ったように舌打ちしたノエルが椅子から立ち上がり、どすんと枕元に腰を下ろす。

強引に肩を抱き寄せられてビアンカは焦った。肩から二の腕に手を滑らせたかと思うと、
いきなり夜着の上から乳房を摑まれて仰天する。

「えっ？　えっ！　あ、あのっ、お兄様……ぃッ」

耳朶《じだ》をきつく嚙まれ、反射的に悲鳴が上がる。

「もう忘れたのか？　この鶏頭《トリ》」

「ノエルっ……」

鶏頭なんてひどい……と泣きそうになりながら名前を呼ぶと、今度は首筋を舌でれろんと大きく舐められた。

「や、ぁ……くすぐったいっ」

「いいか、呼び間違えたらまた耳を嚙むからな」

「ん、ん」

焦ってこくこく頷くと、ノエルはフンと鼻で笑って乳房を揉みしだいた。反対側の乳房も摑んで、押し回すようにぐにぐにと捏《こ》ねられ、ビアンカは赤面した。

「あ、あの、ノエル……っ」

「なんだ。痛いのか」

「い、痛くは、ないけど……なんだか変な……感じ……」

「ふん。もう感じてるのか、淫乱め。そういえば乳首が尖ってるな」

きゅっと布越しに先端を摘ままれ、ビアンカは息を詰めた。淫乱なんてひどい……と嘆いたが、ちょっと乳房を揉まれ、首筋を舐められただけではしたなく乳首を尖らせてしまう自分は確かにそうなのかも……。そういえば、さっき耳朶を噛まれたときも噛まれた箇所から遠く離れたあらぬ場所がツキンと疼いた気がする。

指先で乳首を摘まんでくりくりと捏ねられ、ビアンカは胸を喘がせた。ノエルの武骨な長い指が布越しとはいえ自分の乳首を弄《いじ》っていると思うと、昂奮でドキドキしてしまう。

「……ますます尖ってきた」

囁くと彼の吐息が首筋をかすめ、皮膚が不穏にさざめく。うなじの髪がすうっと逆立つような感覚は、恐怖とは似て非なるものだ。怖いのではなかった。ただ、ぞくぞくして居ても立ってもいられない気分になる。

乳房を揉みながら耳の後ろを舐められ、身体の中心に刺すような疼痛を感じた。

「……っふ」

思わず喘ぎを洩らすと、咎めるようにぎゅっと乳房を鷲掴まれた。

「子どもっぽい顔をして胸だけは立派とは。いやらしい身体つきだな」

「ご、ごめ……ぅぅ」

謝るのは聞き飽きたと言われたことを思い出して口ごもる。ノエルは胸を揉みながら首筋に舌を這わせた。時折軽く歯を立てられると脚の付け根がじくじくと疼く。ビアンカは無意識に膝を擦り合わせ、きつく引き結んだ唇を震わせた。

「ずいぶん感じているようだな。濡れ始めてるんじゃないか」

揶揄《やゆ》するように囁かれ、ビアンカはカァッと頬を染めた。

「そ、そんなことっ……」

「だったら確かめろ」

「え……」

「濡れてなければ詫びとしておまえの願いをひとつ聞いてやろう。俺の言うとおり濡れていたら……罰を与える」

ひくっ、と喉が震えた。

「ほら、確かめるんだ」

ノエルは上掛けを払い除けると、腿の下に手を入れて強引に膝を立てさせた。裾の長い夜着をまとっているから脚は隠れているが、それを無造作に捲られてビアンカは悲鳴を上げた。反射的にぎゅっと膝を閉じ合わせる。

「早く確かめないか」

有無を言わさぬ口調に、しぶしぶ右手を脚の間に滑り込ませた。捲れ上がった裾を左手で急いで直しても、咎められはしなかった。

おずおずと茂みを掻き分けて指を差し入れたものの、羞恥心でなかなかその先を探れない。ノエルは乳房を捏ね回しながら肩ごしに覗き込むようにしてぴしゃりと命じた。

「どうなんだ、早く言え」

「あ……」

思いきって指を進めると、ぬぷんと泥濘《ぬかるみ》に指が沈んで泣きたい気分になる。

「濡れてるのか、濡れてないのか、どっちなんだ」

「ぬ……濡れ、て……ます……」

フンとノエルが鼻を鳴らす。

「馬鹿正直に答えるとは、本当におまえは馬鹿なのだな。嘘をついて願いを叶えさせるくらいの知恵もないのか」

「だ、だって、嘘はいけないって……」

「嘘も方便という言葉を知らないのか」

「知ってるけどっ……」

「なら、罰を与えてほしいのだな？」

急に艶を増した囁き声にぞくりと肌が粟立ち、尖りきった乳首が痛いほど疼いた。

「どうなんだ」

「あ……罰して……くだ、さい……」

満足そうにノエルは頷いた。

「いいだろう。自分の手で弄って、上り詰めるんだ」

ぽかんとするビアンカに、ノエルは酷薄な笑みを浮かべた。

「聞こえなかったのか？」

ふるふると涙目でビアンカはかぶりを振った。

「そんなこと……できない……っ」

「できるさ。もう濡れてるんだし、ちょっと花芽を弄れば淫乱なおまえのことだ、すぐに達《イ》ける」

「そんなっ……」

抗議すると容赦なく乳房を鷲摑みにされ、びくりと身体がしなる。

「やれ」

「……っ」

逆らうことは許されない。彼が許さないというより、ビアンカ自身が絶対服従を命じていた。

ぎゅっと目を閉じ、おそるおそる花弁の奥を探った。ぷっくりとふくらんだ媚蕾に蜜をまぶすように指を動かすうち、知らず知らず腰がいやらしくくねり始める。

（ここ……あのときお兄様が舐めてくれた……）

彼の舌で舐め回され、じゅくじゅく吸われたことを思い出すと、腰骨がぞわぞわして腿の内側にそそけ立つような感覚が走る。

（恥ずかしいけど……気持ちよかった……）

羞恥に頬を染めながら指を動かすうち、固く閉じていた膝から力が抜けてゆく。それにも気づかず、ビアンカはくちゅくちゅと蜜溜まりを掻き回した。熱っぽい吐息が半開きの唇から洩れる。

「気持ちよさそうだな」

「ん……」

唆《そそのか》すような声音にビアンカはとろんとした目つきで頷いた。次第に指の動きが忙しくなり、淫靡な水音が高まる。

「ん、ん、ん……ぁあっ……い、ぃ……気持ちぃ……っ」

夜着の裾で隠されているからノエルから見えてはいないのに、視線を注がれるだけでゾクゾクしてしまう。彼はゆっくりとビアンカの乳房を揉みながら首筋に軽く歯を立てた。内臓がねじれるような感覚が込み上げ、ビアンカは顎を反らした。

「あっ、あっ、ン……んくっ……んん——……ッ」

閉じた眼裏で火花が散る。快感が矢のように背筋を駆け抜け、ビアンカは恍惚に我を忘れた。

「はぁっ……はぁ……ぁ……」

熱い吐息をこぼしてノエルの分厚い胸板にもたれかかる。彼はビアンカの手首を掴み、第二関節まで蜜にまみれた指を目の前に持ってきた。ぬらぬらといやらしく光る指をじっくりと眺め、彼はおもむろに指を口に含んだ。

「……っ」

指を銜えたまま、彼はビアンカを見つめた。口をすぼめて指を抜き出すと今度は見せつけるように大きく舌を出して指の股を舐める。ひくひくと花弁が戦慄き、下腹部に甘だるい疼きが走った。見つめられながら指を舐められ、ビアンカはふたたび軽く達してしまった。

「いやらしい味だ」

淡い珊瑚色《さんごいろ》の爪の付け根をぺろりと舐め、ノエルが揶揄《からかい》まじりに囁く。真っ赤になるビアンカに含み笑いをしてポケットから白い手巾《ハンカチ》を取り出し、蜜と唾液で濡れた指をていねいに拭き取った。

上掛けを直し、枕を整えると彼は立ち上がった。

「病み上がりだから今夜は勘弁してやる。明日からは侍女を下がらせたら俺の部屋へ来い。来なくていいと言われないかぎり、必ずだ。わかったな」

「……はい」

従順に頷くと、彼は一瞬探るような目つきになってビアンカを眺めた。

「いらぬ手間を掛けさせぬよう、自分でほぐしておいてもいいぞ」

「え……？」

ぽかんとするビアンカをせせら笑い、彼は部屋を出て行った。ようやく意味を理解したビアンカは真っ赤になってベッドにもぐり込み、『お兄様の意地悪っ』と半泣きで呟いた。

優しく甘やかしてくれた兄が懐かしい。一方で、冷ややかなまなざしや辛辣な命令にぞくぞくしてしまう自分がいることにも気づき、ビアンカはひどく狼狽しながら唇を噛んだ。


次の日の夜。リディが下がってから長いこと迷った挙げ句、ビアンカは重い足取りで自室を抜け出した。暗い廊下で一瞬立ちすくみ、拳を握りしめてゆっくりと歩き出す。思い詰めてノエルに夜這いを仕掛けたのがほんの数日前だとはとても信じられない。まるで天変地異にでも巻き込まれたかのように、何もかもが一変してしまった。

あの頃の自分はもういない。無知ゆえに天真爛漫でいられた日々は引き裂かれ、自分がどれほど罪深い存在なのかを思い知らされた。

あの頃の優しかった『兄』も、もういない。消し去ったのはビアンカ自身だ。あのときノエルの説得に応じていたら……と詮なきことを考え、軽く頭を振る。後戻りなどできない。どうしたって彼を諦めきれないなら、このまま突き進むしかないではないか。

側にいられるなら愛人だってかまわない。日陰の身？　そんなことない。

（だってノエルがわたしの光なんだもの）

たとえその表情や視線から一切のぬくもりが消えてしまっても。それでも彼が自分に目を向けてくれるなら生きていける。何より恐ろしいのは無視されること。それはビアンカにとって絶望そのものだ。

ノエルの寝室の扉をためらいがちに敲《たた》く。応答はなく、ビアンカはおそるおそるドアを開けて室内を覗き込んだ。すでに就寝用にベッドは整えられ、サイドテーブルとマントルピースの上に蝋燭が灯されている。化粧室を使っている気配もないので、一階の書斎でまだ仕事中らしい。

ベッドで待っているべきだろうか。それもなんだか恥ずかしい。期待しているみたいに思われたら厭だし……。ベッドの端に腰掛けて待つのも同じようなものだろう。

どうしていいかわからず部屋を見回したビアンカは、結局暖炉の前に置かれたソファの隅にちょこんと座った。暖かい季節なので暖炉に火は入っておらず、エキゾチックな花鳥模様の描かれた火除け《ファイヤースクリーン》の衝立が置かれている。

ビアンカは夜着の上に羽織ってきたカシミアのショールを掻き合わせた。ニスティアはフィリエンツよりもずっと北にあるので、初夏とはいえ夜も更ければ少し冷えるようだ。寒いというほどではないが、ショールを羽織ってきて正解だった。

やがて廊下側の扉が開き、燭台を持ったノエルが入ってきた。シャツとブリーチズの上から青い絹の室内着《バニャン》をまとっている。彼の愛用の品で、上品なダマスク柄がとてもよく似合っていた。

彼はビアンカに気づくなり眉間にしわを寄せた。

「何をしている」

「え……。あの、来いと言われたので」

来ました……とおずおず答えるとぴしゃりと言われた。

「風邪でもひいてまた熱が出たらどうするんだ。さっさとベッドに入れ」

「は、はい」

慌ててベッドにもぐり込むと、彼はフンと鼻息をついて化粧室へ入っていった。

(心配してくれた……？)

口調は刺々しいが、内容はこれまでのノエルと変わらない。彼はいつもビアンカを気遣ってくれた。想像の中でビアンカは今の科白《せりふ》を優しかった『兄』のものに変換してみた。

『風邪でもひいてまた熱が出たらどうするんだい。ほら、早くベッドに入りなさい』

優しく微笑むノエルを思い浮かべると、鼻の奥がツンとしてじわっと涙が浮かんだ。冷たく、よそよそしくなってしまったノエル。それでも彼は言外にいたわってくれている。憎い仇であるビアンカを。

(お兄様はやっぱり優しい……)

思えば彼の気遣いに違和感を覚えたことは一度もなかった。ただビアンカを利用するためだけに養育していたのなら、どこかで何かおかしいと感じたはずではないか?

ノエルは本質的にとても優しい人だ。それは彼が語った過去からも窺える。家族仲がよかったことだけではない。彼は以前からリュディヴィーヌを気にかけていた。家族から疎外され、冷遇されていた彼女を気の毒に思っていた。その彼女に陥れられたという衝撃が、純粋だったノエルの魂をずたずたに引き裂いたのだ。

(お母様が本当にそんなことを……?)

母がどのような人だったのか、ビアンカは知らない。自分を産んですぐ亡くなった母の記憶はひとかけらもない。自分の父親と情を通じた淫乱な毒婦だとノエルは言う。でも何か腑《ふ》に落ちない。

それとも、自分の母親がそこまで性根のねじ曲がった悪女だとは思いたくないだけなのだろうか。実の父と通じて娘を産んだというだけでもあまりに破廉恥《はれんち》で冒瀆的《ぼうとくてき》なのに、そのうえ自分が家族から疎外されているからと、仲のよいノエルの一家を妬んで皆殺しを図《はか》るなんて。それではまるで魔女——いや、悪魔そのものだ。

ビアンカはゾッとして自らの二の腕をぎゅっと摑んだ。

悪魔。幼い日、自らを悪魔のように感じたのではなかったか？　高熱でうなされたとき、やはり自分は悪魔だと嘆きはしなかったか。リュディヴィーヌの本性が悪魔だったとしたら、その父親との間に生まれた自分は――。

（違うわ！　それは……あの天使が好きだったからよ……！）

ノエルに面差しの似た、裁きの天使。彼が剣で貫こうとする悪魔に自分を重ねた。旅籠で朝から晩まで酷使される日々があまりにつらくて、いっそ慈悲の剣で貫かれたいと願った。だからあの天使が剣を突きつける悪魔に自分を重ねた。それだけだ。象徴的な意味での悪魔だ。

「……そうよ。わたしは本当の悪魔じゃないわ。違う。違うの。悪魔じゃないの……」

「おい」

「違うわ。絶対違う。わたしは悪魔じゃ――」

「おい！」

荒っぽく揺さぶられ、ビアンカはハッと我に返った。険しい顔でノエルが覗き込んでいる。

「何をぶつぶつ言ってるんだ。寝ぼけてるのか？」

ビアンカははじかれたように彼に抱きついた。

「……おい」

「違うの！　わたしは絶対違う……っ」

無我夢中でしがみつくと、絶句していたノエルが溜め息をついて背中を軽く叩いた。

「何が違うんだ？」

「――っ」

穏やかな声音にようやく正気を取り戻し、ビアンカはカーッと赤くなった。抱きついてしまったのが恥ずかしく、かといって身体を離せばうろたえた顔を見られてしまう。

ノエルにどんな目で見られているのか知るのが怖い。今あの冷たい侮蔑の視線をまともに受けたら耐えきれずに泣き出してしまいそうだ。そうなったらさらに軽蔑されて……と思考がどんどん後ろ向きに加速していく。

にっちもさっちもいかず抱きついたまま硬直していると、耳元で困り果てたような嘆息が聞こえた。そのとたん、にわかにいたたまれなくなってビアンカは半泣きで詫びた。

「ごめんなさ……ッいぃ!?」

耳朶をきつく噛まれて悲鳴を上げると、今度はぞくりとするほど官能的な低声が首筋を撫でた。

「おまえの詫びなど聞き飽きたと言っただろう。これ以上俺をうんざりさせるな」

「……っ、は、ぃ……」

また謝りそうになったのを呑み込んで懸命に頷く。ノエルはビアンカの身体を裏返すと、夜着を捲り上げた。

「ひ、や……っ!?」

寝るとき下穿き《ドロワーズ》は着けないので、真っ白な臀部《でんぶ》が剝き出しになってしまう。

「おに……ノ、ノエルっ……何を」

「小ぶりだが、なかなかいい形だ」

ちゅっ、と丸みにくちづけられてビアンカは真っ赤になった。

「や、やだ……っ」

逃れようと必死にもがけば図らずも尻を振り立てるような格好になってしまい、ノエルがククッと喉を鳴らした。

「なんだ、誘ってるのか？」

「ち、違……っ」

「何が違う」

からかうように重ねて問われ、シーツをぎゅっと摑む。おまえは悪魔だと言われるのが怖くて、とても口に出せなかった。ノエルにとってビアンカの両親はまさしく悪魔だ。その間に生まれたビアンカも当然そうなる。

黙って震えていると、背後でノエルがフンと鼻息をついた。

「まぁいい。怖じ気づかずにやって来たことは褒めてやろう」

背中のくぼみをツッと指先でたどられ、駆け抜けた愉悦にびくりと背がしなる。夜着を肩まで捲り上げられ、腕以外すべてが剝き出しになった。のしかかったノエルに尾骶骨《びていこつ》を舐められ、ビアンカは悲鳴を上げた。

「やっ、くすぐった……っ」

もがいても、夜着が肩口に回されているせいで思うように手を動かせない。じたばたしているうちに臀部を持ち上げられ、膝立ちさせられた。尻だけを高く突き出した卑猥な姿勢にビアンカは赤面した。

「やだ、お兄様っ……」

「また間違えたな。噛まれるのがそんなに好きか」

尻朶《しりたぶ》に軽く歯を当てられ、背に冷や汗が浮く。痛むほど強くはなかったが、お尻を噛まれるなんて恥ずかしすぎる。

「ノエルっ……。か、噛まないで」

「おまえが間違えなければ噛まないさ」

「ご、ごめんなさい」

「……鶏頭め」

内腿を噛まれ、悲鳴を呑み込む。謝ってはいけないのだった。ビアンカはぎゅっと唇を噛んだ。謝らないこと。名前で呼ぶこと。これを守らないと罰せられる。

（噛まれるのは……厭じゃないけど……）

あまり強くされなければ。なんだが倒錯的な気がして恥じ入ると、腿の内側を噛んだノエルがそのまま秘処に舌を這わせてきて仰天する。

「ひ!?　あ、やぁっ、だめ」

「最初のときも散々舐めてやっただろう。これがいちばんてっとり早い」

「で、でも、恥ずかし――」

「悦んでるくせに」

じゅっ、と花芯を吸われてビアンカはヒッと喘いだ。ずくんと下腹部から快感が湧き起こる。

「ぁふっ、んっ、んっ、んぅ」

ままならない腕をもがかせ、シーツに爪を立てる。敏感な突起を舌でなぶられることに、ビアンカは確かに快感を覚えていた。繊細な襞を舐め回され、花芽の根元を舌先で突つくように刺激されると、はしたない蜜が奥処からじゅわっとあふれ出す。

「おまえの此処は気持ちいいと言っているぞ。どうなんだ」

「ぁ……き、気持ちぃ……です……っ」

「だろうな。こんなに尻を振りたくってるんだから」

喉を鳴らして嘲笑され、頬が熱くなった。恥ずかしいのに、ねだるようにお尻が揺れてしまうのを止められない。

「処女でなくなった途端にこれか。物覚えのいいことだ」

冷たく嘲られ、ビアンカは唇を噛んだ。

「……ノエルが、変なことするからっ……」

「ほう。俺のせいだと言うのか」

「そうよ……っ」

精一杯の気力で抗う。それも彼の顔が見えないからこそだ。面と向き合ったら萎縮してしまって絶対こんなことは言えない。

冷ややかな嘲罵《ちょうば》が返ってくると思ったのに彼は何も言わなかった。急に怖くなって冷や汗がにじむ。彼は今どんな表情で自分を見ているのだろう。怒らせてしまっただろうか。ただでさえ不興を買っているのに。謝りたかったが詫びれば彼はさらに立腹する。立場も忘れて生意気なことを言ってしまったと臍《ほぞ》を噛んだが今さら遅い。

突然ぎゅっと尻朶を摑まれてビアンカは短い悲鳴を上げた。有無を言わさず左右に割り広げられ、蜜襞がぱくりと割れる。濡れた粘膜が外気に触れる感覚に、羞恥が込み上げた。

「……こんなに濡らしておいてよく言うよ」

震える蜜口になめらかな先端が押し当てられる。破瓜されたときの痛みを思い出してビアンカは身体をこわばらせた。ひときわ張り出した先端が、ぬぷりと隘路に沈む。痛みへの恐れから反射的に拒否してしまい、ノエルは憮然となった。

「締めるのは挿れてからでいい。これじゃ入らないだろう」

「あ……わ、かん、な……っ」

混乱してふるふるとかぶりを振ると、溜め息をついたノエルは上体を折り曲げ、うつ伏したビアンカの胸元に両手を差し入れた。シーツに押しつけられていた乳房を摑まれてやわやわと揉みほぐすように捏ね回されるとたちまち先端が凝《しこ》り、さもしく勃《た》ち上がった。なだめるような愛撫《あいぶ》に、こわばっていた背から次第に力が抜けてゆく。きゅっと乳首を摘ままれ、びくんと顎を反らした。

「乳首を弄られるのが好きだろう？」

誘惑の声音でノエルは囁いた。指先でくりくりと紙縒《こよ》られ、試すように引っ張られると下腹部がぞくんとした。

昨日、彼に乳房を弄られながら自らの秘処を探らされた記憶が蘇る。あのとき感じた淫靡な快楽。拙《つたな》い指戯で達しながら、別のものを夢想してはいなかったか。

有無を言わせず純潔を貫いた、空恐ろしいほど逞しい雄の欲望を。

「あ……」

甘い吐息が唇からこぼれる。無意識の締めつけがゆるんだ刹那、ぬぷりと剛直が蜜鞘に滑り込んだ。ごりっ、と最奥《さいおう》を突き上げてノエルはフッと息を洩らした。

「入った。……ほら、わかるか」

「んっ、んっ」

ぐちゅぐちゅと小突き上げられ、ビアンカは無我夢中で頷いた。長大な一物で臍《へそ》の辺りまで貫かれている気がする。恐れていたほどの痛みはなかった。太い部分が入り口を通過するときだけ、限界まで引き伸ばされた粘膜が悲鳴を上げたが、呑み込んでしまえばずっと楽になった。

そうはいっても、胎内をみっしりと太棹で埋められる感覚はやはり恐ろしくて冷や汗が浮いた。小刻みに内奥を探っていた律動が大きくなるにつれて異物感は少しずつ薄まり、代わりに快美感が急速にふくらんでいった。

「ふ……く……ッ」

内壁をこそげるように退いた剛直が、勢いをつけて戻ってくる。ずっぷずっぷと抽挿され、容赦なく先端をぶち当てられるたび、眼裏で火花がはじけた。

「ぁふっ、んんっ、んーっ」

シーツをきつく摑んでビアンカは喘いだ。うつ伏せになっているせいで唾液が唇を濡らし、シーツに淫らなしみを作る。

容赦なく腰を突き入れながらノエルは乳房への愛撫も続けていた。あまりの心地よさに

頭がクラクラする。下腹部が不穏に疼き、恍惚の予感にビアンカは震えた。

「ぁ……だめ……だめ……っ」

「もう達きそうなのか？　堪え性がないな」

揶揄の口調にも快感は増すばかりだ。ビアンカは泣きじゃくるような嬌声を上げ、身悶《みもだ》えた。

「やぁあ……おか、しく……なっちゃ……ぅう……っ」

「達きたいなら達っていいぞ。ただし、ちゃんと声に出してそう言え」

「達くっ……達く、っの……！」

白い肢体《したい》がびくびくと痙攣《けいれん》する。絶頂に達したビアンカの意識は白い霧に包まれ、つかのま空中を浮遊しているような感覚に放心した。

ノエルはくたりとしたビアンカの身体を掬い上げた。繋がったまま膝に載せられ、屹立《きつりつ》がさらに深く突き刺さる。

「ひぁあっ……！」

見開いた目の前でチカチカと白光が瞬いた。続けざまに達してしまい、ビアンカは焦点の合わない目を瞠《みは》ったまま身体を戦慄かせた。

ノエルは朦朧としたビアンカから夜着を脱がせると、乳房を揉みしだきながら腰を揺らし始めた。甘えるような喘ぎがビアンカの口からこぼれ出す。

「ぁ……ぁ……ぁん……」

厚い胸板にもたれ、ビアンカは律動に合わせて淫らに腰を振った。ずんずん突き上げられながら、指の長いがっしりした大きな手で縦横無尽に乳房を捏ね回されるのが心地よくてたまらない。

「いい声で啼《な》く。そんなに気持ちいいか」

「悦《い》い……。気持ちぃ……の……っ」

「やっぱり淫乱だな」

ねろりと首筋を舐め上げられ、総毛立つような快感に泣き噎ぶ。冷たい揶揄にさえ感じてしまう自分は彼の言うとおり淫乱であるに違いない。彼に抱かれるのはまだ二度目なのに。拓かれた肉体は急速に花開き、初々しくも淫靡に悦楽を求めてやまない。

「……して……ノエル……。もっと、わたしを……」

壊して。

無意識にこぼれ落ちた言葉に、ノエルが息を呑む。彼は低く唸ると乳房をぎゅっと掴んだ。たわわな胸乳《むなぢ》が指の間から淫猥に盛り上がる。ビアンカが息を詰めると、ふっと力が抜け、重みを確かめるようにノエルは乳房をたゆたゆと揺らした。

ふたたび抽挿が始まり、太棹でずくずく穿《うが》たれながらビアンカは絶え間なく熱い吐息を洩らした。

「ん……いぃ……。気持ちいい……。ノエル……ノエル……っ」

やっとビアンカは彼の顔をまともに見た。彼の薄青い瞳で昏い欲望が耀《かがよ》うのを、憑かれたように見つめる。それは冷たいと同時に灼けつくほど熱く、凶暴なきらめきを発していた。魅惑されたように唇を押しつけるとノエルが目を見開いた。一瞬、彼の瞳に動揺がよぎったように思えたのは錯覚だろうか。

彼はにわかに噛みつくようにビアンカの唇をふさいだ。荒々しく侵入してきた舌を従順に受け入れる。口腔を舐め尽くされ、舌を絡めてきつく吸われると生理的な涙がにじんで睫毛を濡らした。唇をふさがれたままビアンカは三度目の絶頂に達した。ひくひくと蠢く花襞が雄茎に絡みつき、きゅうきゅう絞り上げる。

「く……」

ノエルが呻き、ぐっと腰を押しつけた。熱い飛沫《しぶき》が胎内に放たれる。二度、三度と情欲を注がれるたび、うぶな媚肉は法悦に戦慄いた。

今までとは段違いの深くて長い恍惚に酔いしれながら、うっとりとビアンカは囁いた。

「愛してる……」

答えは返らず、ただ抱きしめる腕に確かな力がこもる。それだけでビアンカは満足だった。

それから毎晩ノエルに抱かれた。侍女が下がった後そっと自室を抜け出し、ノエルの寝室で彼が一階の書斎から上がってくるのを待つ。

服を脱いでベッドで待っているよう命じられてやむなく従ったが、部屋に入ってきた彼と顔を合わせるのがどうにも気まずく、いつも頭から上掛けをかぶって息をひそめていた。湯を使って化粧室から戻ってきた彼は、そんなビアンカを敵から身を隠す小動物のようだと嗤《わら》う。

彼は様々な体位でビアンカを責め苛《さいな》んだ。後ろから挿入されることが最も多い。四つん這いの体勢で抽挿されるのは、ビアンカにとって屈辱よりも不安のほうが大きかった。たとえ冷たい視線で射抜かれようとも達するときにはノエルを見つめていたいのに、彼はそれを許してくれない。

後背位で何度も絶頂させられ、最後に彼が精を放つときだけひっくり返され、腹の上に吐き出される。その頃にはもうビアンカの意識は朦朧として睫毛は生理的な涙で重く湿っているので、視界がぼやけて彼の表情を見定めることはできなかった。

彼がビアンカの胎内で欲望を解き放ったのは二回目のときだけだった。それからは何度懇願しても中で出してくれない。おまえを孕ませる気はないとはっきり言われ、すごく悲しかったが、抱いてもらえるだけいいとも思う。突き放されるよりは、ずっと。

冷たい侮蔑口調で詰られようと、直に彼の体温を感じられる。特に後ろ向きに膝に載せられると、抽挿と同時に乳房を捏ねられ、舌も吸ってもらえて嬉しくてたまらなかった。ノエルがキスしてくれるのはそのときだけだ。あとはどんなに頼んでも頬にすらもらえない。彼がくちづけてくれるのは首筋や乳首、秘処といった恥ずかしい箇所ばかりで、ビアンカはいつも息も絶え絶えになるほど惑乱させられた。

月のものが予定よりもずいぶん遅れていたので、もしかしたらあの一度で身ごもったのではないかと期待した。ノエルが喜ぶとは思えなかったし、実際激怒されそうで怖い。だが全身全霊で愛するひとの子を授かることができれば、汚辱にまみれた自分の存在が、ほんのわずかでも許容される……。そんな気がしたのだった。

ところが半月ほども遅れて生理が始まり、ビアンカはがっかりした。その夜は夜着をまとったままノエルを待ち、障りがあることを遠慮がちに告げた。終わるまでは来なくていいとそっけなく言われ、しょんぼりと自室に戻った。当然のことだと思いつつ、見放されたように感じてしまって、寂しくてたまらなかった。

ノエルの態度が急に冷ややかになったことは召使たちも感じ取り、屋敷には微妙な空気が流れている。リディに問われても本当のことなど言えるわけもなく、自分のわがままで彼をすごく怒らせてしまったとだけ言った。

リディは納得できない様子だが、特にビアンカの待遇についての指示もないため、腑に落ちない顔をしつつもこれまでどおり仕えてくれている。

自分はおまえの兄ではないと言い、兄と呼ぶことを禁じても、召使など第三者がいるときだけは『お兄様』と呼んでも睨まれることはなかった。ただノエルの受け答えがそっけなく、にこりともしないので会話は続かない。

理由はわからないが、旦那様はとても機嫌が悪いのだと割り切り、召使たちは何事もなかったように仕事を続けている。

実際ノエルは無愛想でぶっきらぼうになっても無理難題を言いつけるわけではないので、召使たちはむしろ彼のことを心配していた。

唯一平然としているのは執事のジェルヴェで、これがノエルの素顔だと知っていたかのように、ビアンカの前でも召使たちの前でも淡々とした態度を一度も崩さなかった。

数日経って月のものもほとんど終わりかけたある日、ビアンカは庭園の四阿でぼんやりと物思いに耽っていた。この屋敷は玄関と反対側に広々とした庭園がある。王都の屋敷といってもかなり郊外なので、土地が広く取れるのだ。

庭へは食堂を通って出られるが、サロンと食堂の間にあるノエルの書斎から直接下りることもできる。室内着を引っ掛けただけのくつろいだ格好でノエルが庭をぶらぶらしているのを、ビアンカは小塔《トゥーレル》二階の婦人部屋からよく見かけた。

フィリエンツの館は街中なのでこのような広い庭はない。その代わり、ノエルは郊外に瀟洒な別荘《ヴィラ》を持っていて、そこには美しい庭園がある。季節ごとに別荘へ連れて行ってもらうのをビアンカは楽しみにしていた。ノエルはその庭をいつでも完璧にしておくために大勢の園丁を雇い、かなりの費用をかけていた。

（そういえば、お兄様は昔園丁だったんだわ）

淡々と語られた、それゆえに悽愴《せいそう》さが際立つ苛烈《かれつ》な過去。園丁長の父と料理人の母を持ち、家族でギャロワ公爵家に仕えていたノエル。いずれ父の跡を継ぐことを彼は夢見ていたのだろう。今のような富豪になることなど、その頃の彼は考えもしなかったに違いない。

平凡でも、それは満たされた人生であったはず。彼は今でも花や植物が好きだ。本宅も別荘も今いるこの屋敷も、いつも美しい花が飾られ、書斎には観葉植物の鉢植えが欠かさず置かれている。そして彼は雨降り以外は毎日庭を歩く。

ビアンカと一緒に散策することもあったが、なんとなく彼がひとりになりたがっている気がして、同行は遠慮するようにしていた。今ではそれが気のせいではなかったとわかる。庭は彼の過去へと繋がる空間なのだ。

それを知った今、庭に出るのは彼の心を踏み荒らすようで気が引けたのだが、健康のため外を歩くようリディに勧められている。

屋敷の敷地から出ることは禁止されていないが、今はそんな気になれない。この周辺はお屋敷街だから侍女と従僕を伴えば散策してもいいと以前は言われていたのだが、今はそれが許されるかどうかわからない。たぶんだめだろうし、別に出たいとも思わなかった。

むしろこの屋敷を出たくない。ここから出たらそのまま捨てられてしまいそうで怖かった。被害妄想だと笑われそうだが、ノエルに憎まれていると知った今、いつ捨てられてもおかしくないと懸念してしまうのだ。憎まれても、嫌われても、軽蔑されても。それでも彼の側にいたい。そんな妄執じみた想念にビアンカは囚われていた。

（だって、お兄様が好きなんだもの……）

どうしてもこの想いを断ち切れない。淫婦と蔑みつつノエルはビアンカを執拗に抱く。すでにビアンカの身体は彼の情欲に慣らされ、奥の奥まで悦楽を刻み込まれていた。

冷たく罵られながら抱かれることに倒錯的な快感さえ覚え始めている。冷ややかな視線で一瞥されるだけで下腹部がずくりと疼き、期待にもじもじと太腿を擦り合わせてしまう自分は本当にどうしようもない淫乱だ。

数日空いたせいか、彼との交接を思い出しただけで濡れてくる感覚があり、羞恥と情けなさでビアンカは泣きたくなった。ノエルのことは好きでたまらないが、こんないやらしい身体にされてしまったのは恨めしい。

いっそ開き直ってしまえれば楽なのかもしれないが、根が内気で純情なビアンカにはそれも難しかった。夜這いをかけたのだって、今からすればどうしてそんな暴挙に出られたのか我ながら不思議だ。ノエルの縁談があまりにショックで、それまで抑え込んでいた独占欲が暴発したとしか思えなかった。

（お兄様が恋しい）

彼のぬくもりが。なめらかな肌の感触が。どんなに冷たく罵倒されても重ねた肌は熱く、愛撫は情熱的だった。ただ己《おの》が性欲を処理するためなら、ビアンカを何度も絶頂させる必要などないはずだ。なのにノエルは執拗にビアンカの性感を煽り、わけがわからなくなるまで恍惚を強いる。だから、少なくとも身体は気に入られているはず。そう考えることにビアンカはわずかながらも慰《なぐさ》めを見出していた。

（今夜、湯浴みをして大丈夫そうだったら……お部屋に行ってみよう）

呼ばれてもいないのにはしたないかしら、と顔を赤らめたとき。ふいに背後から人の声がして飛び上がりそうになった。

「やぁ！　やっと会えた」

振り向くとベンチの後ろに若い男性がしゃがみ込んでいた。ビアンカを見上げてニコッと笑うその顔に目を丸くする。

「プレヴァン侯爵様!?」

「覚えていてくれたんですね。でも名前で呼んでもらえるともっと嬉しいな」

「……アンドレ様」

青年はにっこりと頷いた。プレヴァン侯爵アンドレ・ルルーシュ。ベランジェ伯爵の舞踏会で出会った好青年だ。

「体調を崩していると聞いて、何度か見舞いに来たんですが、臥《ふ》せっているからといつも取り次いでもらえなくて。今日は主人が不在だからだめだとにべもなく執事に追い返されました」

「そ、そうでしたか」

ノエルが出かけていることを初めて知り、少し寂しい気持ちになる。それにしても、彼が何度も見舞いに来たなんて全然知らなかった。ノエルが黙っていてもリディが教えてくれそうなものだが、もしや口止めされていたのだろうか。

「持参した花束を毎回置いていったんですが、少しはお心の慰めになったでしょうか」

「え？　ええ……ありがとうございます」

一瞬面食らい、慌ててビアンカは頷いた。花はいつでもビアンカの部屋に飾られているが、特に贈り物とは聞いていない。

「今日はノエル卿がいなかったので持ち帰りました。ここの執事が頑として受け取ってくれなくてね。主人が不在中は名刺以外絶対に受け取ってはならぬと厳しく言われているそうで」

「あ、はい。フィリエンツ《くに》でもそうなんです」

ビアンカは頷いた。勝手に賄賂などを置いていかれると困るので、執事から下男までそのように徹底している。

「用心深いんですね。しかし見舞いの花束くらい見逃してくれても」

彼は苦笑して抱えた花束を示した。

「これ、後で持っていってください。本当にただの花ですから。手紙もついてません」

「はぁ……。あの、お座りになっては？」

いつまでも侯爵をベンチの後ろにしゃがませてもおけず、ビアンカは傍らを示した。だが、彼は苦笑してかぶりを振った。

「執事に見つかるとまずい。実は裏の柵《さく》を乗り越えて勝手に入ってきたもので。どうも心配になりましてね」

「心配って……わたしのことですか？」

「重い病気なのではないかと。もしそうなら、腕の確かな医者が知り合いにいますから、無理にでも診察してもらおうと考えたんです。ノエル卿が病気の貴女を放置しているのではないかと心配で」

「まさか！　ただの体調不良ですわ。病気というほどではありません」

「よかった」

彼は心底安堵したように嘆息し、照れくさそうに微笑んだ。

「もう一度貴女にお会いしたくて、あれからあちこちの舞踏会に顔を出したんですよ。今の時期は毎日のようにどこかで舞踏会が開かれていますからね。でも全然見かけない。たまにノエル卿と行き合って尋ねても、体調がすぐれないので療養中だとしか」

「そう……ですか」

ノエルがひとりで舞踏会に参加していたと知り、胸がずきんとした。もちろん、実業家の彼は舞踏会に顔を出すのも仕事のうちだ。そもそもニスティアを訪れたのは事業の拡大が目的だった。

「……あの。フィルマン男爵ともお会いに……？」

「フィルマン男爵ですか？」

「あ……。兄と仕事上のお付き合いがありまして」

焦り気味に言い足すとアンドレは得心したように頷いた。

「ええ、よく見かけましたよ。社交好きな人ですし、ご令嬢も年頃だから結婚相手を見繕っているのでしょう。僕の見るところ、令嬢はすでにとある男性に心を奪われているようですが」

ビアンカはぎくっとした。フィルマン男爵はノエルに愛娘との縁組を打診している。ノエルは断ったと言うが、男爵も当の令嬢も諦めてはいないらしい。

「その紳士と踊るときは他の男性と踊るときと顔つきが全然違いますから一目瞭然です。誰だと思います？」

うろたえるビアンカにアンドレはくすっと笑った。

「見当がついているみたいですね。そう、貴女の兄上。フィリエンツの勲爵士《シュヴァリエ》ノエル卿ですよ」

ビアンカの脳裏に、燃えるような赤毛の美しい女性が浮かび上がった。

クローデット。すらりと背が高く、意志の強そうな青い瞳をした、勝気な美貌の持ち主。ノエルと踊る姿は妬ましいくらい様になっていた。

童顔で小柄な自分よりもずっとノエルとお似合いだ。性愛を知ったビアンカは、裸体の彼女がノエルに絡みついている姿までまざまざと想像してしまい、嫉妬で胸が悪くなった。

「ビアンカ嬢。僕と結婚してもらえませんか」

「え……えぇぇ!?」

突然すぎる求婚にビアンカは耳を疑い、生真面目な彼の表情にまごついた。とても冗談とは思えない顔つきだ。

「ベランジェ伯爵の舞踏会で初めてお見かけして、一目惚れしました」

真摯な口調で一目惚れなどと言われ、頬が熱くなる。彼はベンチの背に隠れながら跪いて花束を差し出した。ビアンカはベンチに座って上半身だけ捻った格好だ。求婚するにはおかしな体勢だが、アンドレは真剣だった。

「ぜひ貴女を妻に迎えたい。必ず幸せにする。神にかけて誓います」

「あ、ありがたいお申し出ですが、アンドレ様はいずれ公爵位を継がれる方。勲爵士の妹のわたしでは釣り合いが取れません！」

「そんなことはない。貴女なら大丈夫です、絶対に」

何が根拠なのか、アンドレの言葉は自信満々だ。

「わたし、外国人なんですけど……」

生まれはニスティア人でも、ビアンカ・ディ・フォルジはあくまでフィリエンツ人だ。

「外国人と結婚してはならぬという法は我が国にはありません」

「で、でもわたし」

「とまどわれるのはわかります。まずは僕という人間を知ってもらいたい。次に舞踏会でお会いしたときには、最初に踊る栄誉をぜひ僕に与えてください。今度はけっして誰にも邪魔をさせません。たとえあの傍若無人な王太子でも」

アンドレの言葉で、異様に睫毛の長い、病的な気配漂う美貌の王太子を思い出し、ビアンカは嫌悪感とともにハッと気づいた。ノエルはビアンカの実父であるギャロワ公爵が今のニスティア国王ボードワンだと言った。ということは、王太子はノエルの話にも出てきたギャロワ公爵の嫡子で――つまり自分の異母兄ということになる。

(あの毒々しい毛虫みたいな人が!?)

「お、王太子殿下は本当にギャロワ公爵の……」

　ざわっとして思わず声を上げると、アンドレは面食らった顔になった。

「ギャロワ公爵ですか？」

「え？　えぇと……。ニスティアの国王陛下が、以前はギャロワ公爵と呼ばれていたと伺って……その、こ、混乱してしまって……」

　苦しい言い訳だったが、納得した様子でアンドレは頷いた。

「ああ、ノエル卿からお聞きになったんですね。確かにそうです。ギャロワ公爵だった今のボードワン王は先代国王が子孫を残さず亡くなると、僕の父と王位を巡って対立し、汚いやり方で王位を手に入れた。彼が王位に就いてからというもの、この国は悪くなる一方です。今や宮廷は佞臣《ねいしん》と腐敗貴族の巣窟。国を支える農民が重税に喘いでいるのを顧みることなく、国庫を濫費《らんぴ》して夜毎享楽にうつつを抜かしている。――僕は父とともにそれを正すつもりです。ノエル卿の力を借りて」

（え……？　どういうこと……？）

　ビアンカはますます混乱した。どうも話が嚙み合わない。ビアンカはただ、ノエル一家に酷《むご》い仕打ちをしたギャロワ公爵が確かに今の国王だと確認したかっただけなのに、アンドレはそれ以上の何かに言及している。しかもビアンカが事情を承知しているものと考えているようだ。

　ノエルの力を借りて、この国を正す？　いったい何をするつもりなの……？

　そのとき館のほうから厳しい声音が飛んできた。

「お嬢様」

　ぎょっとして姿勢を戻すと、つねに慇懃な無表情を崩さない執事のジェルヴェが眉を吊り上げて大股で近づいてくる。背後でアンドレが焦った声で「まずい」と呟き、いっそう身を低くする気配がした。

　ビアンカはピンと背筋を伸ばし、居住まいを正して執事に相対した。

「どうかしたの？　ジェルヴェ」

　平静な口調を精一杯取り繕ったつもりだが、ジェルヴェは取り合わずビアンカの背後に厳しい視線を向けた。

「プレヴァン侯爵閣下。そこで何をしておられるのです？　主人はいないと申し上げたはずですが」

「……いや、どうしてもビアンカ嬢に花束を渡したくてね」

　気まずそうにベンチの陰からアンドレが顔を出す。それを見下ろすジェルヴェは今まで見たことがないような表情をしていた。怒っている。それも、ものすごく。彼は慇懃無礼を地でいくような冷たい声を放った。

「お帰りください。門までお送りいたします。それからこのことは主人に報告させていただきます」

「わかったよ」

しぶしぶ立ち上がったアンドレは、抱えていた花束をビアンカに押しつけた。

「返答に関係なく、この花はもらってくれないか。花に罪はない。むろん付け文なんぞも入っていない。なんなら確かめてくれ」

困惑しながらジェルヴェを窺うと、彼は渋い顔で小さく頷いた。

「それも主人に報告いたします」

「花くらいいいじゃないか。下心がないとは言わないが、けっして後ろめたいものじゃない。僕はビアンカ嬢に求婚した」

正々堂々とアンドレは言い放った。ビアンカは焦ってふたりを交互に見たが、ジェルヴェは無表情に片眉を少し上げただけだった。

「どうぞこちらへ」

冷たい声で促され、アンドレは溜め息をついた。

「では、失礼します」

深々と頭を垂れるアンドレに、慌ててビアンカは立ち上がってお辞儀を返した。

ジェルヴェの案内で庭を出て行く彼を見送っていると、食堂前の階段を駆け下りたリディが全速力で走ってきた。

「ど、どうなさったんですか、お嬢様!?　あれ……プレヴァン侯爵様ですよね？　帰ったんじゃなかったの……!?」

「柵を乗り越えていらしたんですって。わたしを心配してお花を届けてくださったの。

――これ、部屋に飾ってくれる?」

「あ、はい。でも、あの……旦那様に叱られませんか?」

「リディのことは叱らせない。受け取ったのはわたしだもの」

ちょっと依怙地な気分で言い張り、ビアンカは足早に歩き出した。

「プレヴァン侯爵はこれまで何度もこちらへいらしたそうね。リディは知っていたの?」

「はぁ、あの……知ってはいました。でも、これ以上余計なことは言うなと釘を刺されて……」

ちらと見ると花束を抱えたリディは申し訳なさそうに眉を垂れている。釘を刺したのがノエルかジェルヴェなのか知らないが、フィルマン男爵が娘との縁談を持ってきたことをビアンカに注進したことを咎められたのだろう。

リディを責めることはできないが、どうにも腹が立つ。ビアンカはぷいっと顔をそむけ、なおいっそう足を速めた。

† † †

ノエルの屋敷から少し離れた場所で待たせていた馬車に乗り込むと、アンドレは自宅へ向かうよう馭者に命じた。

門まで送ると言った執事は実際にはアンドレが馬車に乗り込んで走り出すまでずっと監視していた。

「……やれやれ。これは当分、門前払い確定だな」

車輪の振動に身をゆだねながらアンドレは独りごちた。とにかくビアンカの無事を確かめられてよかった。花束を渡すだけのつもりだったのだが、久しぶりに彼女の顔を見たら一気に頭が逆上せ、勢いのまま求婚してしまった。

後悔はしていない。一目惚れしたというのは本当だ。ベランジェ伯爵の舞踏会で初めて出会ったとき、なんと可憐《かれん》なひとだと感動してしまった。

あどけないながら品のよさがにじむ清楚《せいそ》な美貌。ほっそりとした腕は白鳥を思わせ、小柄だが首筋から胸元のラインにいわく言い難い色香がただよう。ワルツを踊る人々を眺めている彼女の横顔を、気がつけばアンドレは賛美のまなざしで惚れ惚れと見つめていた。

やがて彼女がただ踊りの輪を眺めているのではなく、特定の誰かを追いかけているのだと気づいた。その熱っぽいまなざしに覚えたのは身を焦がすような嫉妬だった。

誰を見ているのか知りたくて側に近づき、視線の動きを追った。彼女が見ているのがノエルだと確信し、アンドレは愕然とした。

ノエル・ディ・フォルジ。フィリエンツ公国の若き大富豪。貿易と銀行業を中心に、短期間で莫大な財産を築き上げた実業家で、フィリエンツの政財界に深く食い込んでいる。君主の私的な顧問《アドバイザー》を務め、多数の貴族たちと繋がりを持つ。

出自を明かしてはいないが、最底辺から身を起こした事実を彼は隠そうともしない。むろん、そんな人物がたったの二十年弱で大富豪にまで上り詰めるには、まっとうな商売だけでは無理に決まっている。後ろ暗いことも相当やってきたはずだが、それを追及する者はもういない。

彼は次々と人の弱みを握ることでのし上がってきた。弱みを握った人間たちに金を貸し付けたり、トラブルを解決してやったりして様々な情報を得、それを元手に商売を発展させたのだ。

（恐ろしい男だ……）

あの冷ややかな薄青い瞳で一瞥されると背筋がゾッとする。彼が『味方』でよかったと心底思う。敵に回したら最後、再起不能になるまで徹底的にやられるのは確実だ。

暗黒の帝王のような男と父がどのように知り合ったのか、アンドレは知らない。父は彼との馴れ初めをけっして話そうとしなかった。

案外、父も彼に弱みを握られているのかもしれない。ただ、ノエルの目的と父公爵の悲願が一致し、彼は強力な後ろ楯となった。彼の財力と人脈なくしてこの計画は成り立たない。

ノエルが協力する理由はただひとつ、ボードワン王を徹底的に破滅させたいという一念だ。彼がそこまで王を憎む理由はわからない。彼はけっして明かそうとせず、ただ怨《うら》みがあると言うだけだ。怨みならば自分たちにだってある。だから自分たちとノエルは『同志』になりえた。

ビアンカへの求婚についてアンドレの考えは楽観的だった。たとえ彼女が兄妹の情を越えてノエルを愛していようとも、実の兄と結婚することはできない。彼女の想い人がノエルであったことは、むしろ幸運だった。どうやっても結ばれないのは確実なのだから、誠実に彼女に求婚し続ければ、きっと承諾してもらえるはずだ。

(あの男からも守ってやらなければ)

アンドレは又従兄弟であるオーギュスタン王太子を思い浮かべ、嫌悪に顔をゆがめた。

ギャロワ公爵家とルヴィエ公爵家は昔はさほど仲が悪くなかったが、先王に跡継ぎがなく、いずれ王統が断絶することがはっきりした頃からぎくしゃくし始めた。

最初はアンドレの父が優勢だった。父は領民にも慕われる温厚篤実《おんこうとくじつ》な人物だ。だが、ギャロワ公爵は国王を選定する権限を持つ貴族や聖職者に大金をばらまき、玉座を買収したのだった。

貴族が湯水のごとく金を使うため、王都は異様に賑わっている。一方で、地方の都市や農村は王都の繁栄を支えるために重税を課され、日に日に不満が高まっていた。

新国王となったギャロワ公爵は財政状況の改善に熱心だったが、やり方は既存の税率を上げ、新たな税金を課すことが中心で、莫大な宮廷費についてはまったく手をつけなかった。金がないなら税金を増やすことが彼にとっては当然なのだ。

確かに王都は美しく、宮殿は壮麗《そうれい》そのものだがニスティアはすでに疲弊しきっている。

この国を守るために父が立ち、息子の自分が父を支える。ノエルの支援を受けてこの国を公平で豊かな国にするのだ。

そのとき自分の傍らに可憐なビアンカがいてくれれば、これ以上のことはない——。

自宅に帰り着いたアンドレは、昂揚した気分で馬車を降りた。出迎えた執事がアンドレから帽子やステッキを受け取りながら慇懃に告げる。

「大旦那様がお越しになっています」

アンドレは驚き、書斎へ急いだ。

「父上、ずいぶん急なお越しで……」

肘掛け椅子に座った父の他にもうひとりいることに気づいた。火のついていない暖炉に軽くもたれるようにしてノエルが立っている。

「どこへ行っていた？　このような大事な時期にふらふら遊び回っているようでは困るな」

父の咎めるような口調に、アンドレは気を取り直して肩をすくめた。

「別に遊んでいたわけでは。ノエル卿を訪問していたんです」

挑みかかるようにノエルを見ると、彼は迷惑げに眉をひそめた。

「またですか。ご遠慮願いたいと何度も申し上げたのに、閣下も聞き分けのない」

「ビアンカ嬢に何かあったのではないかと心配だったんだ」

「前にも申し上げたとおり妹は体調を崩して臥せっています。もともと病弱な体質でしてね。そっとしておいていただきたい」

「実は先ほど訪問した際、きみが不在だからと追い返されたんだが、どうしても直に花を手渡したくて……柵を乗り越えて侵入した」

ただでさえ冷ややかなノエルの薄青い瞳が、いっそう冷たくなる。まるで氷水に手を突っ込んだみたいに背中がぞわっとした。

「侯爵閣下ともあろう御方が柵を乗り越えて無断侵入とは……。ずいぶん思い切ったことをなさる。それほど愚妹がお気に召したか」

「庭にいたビアンカ嬢と話をしましたが、寝込むほど具合が悪そうには見えなかったよ。面会くらいさせてくれてもいいじゃないか。何もふたりきりで会わせろというわけでは――」

むきになって食い下がるアンドレを公爵が厳しく制した。

「やめなさい、アンドレ。若いおまえのことだ、恋に頭が逆上せるのもわからなくはない。ノエル卿の妹であればさぞかし美しいのだろう。だが、今は大事な時期。何を優先すべきかわからないようでは跡を継がせるわけにはいかないぞ」

アンドレはしぶしぶ頷いた。

「……わかりました。ですが、父上。遊びのつもりはありません。僕は本気でビアンカ嬢に惹かれています」

「その話は計画が成功したらゆっくり聞いてやる。今はそれどころではないのだ。計画が半年早まった」

「えっ!?」

さすがに驚いてアンドレは絶句した。恋心でいっぱいになっていた頭にようやく理性が戻ってくる。

「半年ですか!? いったいどうして」

「デボラ王女の輿入《こしい》れが内密に決まったのだ」

アンドレは父の言葉に唖然とした。ノエルを窺うと、彼は口の端に皮肉な笑みを浮かべて小さく頷いた。

「ずいぶん急ですね……。嫁ぎ先はどこなんです？」

「パニシア王国だ。辺境の小国だが、近年銀の大規模鉱脈が発見された。大国の王女をもらって箔をつけたいのだろう。国王は五十代で、妻を亡くして独り身だ」

「ずいぶん年齢差がありますが……王太子ではなく国王に嫁がせるのですか？」

「王太子にはすでに正妻と嫡子がいるのだよ。一夫一婦制だから、王女を嫁がせることはできない。一方やもめの国王は複数の愛妾を侍らせて女に不自由していないものの妻の座は空いている。今さら正式な後添えをもらう必要もないが、パニシア王家は出自が怪しいことを気にしているからな。もともと山賊が縄張りを領土として勝手に王を名乗り、それが三代続いたので独立建国を認められたような国だ」

淡々とノエルが補足した。

「王女が輿入れすれば一部鉱山の利権をニスティアに譲渡するという条件で双方合意に達しました。つまりボードワン王は銀山の利権欲しさに娘を山賊上がりに売り飛ばしたわけです。むろん、国庫を補填するためではなく、自分たちの贅沢な暮らしを維持するためにね」

公爵は指を突き合わせ、憤然と眉を逆立てた。

「デボラ王女がパニシアに嫁ぎ、王子でも生まれてみろ。ギャロワ公爵の血筋が生き延びてしまう。禍根はすべて絶たねばならぬ。よって王女の輿入れが公表される前に決起することにした」

「今なら王家に対する国民の信頼は最低レベルまで低下していますから、叛乱への国民の反発も抑えられます」

「確かに」

ノエルの言葉にアンドレは頷いた。

今の王家の人間はボードワン王を筆頭にろくでなしばかりだ。全員揃って享楽的な贅沢好きで、国王は狩猟と酒宴にうつつを抜かし、王太子は気に入った女なら独り身だろうが人妻だろうが関係なく手を出す。王妃と王女は張り合うように豪華な衣装を身にまとい、王宮で頻繁に舞踏会を開くだけでなく、芝居やオペラに着飾って出かけ、街中で開かれる怪しげな仮面舞踏会にも足繁く通っている。

彼らは贔屓の貴族を要職につけ、さらにそれらの貴族たちが身内に官職を与えて私腹を肥やす。頽廃《たいはい》と享楽の空気は軍隊をもむしばみ、適切な給与すら支払われないため見切りをつけて去っていく者も増える一方だ。

これでは国庫を食い潰すために国王になったと思われても仕方がない。爛熟《らんじゅく》した宮廷は甘ったるく饐《す》えた腐臭を放ち始めていた。

「しかし……半年も早まって大丈夫なのか？」

「そのくらいは想定内です。何も問題はありません」

ノエルは平然としていた。

「私は何年も前から密かに計画を進めていました。何度もこの国を訪れ、あちこちにもぐり込ませた手の者を通じて、慎重に準備を整えた。そしてルヴィエ公爵閣下のもと、いよいよ総仕上げの時が来たのです」

ノエルの言葉に重々しく公爵は頷いた。

謀叛を成功させるには誰もが納得できる大義名分と旗印が絶対に必要だ。ノエルにどれほど財力があろうと、ボードワン王への怨みが深かろうと、彼に叛乱軍を率いることはできない。能力がないからではなく、一平民、それも外国籍の彼では民意を味方につけることが難しいからだ。

ゆえに彼は失意のルヴィエ公爵に接近した。ボードワン王を殪《たお》すために立ち上がってくれるなら、全面的に協力する、と。

ボードワン王が君主の務めをきちんと果たす人物であったなら、ルヴィエ公爵が応じることはなかっただろう。彼がかつて王位を求めたのは、この国をよくするためには最高権力者にならねばと思ったからだ。その思いは今も変わらない。

政争に破れた彼にはボードワンに対抗する手段がなかった。懇意にしていた貴族や軍人は次々に左遷されたり退役を強いられたりして消えていった。

ボードワンは即位するとすぐ、歯向かいそうな者を宮廷から追い払った。気骨のある者、国政に高い志を持つ者は追い出され、あるいは自主的に去り、宮廷に残ったのは国王におもねって私腹を肥やそうとする佞臣ばかりだ。

ルヴィエ公爵は健康を損なったこともあり、切歯扼腕《せっしゃくわん》しながら領地で燻《くすぶ》るしかなかった。そこへノエルが現れた。ボードワンを玉座から追い落とすための計画と資金を持って。彼は公爵を苦しめる持病をも救った。当時ニスティアでは知られていなかった特効薬を提供してくれたのだ。

今でもその薬は流通が限られるため非常に高価なのだが、ノエルは無償で提供を続けている。アンドレがそれを知ったときには、父はすでにノエルと手を結んでいた。

アンドレとてすぐに彼を信用したわけではないが、階段を昇り降りするのも難儀だった父がひとりで馬に乗れるくらい回復したのは確かだ。顔色がよくなり気力も戻ってきた。

父がノエルを信頼しているのはそれだけが理由ではない。父は彼がボードワンを恨む理由を具体的に聞いたのだ。ノエルはボードワンを徹底的に破滅させたがっていると父は言った。正義感から政治を正したいとか、義憤に駆られたとか、そんな生ぬるい動機ではない。だからこそ信じられる、と。

純粋な憎悪ゆえに、彼の目的はけっして変わらない。父はノエルの援助を受ける代わり、彼がボードワンを破滅させることを一切妨げないと約束した。ノエルが求めたのはそれだけだった。

三人は王都の地図と王宮の配置図を広げ、額を突き合わせるように低声で熱心に計画の確認をした。時期が早まっただけで、基本的な動きは変わらない。計画実行は未明、宵っ張りの王族たちの寝入りばなを狙う。

一時間ほどして打ち合わせは終わった。先頭に立つといってもアンドレと父公爵は大勢を把握していればよく、実際に動くのはノエルが雇用している傭兵部隊が中心だ。これにルヴィエ公爵側についた王国軍が呼応し、一気に王宮を占拠する。

「――では、私はこれで。お二方ともくれぐれも慎重な行動をお願いします」

「うむ」

「待ってくれ、ノエル卿。――父上、お願いがあります」

「なんだ」

アンドレはちょっと頬を赤らめた。

「ノエル卿の妹君、ビアンカ嬢との結婚を許可していただきたいのです」

「今はそれどころではないと言ったはずだぞ」

呆れ顔で公爵が息子を見やる。

「わかっています。ですが、このままではどうにも落ち着かなくて……。具体的に話を進めるのはもちろん事後でかまいません。ただ、僕がビアンカ嬢に求婚することを認めていただきたいのです」

「困った奴だ……」

公爵は溜め息をつき、根負けしたように頭を振った。

「まったく若い者は恋に逆上せるとそれだけで頭がいっぱいになってしまうからな。まぁ、私にも覚えはあるが……。よかろう、叛乱が無事成功したら好きにするがいい」

「ありがとうございます！」

「ただし、ノエル卿が許せば、だ。私は彼に無理強いする気はないからな」

アンドレの燃え立つような視線を平然と受け流し、ノエルはくすりと笑った。

「妹が承諾すれば、私はかまいませんよ」

「本当だな!?」

「ええ。ビアンカが承知するなら、ね」

言外に『承知するものか』と言われた気がしてアンドレはムッとした。

「彼女の意志を尊重すると約束してくれ。けっして邪魔立てしないと」

「しませんよ。ビアンカが貴方を選ぶなら、どうぞもらってやってください」

あっさり言われ、拍子抜けしたようにアンドレは目を瞬いた。

「では、私はこれで」

ホールで帽子とステッキを受け取ったノエルに続いてアンドレは玄関を出た。すでに玄関前には彼が乗ってきた二頭立ての馬車が待機している。

ノエルは馬車の扉の前で振り返った。

「侯爵閣下。今後、計画が成るまでは拙宅《せったく》へはお越しにならないでいただきたい」

自分が花束持参でたびたびノエル宅を訪問していることが社交界の一部ですでに噂になっていると聞いてアンドレは赤くなった。

「それは申し訳ない。今後は自重する」

「まぁ、若き侯爵が身分違いの恋に夢中になっている……という好意的な解釈なので、こちらの計画に支障はないと思いますが、念のため」

それは好意的解釈なのだろうかと悩みつつアンドレは頷いた。

「本当に、計画が成就したらビアンカ嬢に求婚してもいいんだな？」

「求婚するのは貴方の自由です。それを受け入れるかどうかはビアンカの自由。私は邪魔も強制もしませんよ」

ホッとすべき言葉なのに、どうもアンドレは素直に安堵できなかった。無駄なことをと冷笑されている気がするのは勘ぐりすぎだろうか。

「僕にはきみがビアンカ嬢を閉じ込めているように思えてならないのだが」

「異なことをおっしゃる。私は妹を守っているだけです。そう……たとえば貴方のように善意を押し売りする人たちから」

面と向かってぴしゃりと言われ、アンドレは鼻白んだ。

「そんなつもりは……」

「善意であれば何をしてもいい、とお考えなのでは？　貴方は自分が善人だと無邪気に信じておられるようだ」

「僕が悪人だとでも言うのか」

　さすがに腹が立って言い返すと、ノエルは冷ややかに憫笑した。

「いいえ。貴方は根っから善良な御方だ。お父上はそれを少々危うく感じていらっしゃいます。心配をかけないよう注意なさるのですね。今のところ薬で症状は抑えられていますが、心労が重なればどうなるかわからない」

「治ったはずでは!?」

「完治する薬はありません。出し惜しみしてるのではなく、本当に存在しないのです。今のところは。見つかれば喜んで提供しますよ。公爵様が協力してくださったおかげで長年の宿願が叶うわけですから」

　彼は一揖《いちゆう》して馬車に乗り込んだ。扉に手をかけ、アンドレは詰問した。

「少々過保護すぎないか。ビアンカ嬢はもう立派な大人だ」

「あれは私の妹ですからね。……そう、大切な妹なんです」

「きみは彼女を籠の鳥にしている」

　きっぱり言うと、ノエルは嘲笑と憐憫が合わさったような笑みを口の端に浮かべた。

「籠の中でしか生きられない、ひ弱な小鳥もいるんですよ」

「きみがそうしてるんじゃないのか？　わざと」

くす、とノエルは小さく笑った。瞳にぞくりとするような残酷な光が浮かび、アンドレは思わず後退った。

「……では、籠の扉を開いてみるといい。果たして小鳥はどうするでしょうね？　貴方が善意から無理やり小鳥を摑み出し、握り潰してしまわないことを心から祈りますよ」

ノエルはステッキの握りで馬車の天井を軽く突いた。馭者が手綱を鳴らし、ガタリと馬車が動き出す。呆然と立ち尽くすアンドレを尻目に、座席にもたれたノエルの口許には冷たい笑みが浮かんでいた。

†　†　†

ビアンカは花瓶に生けてもらった花をテーブルに置いてぼんやり眺めていた。

(何度か花束を置いていったとアンドレ様はおっしゃっていたけど……)

ビアンカの居室にはいつも新鮮な花が飾られている。フィリエンツの屋敷でも一年中花が絶えることはなかった。寒い時期には温室で育てた花が用いられた。裕福でなければとてもできない、贅沢なことだ。ノエルは見栄を張るためだけの贅沢などけっしてしないから、新鮮な花は彼にとって欠かせないものなのだろう。

ちら、とビアンカは視線を上げて暖炉を眺めた。マントルピースの上にも花が飾られているが、これはもとからあったものだ。毎日メイドが水切りをし、数日経つと新しい花に替えられる。

リディに尋ねたところ、あれは庭師が用意したものでアンドレが持ってきたものではないという。アンドレの花がビアンカの部屋に飾られたことは一度もないそうだ。では、彼の持ってきた花はどうなったのか。わからないと答えたリディが嘘をついているようには見えなかった。かといって、アンドレが出まかせを口走ったとも思えない。

ふと、車輪の音が聞こえた気がしてビアンカは耳をそばだてた。ノエルが帰って来たようだ。

（どうしよう……）

彼の留守中に来客から物を受け取ってはいけないと言われているけれど、アンドレは自分を心配するあまり柵を乗り越えてまで花を届けてくれたのだ。

逡巡《しゅんじゅん》しているとノックもなしにいきなり扉が開いた。ぎくっとして振り向けば外出支度のままのノエルが不機嫌そうに立っている。彼の後ろには緊張した顔つきのリディがいて、部屋に入ろうか、入らずにドアを閉めようかと決めあぐねている様子だ。

ノエルは侍女のことなど気にも留めず、突慳貪《つっけんどん》に言った。

「プレヴァン侯爵が押しかけて来たそうだな」

ビアンカはおどおどと答えた。

「お、押しかけて来たというか……」

「庭の柵を乗り越えて勝手に入ってきたんだろう？　ジェルヴェから聞いたぞ。花束を押しつけていった、とも」

ちらと彼がテーブルの上の花瓶に目を遣り、ビアンカは慌てて立ち上がった。

「わたしが頼んで生けてもらったの！　叱るのはわたしだけにして」

「……そんなにその花が気に入ったのか？」

「き、気に入ったというか……。花束のまま置いておくわけにもいかないし……」

口ごもるビアンカをノエルはせせら笑った。

「気に入ったと正直に言えばいい。テーブルに置いてうっとり眺めてるくらいだ」

「別にうっとりしてたわけじゃ……っ」

マントルピースに並べて置くのも気が引けて、どこに置いたらいいかと思案していただけなのに。花束ひとつ受け取っただけでどうしてこんなに蔑まれなければならないの？　穢れた存在である自分には美しい花を受け取る資格などないとでも？

眼球の奥が熱くなり、じわっとにじむ涙を堪えようと唇の裏を強く嚙む。

その様を憮然と凝視していたノエルがおもむろに一歩踏み出し、ビアンカはビクッとした。

（まさか捨てる気……!?）

予想に反して彼はマントルピースに置かれていたほうの花瓶を両手で持ち上げ、戸口で落ち着かなげに待機しているリディに押しつけた。

「処分しろ」

「えっ!?　で、でもこれは」

「お嬢様は侯爵閣下からいただいた花がお気に召したそうだ。目障りだろうからこっちは処分しろ」

有無を言わせぬ口調で命じると、扉に手をかけてノエルは肩ごしに冷笑した。

「これでいちばん目立つ場所にその花を飾れるぞ。枯れ果てるまで眺めてせいぜいうっとりするがいい」

部屋にひとり残されたビアンカは閉まった扉を呆然と見つめた。

うっとり見つめてなんかいないのに。ただただ困惑して、どうしようと悩んでいたのに。

そんなことも知らないで、決めつけて。

ぽろぽろと涙がこぼれた。

「……お兄様の、意地悪……っ」

漸う喉から絞り出すようにビアンカは叫んだ。

そんなにわたしが嫌いなの？　そんなにわたしが憎いの？

ええ、わかってる。仇の娘だもの。嫌いよね。憎いわよね。わたしの両親が……罪深く非道な両親がお兄様の家族を殺し、お兄様の人生をめちゃめちゃにしたから。だから、どんなにわたしを傷つけてもかまわないと思っているのでしょう？

「……ふ」

ふらふらとよろめき、ビアンカは尻餅をつくように椅子に座り込んだ。次々にあふれる涙が頤《おとがい》を伝い、滴り落ちる。

いっそ自分も彼を憎めたらいいのに。彼がわたしを憎むのと同じくらい、彼のことを憎めたら。

そうしたらきっと楽になれる。こんな苦しい思いをしなくて済む――。

ビアンカは掌に顔を埋めてすすり泣いた。

どうして彼を憎めないのだろう。どうして……？　そんなの決まってる。彼を愛しているからだ。初めて出会ったときから愛してた。

（ううん、そうじゃない）

出会う前から愛していたの。彼が現れるのをずっと待ってた。連れ去ってくれることを希っていたの。わかっていたはずよ。彼は裁きの天使。わたしを断罪するために現れた。振り上げたあの鋭利な剣でわたしを突き刺し、切り裂くの。彼にはその権利がある。それは彼の使命だから。だってわたしは……穢れた悪魔なんだもの……。

わかっていてもすごくつらい。胸が痛くてたまらない。引き裂かれた心が叫ぶ。それでも彼を愛している、と。

声が嗄《か》れ果てるまで、身悶えしながら全身全霊で叫び続けている……。


それからビアンカの部屋に新たな花が飾られることはなくなった。アンドレから贈られた花はリディができるだけもたせようと努めてくれたが、到底眺める気になれずテーブルに置いたまま目をそむけ続けた。

ビアンカの視線は花のないマントルピースの上を漂った。いつもそこにはバランスよく生けられた美しい花があったのに、今はぽっかりと空虚だ。リディが遠慮がちに、アンドレの花をそこに飾るかと尋ねたが、ビアンカは首を振った。そんなことをしたらノエルと決別するみたいで厭だった。

ビアンカはアンドレの花を背にしたまま、空虚な空間を眺め続けた。いつも花はそこにあったのに。あることが意識に上らないくらい、あたりまえに。なのになくなったらまるでぽっかりと穴が空いたみたいだ。

アンドレの花はどんどん茎が短くなり、それにつれて花瓶も小さくなった。健気に花は咲き続けたが、ビアンカの目には入らなかった。ビアンカはただひたすら定位置にあるべき花を心に思い描きながら何もない空間をぼんやり眺めた。

　一週間近くが過ぎたある日、リディが思い余った様子で切り出した。

「お嬢様。言ってはならぬと旦那様から仰《おお》せつかっているのですが、言わせていただきます」

「……何？」

　我に返って茫洋《ぼうよう》とリディを眺めると、彼女は今までビアンカが眺めていたマントルピースの上を指した。

「あそこにいつも飾られていた花。あれは旦那様が手ずから生けたものなんです」

「え……？」

　ビアンカは目を瞬いた。今にも泣き出しそうなリディの顔と、マントルピースの上を交互に眺め、やっと言葉の意味を理解した。

「お兄様が？　庭師じゃなく？」

「他のお部屋に飾る花は庭師が生けています。でも、お嬢様の部屋の花だけは、いつも旦那様が自分で花瓶に挿しているんです」

「……どうして？」

「どうしてって、お嬢様が大切だからに決まってるでしょう！　人任せにはできないとお考えなんです」

「……今も？」

「もちろんです。この前わたしに下げさせたあれも、旦那様が生けたものです」

目を見開いたビアンカは次第に青ざめ、震え出した。花は三日ほどで取り替えられる。つまり、『妹』でなくなった後も花はずっと生けられ続けていた。ノエルは態度を冷たく豹変させた後もビアンカのために花を選び、一輪一輪自分で花瓶に挿していたのだ。

「嘘……っ」

「嘘じゃありません！　旦那様はお嬢様に何か怒っていらしたみたいですけど、花は一度だって人任せにはなさいませんでした。むしろ豪華になったくらいです」

それはビアンカも感じていたが、元気のないビアンカを庭師が気遣ってくれたのだと思っていた。だが気遣っていたのはノエルだった……？

「それとわたし……知ってるんです。旦那様とお嬢様が実の兄妹ではないってこと。ずっと前から」

ビアンカは息を呑み、呆然とリディを見つめた。リディは眉を垂れて苦笑した。

「絶対に口に出してはいけないと、ジェルヴェさんから命じられていました。……お嬢様は旦那様のことがお好きなのですよね？　兄としてではなく」

「……っ」

「わたしはいつもお嬢様の側にいますから、見ていれば自然とわかりますよ。旦那様もお嬢様を愛していらっしゃいます」

　ビアンカはうつむいて投げやりに呟いた。

「妹として大事にしてくれたけど、今はもう違うわ」

「そうでしょうか。喧嘩《けんか》なさってからも旦那様はお嬢様のために花を生けるのをやめませんでした。やめたのはプレヴァン侯爵様の花を飾ってからです」

　リディは軽く鼻をすすった。

「喧嘩になったのは、お嬢様が旦那様に愛を告白したからではありませんか？　わたし……すごく申し訳ないことをしたと悔やんでるんです。わたしが余計なことをしたばっかりに喧嘩の原因を作ってしまったと」

「リディのせいじゃないわ。リディに言われなくてもわたし……いつかは気持ちを抑えきれなくなったと思うの。たぶんそれがほんのちょっと早くなっただけよ」

「でも、やっぱり申し訳ないです……。あの、わたし思うんですけど、旦那様はとまどっていらっしゃるのではないでしょうか。妹をやめたお嬢様にどう接していいかわからないんですよ、きっと。そのせいで冷たい態度を取ってしまってるんです」

「……そうかもしれないわね」

　事情を知らないリディの力説に、ビアンカは小さく微笑んだ。本当にそうならどんなにいいだろう。でも、そうではないことをビアンカは知っている。ビアンカが『妹』という役割を投げ出したせいで、それまで本当の妹への愛情によって封印されていた憎悪が一気に噴出したのだ。

「でもでも！　見込みはあると思うんです。だって、プレヴァン侯爵から花を受け取ったことでこんなにお怒りになるということは、つまり……妬いていらっしゃるということですよね!?」

「それはどうかしら……」

「絶対そうに決まってます！　恋敵の出現で、ご自分の気持ちを自覚なさったんですよ。それで不機嫌になって……そう、拗ねていらっしゃるのです」

「お兄様が拗ねるなんて」

似合わないわと苦笑するビアンカにリディはぶんぶん首を振った。

「絶対そうです。旦那様はプライドが高いから、ご自分が嫉妬していることを認められないんですよ！」

ノエルがアンドレに嫉妬してる？　まさかそんな、ありえない。彼はわたしを憎んでいるのだもの、復讐の邪魔をされたくないだけよ。

でも……と心がざわめく。

ほんの少しでもジェラシーが混ざっているとしたらと思うだけでビアンカの心は過剰なほど浮き立った。彼に愛されたいという願望がふたたび芽吹き、空虚な心に小さな花を咲かせる。

「お嬢様。もう一度旦那様にお気持ちを告げられてはいかがでしょうか。プレヴァン侯爵様のことはなんとも思っていないとはっきり断言なさるのです。なんとも思っていらっしゃいませんよね!?」

「親切にしてくださったことには感謝しているけど……特別な気持ちはないわ」

「それを旦那様に伝えてくださいませ。きっと機嫌を直してくださいます」

事実はリディの想像よりもはるかに複雑で重いものだ。ノエルはビアンカを憎んでいる。でも、その憎しみの中にほんのわずかでも愛のかけらがあるのなら。それを確信できれば暗く冷えきった心に小さな光が灯るだろう。その光はきっと魂の糧となるはずだ。

「……わかったわ。お兄様に話してみる」

ビアンカが頷くと、リディは目を潤ませて泣き笑いをした。ビアンカはテーブルに置かれた小さな花瓶を振り向いた。

「これ、処分してもらえる？」

ごめんなさい、ありがとう。

最後まで懸命に咲き続けた花に、ビアンカは心の中でそっと感謝を捧げた。

その夜、ビアンカはいつもよりずっと遅くなってからノエルの寝室を訪れた。彼はとうに就寝していた。花束を巡って言い争って以来、ビアンカはノエルの部屋に行っていない。彼も来いとは言わなかった。月のもので一週間空き、そろそろと思った日に花束騒動が起こった。結局、もう二週間も共寝をしていない。

朝晩の食事でも会話を交わすどころかお互いの顔もろくに見なかった。以前の従順なビアンカならギスギスした空気に耐えられず自分から謝ってしまっただろう。だが、従順なビアンカも今回ばかりは意地になっていた。アンドレに惹かれていると決めつけられたのが悲しくて、悔しかったのだ。

でもそれが嫉妬によるものなら……と考え始めると、頑《かたく》なだった気持ちがするりと解けた。都合のいい解釈にすぎないかもしれない。でも、ノエルは妹でなくなったビアンカにかける情などないと言いながら、ビアンカのために花を生けてくれていた。だから、ほんの少しの可能性にでも賭けてみようと思う。

ノエルの寝室はすでに灯が消されていた。ビアンカは燭台を手に忍び足でベッドに近づいた。横向きに眠っている彼の背中のほうからおそるおそる顔を覗き込む。彼は目を閉じ、規則的な寝息が聞こえる。ビアンカはサイドテーブルに燭台を置き、そうっとベッドにもぐり込んで蝋燭を消した。

彼の広い背に、おずおずと両手を当て、頬を寄せる。彼は身じろぎもしない。本当に眠っているのか、あるいは寝たふりをしているのだろうか。本当に眠っているのなら勝手を詫び、寝たふりをしているのなら追い出されないことに感謝して目を閉じる。

「……わたしが好きなのはノエルだけ」

ひそやかな囁きが闇に融《と》ける。ぬくもりの中でうとうとと眠りに落ちる瞬間、物憂げな溜め息がかすかに聞こえた気がした。

第五章　揺らめく真実

目が覚めると自室のベッドの中だった。ビアンカはぼんやりと天蓋に視線をさまよわせた。

(……夢だったのかしら?)

昨夜遅く、ノエルの部屋に忍んで行ったのは。

横たわったまま両手を上げ、掌を見つめる。ノエルの広い背中のごつごつした感触がありありと残っていた。押し当てた頬に伝わった体温も。

ぱたん、と腕を落としてビアンカは放心した。そのうちに扉がそっと開かれ、誰かが入ってきた。足音はこちらへ近づいては来ず、ベッドから離れた場所でコトリと何かが置かれる音がした。

「……!」

飛び起きたビアンカに気づき、暖炉の前でリディがにっこりした。

「あ、お目覚めですか。おはようございます、お嬢様」

背後のマントルピースには白とピンクの薔薇を生けたガラスの花瓶が置かれていた。

「そ、それ……」

「はい。いつもの方からですよ」

悪戯っぽくリディは微笑んで膝を折った。

「すぐにお湯をお持ちしますね」

リディが出て行くとビアンカは転げ落ちる勢いでベッドから下りた。暖炉に駆け寄り、マントルピースの中央に置かれた花瓶に挿された花をまじまじと見つめる。白と淡いピンクの薔薇が合わせて十本。その周りには斑《ふ》入りのグリーンがバランスよく配置されている。よく見れば薔薇の棘はすべて取り除かれていた。

リディが洗面道具を運んできて、明るい婦人部屋で身繕いを始める。花が気になってそちらばかり見ているのでリディが髪を梳かしながら苦笑した。

「お花、こちらに持ってきましょうか？」

「い、いいわ。あそこなら部屋のどこからでもよく見えるもの」

顔を赤らめるビアンカにリディはくすくす笑った。

「仲直りできてよかったですね」

「え、ええ」

そわそわとビアンカは頷いた。昨夜ノエルの部屋に行ったのは夢の出来事ではなかったみたいだ。今までも行為の後で眠ってしまったビアンカをノエルが部屋に運んでくれたことが何度もあった。

ビアンカが忍んで行ったときノエルは眠っていたから、目が覚めてさぞかし驚いたことだろう。途絶えていた花がまた届いたのだから、怒ってはいないはず……。

（……よね？）

不安をぬぐいきれず、ビアンカはドキドキしながら階下の食堂へ下りた。明るい朝の光が大きな窓から射し込んでいる。テーブル端の主人席で、ノエルがコーヒーを飲みながら朝の便で届いた手紙を読んでいた。ビアンカが入ってきたことに気づき、ちらりと目を上げる。ビアンカは彼の左手、庭に面したいつもの席についた。

「おはようございます、お兄様」

食堂には執事や給仕がいるので、兄と呼んでも咎められることはない。彼はまた一瞬だけ視線を上げて頷いた。

「ああ、おはよう」

ビアンカは喜びで胸がいっぱいになった。『妹』でなくなってからずっと、彼は目も上げずに『ああ』とそっけなく頷くだけだった。同じ部屋にいるのに自分が透明になってしまったようで、疎外感がつのった。

以前は彼のほうから『おはよう、ビアンカ』と微笑んでくれたものだ。思い出すとせつなくなるけれど、挨拶を返してくれるようになっただけずっといい。

執事が料理を運んできて、ビアンカの前に皿を置いた。

「ありがとう、ジェルヴェ」

会釈した執事の唇に淡い笑みが浮かぶ。いつも慇懃な態度を崩さないジェルヴェの笑顔は珍しい。『よかったですね』と言われたようで、ビアンカは嬉しくなった。

こんがり焼いたベーコンとソーセージにふわとろのオムレツ、温野菜、焼きたてのパン、新鮮なフルーツ、ミルクたっぷりのコーヒー。いつもの朝食がこんなに美味しく感じられたのは久し振りだ。ノエルに冷たくされて沈み込んでいる間はまるで砂を噛むように味気なかった。

ビアンカはにこにこしながら食事を進めた。以前のノエルがいつか戻ってきてくれるかもしれない。そんな希望で胸がふんわりとあたたかくなる。

ちらとノエルの横顔を窺うと、彼はテーブルに片肘をつき、手にした書簡を醒めた目つきで眺めていた。これは今までと変わりない。

（……そういえば、お兄様はもともと表情が豊かとは言えなかった気がするわ）

ただ、ビアンカに対してだけはいつも優しい微笑を絶やさなかったから気づかなかっただけ。彼が『兄』の仮面を捨て去ったことで初めてそれがわかった。同時に、自分がいかに特別扱いされていたのかも。

今さら『妹』には戻れない。戻りたいとも思わない。『兄』としてのノエルが欺瞞だったのなら真実の彼を知りたい。いや、知らなければならない。

彼の人生を一変させ、不幸のどん底に突き落としたのは他ならぬ自分の両親だ。ビアンカは罪を背負って生まれてきた。おぞましい愛欲の産物として。

母は妬みゆえにノエルを陥れ、父は保身のために罪もない人々を死に追いやった。

それを思うとつらい。胸が鉛のように重く冷たくなる。

以前はただそれを嘆くだけだった。己の生まれの不幸を。自分のことをぞんざいに、冷酷に扱うことで彼の気が済むなら……とも思った。それが自分に課せられた罪滅ぼしなのだと。自分は穢れた悪魔で、彼は裁きの天使なのだと。

そうやって救われようとしていた。この身を投げ出し、苦痛に耐えさえすれば赦されるはずだ……と。

でも、それで本当に気が済むのは自分だけではないか？　ビアンカを辱め、責め苛むことで本当にノエルの心は癒やされるのか。救われるのか。

……そんな思いがだんだんと強くなってきた。

救いたいなんて言ったら冷たく嘲笑されるだろう。何様のつもりだと激昂した彼に、思い上がるなと罵倒されるかもしれない。

彼の傷は今も癒えていない。ただ鋼のように硬いかさぶたで、ずたずたになった繊細な魂を覆い隠しているだけ。それは今でも折に触れて激痛をもたらし、彼を苦しめ続けている。そのことを今ようやく感じ取れるようになった。

傷つき血を流し続けている彼の魂を抱きしめ、少しでも癒やすことができたなら――。

「――ビアンカ」

物思いに耽っていたビアンカは、突然名を呼ばれてハッと目を瞬いた。ノエルの横顔を見ていたらせつなくなって、いつのまにかふらふらと夢想の世界に迷い込んでいたようだ。

「は、はい」

カトラリーを置いて背筋を伸ばすと、ノエルは探るようにしげしげとビアンカを眺めた。にわかに頬が熱くなり、うろたえてテーブルに視線をさまよわせる。

「おまえには明日からしばらく修道院へ行ってもらう」

ビアンカはぽかんとノエルを見た。

「しゅ、修道院……？」

聞き間違いかと思いきや、彼は生真面目な顔で頷く。たちまち頭に血が上り、ビアンカは猛然と立ち上がった。

「厭です！　修道女になるくらいなら下働きのメイドになったほうがいいわ。お願い、な

んでもするからここに置いて。どんなことでもします。けっして逆らったりしないから
――なんでもお兄様の言うとおりにするから修道院にだけはやらないで……！」

「私の言うとおりにすると言うならおとなしく修道院へ行け」

「厭！」

拳を震わせて叫ぶとノエルは眉間にしわを寄せて嘆息した。

「あのな。何か勘違いしているようだが、修道女になれと言ったわけじゃないぞ」

「……へ」

ぽかんとして妙な声が出てしまう。ビアンカは昂奮のあまり涙のにじんだ目を見開いた。

ノエルは渋い顔で片手を振った。

「ともかく座れ」

慌てて椅子に腰を下ろしたビアンカは急速に羞恥心が込み上げて赤面した。

「ご、ごめんなさい……」

「人の話は最後まできちんと聞け。私は『しばらく修道院へ行ってもらう』と言ったんだ。修道女になれとは言ってない」

「はい……。で、でも、どうして修道院に行かなきゃいけないの？　わたし、そんなに悪いことした？　お花の件は反省してます、もう二度としません！」

「花は関係ない。以前からその予定だった」

「以前から って……ニスティアに来る前から？」

ノエルが頷き、ビアンカは眉を吊り上げた。

「そんなの聞いてな――」

「仕事の都合だ」

「修道院がお兄様のお仕事となんの関わりがあるの!?」

泣きそうになりながら抗議するも、ノエルは冷淡な表情を崩さなかった。薄青い瞳は氷のかけらみたいで、なんの感情も読み取れない。

「修道院なんて行きたくない……」

「行きたくなくても行ってもらう。手足を縛られて馬車に押し込まれたくなかったら自主的に乗り込むことだ」

まったく取りつく島もない。これはすでにノエルの中では決定事項なのだ。がっくりとうなだれてビアンカは椅子の背にもたれた。

「どのくらい……？」

「未定だ。迎えを寄越すまでおとなしくお祈りでもしてろ。リディも連れてっていい」

「いいの!?」

「しばらく預けるだけだからな。ホテル代わりのようなものだ」

「だったらホテルでいいじゃない。ピンからキリまでリドにはいくらでもあるでしょう？

どうしてわざわざ修道院に……」

「私の言うとおりにするんじゃなかったのか」

皮肉めいた口調に、ビアンカは押し黙った。

「本当に迎えに来てくれる？」

「おまえを修道女にする気はないから安心しろ」

冷淡な物言いだが、いくらかビアンカは安堵した。

「わかったわ。お兄様のおっしゃるとおりにいたします」

抗議を込めてツンと顎を反らすと、ノエルは皮肉っぽく笑って手紙を畳《たた》んだ。

彼はカップに残っていたコーヒーを飲み干し、ナプキンで軽く口をぬぐって立ち上がった。

「出発は明日の朝だ。支度をしておけ」

冷ややかに命じ、ノエルは手紙を持って歩き出した。背後を通り抜けるとき、彼は指先でビアンカの首筋をツッと撫でた。快感が背骨を駆け下り、あらぬ場所がずくりと疼く。

「……っ」

反射的にすぼめた肩にノエルが手を置き、耳元で囁いた。

「せっかくだから課題をやろう。修道院にいる間、毎晩自分の指で弄って達くんだ」

「!?」

「淫乱なおまえなら軽いだろう？」
唖然としたビアンカが振り向いたときにはすでにノエルは背を向けて戸口へ向かってい
た。
（お兄様は優しかったのに、ノ、ノ、ノエルはすごく意地悪だわ！）
少し優しくなったみたいで嬉しかったのに……。
ふぅ、と溜め息をついたビアンカは、自分が無意識にもじもじと腿を擦り合わせている
ことを自覚し、うろたえながらコーヒーを飲んだ。

翌朝、朝食を済ませるとビアンカはリディに伴われて馬車に乗り込んだ。屋根には衣装
や日用品を詰め込んだ革のトランクがいくつも積まれている。

「それにしてもずいぶん急ですねぇ」

斜め向かいに座ったリディが呆れ顔で溜め息をつく。修道院行きについてはリディも初
耳で、昨日はその支度でてんやわんやだった。

「本当だわ。前から予定してたなら余裕を持って言ってくれればいいのに」

「喧嘩のせいで言いそびれたのかもしれませんよ？」

ぐっと詰まるビアンカを、したり顔でリディはなだめた。

「まぁまぁ。別に修道の誓いを立てるわけでもないですし。しばらくゆっくりするのも悪くありません」

そうねと頷いたものの、やはり体のいい厄介《やっかい》払いなのでは……と疑心暗鬼になってしまう。昨夜ノエルの真意を問い質《ただ》そうとしたのだが、荷造り騒ぎで疲れたのかベッドに入るとそのまま熟睡してしまい、リディに起こされるまで目が覚めなかった。

慌ただしく朝食を済ませて馬車に乗ると、ノエルが窓越しに小さな本をくれた。古びた革表紙の詩集だ。

「これって……」

「おまえの母親のものだ。たまたま上着のポケットに入れたままで、捨てそびれてた。わざわざ取っておいたわけじゃない」

そっけなく言い、彼は馬車の扉を叩いて離れた。動き出した馬車の窓から急いで顔を出したが、無表情に見送るノエルはすでに遠かった。

ビアンカは小型の詩集を両手でぎゅっと握った。母がノエルに渡した詩集。

(お母様の、形見……)

馬車が王都を出て街道を走り始め、ようやくビアンカは気を取り直した。目指す女子修道院は王都から馬車で一時間ほどの農村の外れにある。整備された石畳の街道を外れ、林の中をしばし進むと城砦のような建物が見えてきた。周囲はぐるりと高い石壁で囲まれている。

　荷物を下ろすとすぐに馬車は去った。荷物はリディと修道女たちが手分けして部屋に運ぶというので、ビアンカは修道院長の執務室へ挨拶に伺った。

　院長は五十代半ばほどの温和な顔立ちの女性で、笑顔でビアンカを出迎えてくれた。どうやらノエルはこの修道院に多額の寄付をしたうえで、しばらくビアンカを預かってもらいたいと頼んだらしい。貴族や富裕層が修道院に滞在することは別段珍しいことではない。

「お嬢様にひとつお願いしたいことがございます。華美な服装は慎まれますよう。当院には年若い修練女も多数おります。本人の意志ではなく実家の都合でここへ来た者も多く、俗世への未練や憧れが強いのです。修道女たちとは自由にお話しいただいてかまいませんが、刺激しないようご配慮願います」

「わかりました」

　ビアンカは頷いた。もともと派手な服装は好まない。ふつうの旅行ならともかく、行き先が修道院ということで持ってきた衣服は日常使いのものだけだ。今着ているのも落ち着いたブルーグレイのデイドレスだった。

　院長が机に置かれた銀のベルを振ると、扉が開いて三十歳くらいの小柄な修道女がしずしずと入ってきた。

「こちらのシュゼット修道女がご滞在中のお世話をいたします。わからないことやご要望は彼女にお申しつけください」

「ありがとうございます。よろしくお願いします」

お互いに会釈を交わす。

「スール・シュゼット。お嬢様をお部屋に案内してさしあげなさい」

「はい、院長様」

彼女は頷くと、身振りでビアンカを促した。ビアンカは院長にお辞儀をしてシュゼット修道女に従って部屋を出た。中庭を囲んだ回廊を通って別の建物へ移動する。客人用の宿舎は修道女たちの宿舎とは別棟になっているそうだ。

立ち並ぶ円柱が影を落とす静かな回廊を進んでゆくと、前方からひとりの修道女が歩いてきた。彼女はビアンカたちに気づくと脇に寄って道を譲った。会釈したビアンカは、彼女が真っ青な顔で自分を見ていることに気づいて足を止めた。

「……何か？」

訝しげに尋ねたが、耳に入らないのか彼女は愕然とビアンカを見つめている。シュゼットが不審そうに質した。

「スール・テレーズ？　どうかなさったのですか？」

その声にハッと我に返った修道女は、青ざめた顔のままかぶりを振って口ごもった。

「い、いいえ……。ごめんなさい、昔の知り合いによく似ていたものだから……。失礼します」

彼女は一揖すると慌ただしく去っていった。どうしたのかしら、とシュゼットが呟く。

「あの方は？」

「テレーズ修道女です。わたくしが誓願の誓いを立てたときにはすでに修道女となってここにおられました。実はあの方……国王陛下のお姉様なんですよ」

ビアンカは驚いた。ボードワン王の姉ということは自分の伯母だ。母リュディヴィーヌから見ても伯母にあたるわけだが、それを考えるとビアンカの大伯母になるのだからややこしい。

（昔の知り合いって、もしかしてお母様のこと……？）

ノエルが言うにはビアンカは母親によく似ているらしい。ビアンカを産んですぐに亡くなったというリュディヴィーヌは今の自分と同じような年頃だろう。亡くなった姪とそっくりな人物といきなりすれ違えば驚くのも無理はない。

「本当なら院長になってもおかしくないんですよね。王姉殿下ですもの。なのに固辞なさって平の修道女でいらっしゃるんです。今の院長も元は公爵令嬢なんですよ。ご存じでしょうか、ルヴィエ公爵様。あの方は院長の弟君なんです」

「えぇっ」

実は話好きらしいシュゼット修道女は、訳知り顔で頷いてみせた。

「ルヴィエ公爵といえば、今の国王陛下とかつて王位を争った方ですものね。政争に勝ったほうの姉君が平の修道女で、負けたほうの姉君が院長。俗世とは正反対ですよねぇ」

気になって肩ごしに振り向いてみたが、すでにテレーズ修道女の姿は回廊から消えていた。

案内された部屋にはすでに荷物が運び込まれ、リディが整理していた。それを手伝いながらビアンカは考え込んだ。国王の姉とルヴィエ公爵の姉。かつて王位を争った二大公爵家の令嬢が同じ修道院にいる。

（お兄様は知っていたのかしら？　知っていて、わたしをここへ？）

伯母に会わせようとした……とは思えない。院長との遣り取りからも含みは感じられなかったし、きっと偶然なのだろう。とはいえ、伯母とめぐり会ったことは幸運だった。ノエル以外の人から母のことを聞いてみたかったのだ。

ノエルはビアンカの母に陥れられたと思い込んでいるけれど、ビアンカにはどうしても納得できなかった。生みの母がそんな性悪女と思いたくないだけかもしれないが……。

テレーズ修道女に訊けば、別の観点から母を見ることができるはず。たとえノエルから聞いたことと大差なかったとしても、自分を産むと同時に亡くなったという母のことを少しでも詳しく知りたいという気持ちは強まる一方だった。

意気込んだものの、テレーズ修道女はなかなか捕まらなかった。ビアンカは院長に頼んで修道女たちと一緒に食事をし、一部の聖務日課にも参加させてもらった。しかしテレーズはいつもビアンカから離れた場所にいて、お勤め後はそそくさと立ち去ってしまう。

食事時に話しかけようとしても食事中の会話は禁止されており、ビアンカが食事を終える頃にはすでにテレーズの姿はない。

ようやくテレーズと話ができたのは、奇しくも最初に彼女と出会った回廊だった。向かい側から歩いてきた彼女はビアンカに気づいてハッとした。目が合ったとたんに踵を返すのはさすがにためらわれたらしく、こわばった顔でうつむきがちに進んできた彼女の袖に、ビアンカはそっと触れた。

「スール・テレーズ。お尋ねしたいことがあります」

彼女は絶句してビアンカを見つめ、やがて諦めたように頷いた。ふたりは中庭を背にして円柱の間に腰を下ろした。

「尋ねたいこととはなんでしょう」

「わたしに似ているという人のことです。その人は誰ですか」

「何故そんなことを知りたがるのです？」

「わたしの母だと思うからです」

びくりとテレーズ修道女の肩が揺れた。

「……それはありえません。お嬢様はフィリエンツの方だと聞いています。わたくしの知る人はニスティア人ですから」

「わたしはニスティア人です」

思いきってビアンカは打ち明けた。七歳までニスティア北部のとある旅籠で女中をしていたが、旅籠の夫婦はどこからか預けられた自分を実の娘と入れ替え、養育費を詐取していたこと。捨て子だと言われて信じていたこと。ノエルに引き取られてフィリエンツで育ち、ニスティアに戻ってきたのは十一年ぶりであること。

ノエルも本当はニスティア人で十九年前までギャロワ公爵のお屋敷で園丁をしていたと告げると、テレーズはみるみる蒼白になった。その面差しには長い年月がくっきりと刻印されていたが、若い頃はさぞかし美しかったに違いないと思わせるものがある。

「園丁……？」

「はい。兄の本当の名前はノエル・デフォルジュです。兄が言うには、わたしの母はギャロワ公爵令嬢リュディヴィーヌだと……」

テレーズは絶句してビアンカを見つめた。ああ、やっぱり……と、その目が雄弁に語っている。

「リュディヴィーヌはあなたの姪ですよね？　わたし、母のことが知りたいんです。どんな些細なことでもいいから教えてください」

「……会ったことはないの？」

「わたしを産んだときに亡くなったそうです」

テレーズは口許に手を当て、呻いた。

「ああ、そんな！　かわいそうに……」

彼女は祈りの言葉を呟き、修道服の袖で目許をぬぐった。

ビアンカはぎゅっと拳を握った。本当に、自ら進んで父親に身を任せるような恥知らずだったのか、それとも──。

口にするのもおぞましいけれど、言わなくてはならない。母のことを知りたいなら。

「それで……わたしの父は当時のギャロワ公爵──つまり今の国王ボードワンだそうなんですけど」

落雷に打たれでもしたかのようにテレーズは硬直した。凍りついたような目が眼窩《がんか》から飛び出しそうに見開かれる。血の気を失った唇がわなわなと震え、両手を頬に押し当てて彼女は嗄れた悲鳴を上げた。

「そんな……そんなぁあっ……！　どうしよう、わたくしのせいだわ……！」

狂乱するテレーズ修道女をビアンカは唖然と見つめた。

「わたくしがあの子を連れて逃げていれば、こんなことには……こんなことには……っ」

「あのっ、スール・テレーズ……!?」

「あなたは悪くないわ。悪いのはわたくし……。ああ、なんてことをしてしまったの！ ごめんなさい、ごめんなさい……っ」

テレーズ修道女はビアンカの手を振り払うと身をよじって泣き叫び、地団駄を踏んだかと思うと、突然糸が切れたように崩れ落ちた。

ビアンカは慌てて彼女を抱き起こし、大声で助けを呼んだ。

「誰か！ 誰か来て！ スール・テレーズが大変なんです……！」

その日からテレーズ修道女は床についてしまった。意識を取り戻しても泣くばかりで何も話さず、食事はおろか水さえ飲もうとしないという。

ビアンカは思いきって彼女を見舞うことにした。看護している修道女に取り次いでもらい、しばらく待って中へ招かれた。入れ替わりに看護の修道女が出て行く。

質素なベッドに歩み寄ると、テレーズ修道女は固く目を閉ざしていた。たった一日でげっそりとやつれてしまっている。ビアンカは木製の丸椅子に腰を下ろし、サイドテーブルに置かれたガラスの吸い飲みにちらと目を遣った。

「スール・テレーズ。せめてお水だけでも口にしてください。水を飲まなければ死んでしまいます」

「……死にたいわ」

目を閉ざしたまま、かすれた声でテレーズ修道女は呟いた。

「お願い。どうかお水を飲んで。あなたの……孫であるわたしがお願いします」

色あせた彼女の唇がかすかに震えた。

「スール・テレーズ。院長様から伺いました。あなたは昔、父親のわからない娘を産んだそうですね。それがわたしの母なのでしょう？　リュディヴィーヌはあなたの姪ではなく娘。つまりあなたはわたしのお祖母様なのですね」

閉じた睫毛に涙がにじむ。歯を食いしばるような吐息を洩らし、彼女は小さく頷いた。

「……お水を」

ビアンカは吸い飲みを取り、少しずつ飲ませてやった。彼女は溜め息をつき、薄く目を開いてビアンカを見上げた。

「……あなたとリュディヴィーヌは似ている？」

「そっくりだと兄――ノエルは言います」

「だとしたら、リュディヴィーヌはわたくしにもよく似ていたのね。回廊であなたを見かけたときは驚いたわ」

「母のことを教えていただけませんか」

「教えたくても知らないのよ。リュディヴィーヌは生まれるとすぐ乳母に渡されて……わたしはあの子をこの腕に抱いたこともない」

　テレーズは両手を上げ、ぼんやりと眺めた。

「当時は抱きたいとも思わなかった。だって、産みたくなかったんですもの。それを、あの男が強要した。おぞましい、あの男が……」

　ぶるりとテレーズは身体を震わせ、青ざめた唇を嚙んだ。

「……だからわたくしは逃げた。ひとりで逃げたの。あの子を置いて……」

　修道院の庇護下に入れば誰にも手を出せない。ようやく安らぎを得たにもかかわらず、いつしかテレーズは後悔し始めていた。娘を置いて逃げたのは間違いだった、と。だがもう遅い。悔やみながらテレーズは娘の無事を祈り続けた。だが……。

「祈りは通じなかったわ」

　物悲しげな瞳を向けられたビアンカには、返す言葉がない。差し伸べられた彼女の手を、ビアンカは両手でそっと握った。

「だけどあなたは悪くない。いい？　けっしてあなたに罪はないのよ」

　罪を負うべきはおぞましいあの男と、哀れなリュディヴィーヌを毒蛇の巣に置き去りにした自分なのだと真摯に訴えられ、ビアンカは泣き噎ぶように叫んだ。

「で、も……っ。ノエルはお母様に陥れられたと思ってるんです！　お母様がわざと……見せつけて……。ギャロワ公爵が怒って口封じをするよう唆したんだって……」

訝しげなテレーズに、ビアンカはノエルから聞かされた話をした。聞いているうちにテレーズの表情はどんどん悲嘆に曇っていった。

「ノエル卿は大変な目に遭ったのね……。恨む気持ちはわかるわ」

「でも、わたしには、お母様がわざとそんなことをしたとは思えないんです。父がしたことは非道すぎるけど、それを唆したのが母だなんて」

テレーズは目を閉じ、しばし沈思黙考《ちんしもっこう》した。

「……わたくしはリュディヴィーヌがどのような女性であったのか知りません。知る機会がなかった――自ら手放してしまったことを心底悔いています。わたくしも、リュディヴィーヌが自分勝手な妬み嫉《そね》みからノエルさんを陥れたとは考えたくない。でも、違うとはっきり言ってあげることもできない。……先ほど聞いた話ではノエルさんが部屋に入ったとき、すごく散らかっていたそうね？」

「はい」

「リュディヴィーヌは逃亡の旅支度をしていたのではないかしら。それを知ったあの男が激昂して荷物をぶちまけ、リュディヴィーヌを手込めにしているところに、折悪しくノエルさんが来あわせてしまった」

そんなこととは知らないノエルはリュディヴィーヌがわざと禁断の関係を見せつけたのだと思い込んだ。それからすぐに家族を皆殺しにされたせいで思い込みは決定的になった。

リュディヴィーヌもまた被害者だなどと思いやれるはずもない。

　ノエルはたった一晩で家族全員を失い、しかもその責任を負わされて逃亡を余儀なくされた。悪いことなんてひとつもしていないのに。ただ主家のお嬢様に頼み込まれ、やむなく部屋を訪ねただけ。それを軽率だったと誰が責められよう。彼の払った代価はあまりにも大きすぎる。

　テレーズはビアンカをじっと見つめた。

「小さい頃はつらかったでしょう。それにしても、あの男がよくあなたを手放したわね」

「その辺りの事情はよくわかりません」

「リュディヴィーヌが亡くなったときのことは、何か聞いてる？」

「お産で亡くなった、としか」

　そう、とテレーズは頷いた。

「リュディヴィーヌのために祈るわ」

　テレーズは胸の上で手を組み合わせ、小声で祈り始めた。ビアンカは小さく会釈をして部屋を出た。

第六章　死の天使が羽ばたくとき

静かな時間は数日後、突如として破られた。王都で叛乱が起こったという知らせが飛び込んできたのだ。

ビアンカはそれを院長室で聞いた。いつも穏やかな院長の顔もさすがに青ざめ、こわばっている。真っ先に頭に浮かんだのは当然ノエルのことだ。

「兄は……兄は無事なんですか!?」

「それはまだなんとも」

院長は眉を曇らせてかぶりを振った。

「ですが、外国の商人であるノエル卿が巻き込まれる可能性は低いでしょう。それに、叛乱が起こったのは深夜から未明にかけてだそうです。あっと言う間に王宮が占拠されてしまったとか」

「首謀者は誰なのですか？」

「それが……ルヴィエ公爵らしいのですよ」

言いにくそうに答えた院長を、ビアンカはまじまじと見つめた。

「え……。ルヴィエ公爵って……」

「わたくしの弟です」

院長は眉間を摘まみ、深々と溜め息をついた。

「王位争いに負けてから領地に引きこもりでしたからね。心臓もよくないし、とうに諦めたものと思っていたのですが……違ったようです」

「叛乱にはアンドレ様も加わっているのでしょうか」

「おや、甥のことをご存じ？」

「舞踏会でお会いして……少しお話しさせていただきました」

そう、と院長は頷いた。

「あの子は父親を尊敬していますから、当然行動をともにしているでしょう。どうやらこれはかつての王位争いの続きのようです。ボードワン王の圧政や、王族たちの度の過ぎた贅沢への不満は、俗世から隔てられたこの修道院にまで届いていましたからね。それで弟は再起することを決めたのでしょう」

院長は気を取り直して背筋を伸ばした。

「叛乱の成否にかかわらず、ここにいれば安全です。兄君のことが心配でしょうが、王都の動静がはっきりするまでは迂闊な行動を取らないでください。わたくしにはあなたをお預かりした責任がございます」

院長はビアンカが他の修道女や手伝いの平信徒たちから噂を聞いて修道院を飛び出したりするのを懸念して、自分から話して聞かせたのだった。

「わかりました。でも、何かあったらすぐに教えてください」

「ええ、もちろんです」

ビアンカは一礼して院長室を出た。一緒に話を聞いていたリディも不安そうに後に従う。すでに噂は修道院じゅうに広がっていて、行き交う修道女たちは皆不安そうだ。やがてリディが意を決したように声を上げた。

「お嬢様。わたし、このまま何もしないで待つなんて耐えられません。様子を探ってきます。朝早く出れば夜には戻ってこられるはずですから」

「だめよ、リディ。危険すぎるわ。何がどうなっているのか全然わからないのよ」

「でも」

「わたしだってみんなのことは心配よ。だけど……」

ビアンカは自室に入り、ドアを閉めてから声をひそめて続けた。

「……お兄様はこうなることを知っていらしたんじゃないかと思うの」

「ええっ!?　ま、まさか旦那様も叛乱に加担してる……ってことですか!?」

しっ、と唇に指を当ててるとリディは慌てて口を両手で覆った。

「わからないわ。でもね。わたしたちがここへ来て数日で叛乱が起こるなんて、タイミングがよすぎない？　わかってて避難させたとしか思えないわ」

「単なる偶然では」

「それだけじゃないの。詳しくは言えないけど、お兄様やアンドレ様が言ったことを色々と考え合わせると……ふたりが叛乱を知っていたとしてもおかしくない、いいえ、むしろ深く関わっていると考えたほうがしっくり来るのよ」

庭に忍び込んだアンドレは、国王一家の驕慢や放蕩ぶりに義憤をあらわにしていた。

「でも、旦那様が叛乱に加担するなんて……」

リディは腑に落ちない様子だが、ビアンカには充分に納得できた。ノエルはボードワン王を憎悪している。彼が財産を築き上げた目的はただひとつ、復讐のためだ。

ボードワンがギャロワ公爵という一貴族のままでいたなら、わざわざ叛乱まで起こす必要はなかっただろう。だがボードワンはニスティアの国王になってしまった。だから彼は政争に破れたルヴィエ公爵に近づいたのだ。

ノエルは以前から仕事で何度もニスティアへ渡っていた。それは事業を拡大するためだけでなく、叛乱の準備を整える目的もあったはずだ。

そしていよいよ決行の準備が整い、ビアンカを伴ってやって来たのだ。

どれほど憎んでも飽き足らないボードワンの娘を――。

（お兄様はわたしをどうするつもりだったの……？）

復讐対象であったはずのビアンカを、彼は妹として遇した。あのまま妹でいたなら、真実を知らせることなく見逃してくれるつもりだったのだろうか。あるいは、それと知らせず実父や異母兄の最期を見せつけることで復讐とするつもりだったのか。

ビアンカは兄妹以上の愛を求めたがために『妹』の立場から失墜し、残酷な真実を突きつけられた。もしもビアンカが完全に単なる復讐対象に堕していたなら、わざわざ避難させたりするはずがない。

矛盾する行動に彼の苦悩と愛が垣間見え、じわりと胸が熱くなった。

「あの、お嬢様。わたし考えたんですけど」

「えっ、何？」

うっかりまた夢想に耽っていたビアンカは、慌ててリディに向き直った。

「出入りの商人に頼んで様子を見てきてもらう……というのはどうでしょうか」

「ああ、それはいいわね。ぜひそうしてちょうだい」

ビアンカは頷いた。いくら俗世から離れた修道院でも完全に孤立しているわけではない。

修道院では色々な手仕事をしており、薬草園で育てたハーブで作る薬やシロップ、ワインや蜂蜜酒なども作っている。それらは修道院でも販売しているが、王都の商人も買い付けに来る。

ビアンカからお金を受け取ったリディは、誰か来ていないかさっそく見に行った。

ところが数分と経たぬうち、リディは蒼白になって駆け戻ってきた。

「た、大変です、お嬢様！」

「今度は何？」

「王様が押しかけて来たそうですっ……」

ビアンカはぽかんとした。

「王様って……国王陛下のこと？　ニスティアの？」

「そうです！　兵を連れて院長室へ押しかけてきて、院長様が人質に取られました！　あと十五分早かったら、わたしたちも――」

リディが恐怖に顔を引き攣らせ、ビアンカも青ざめた。ここは安全だと院長は言ったが、話をしていたときにはすぐそこまで危機が迫っていたのだ。

†　　†　　†

「間一髪だったな」

ニスティア国王ボードワンは飲み干したワインのゴブレットを叩きつけるように机に置き、赤黒い唇をぬぐった。

院長室を占拠した彼は、泥のついたブーツをどかりと執務机に乗せてふんぞり返った。長年の享楽的な生活と不摂生とで皮膚はだらしなくたるんでいるが、血走った目は燃え立つばかりにギラギラしている。

この部屋の主は、片隅の椅子に縛りつけられ青ざめながらも毅然と国王を睨みつけた。院長の足元には副院長とその補佐が、やはり後ろ手に縛られて座り込んでいる。彼女たちは院長ほど平然としてはいられず、めそめそと泣きじゃくっていた。

「これはどういうことですか、陛下。今すぐこの縛《いまし》めを解いてください」

「そうはいかん。あんたは重要な取引材料だ。ルヴィエ公爵との、な」

ボードワンは残忍に目を細めた。

「ならば、この者たちだけでも解放してください」

「それも無理だ。そいつらがいれば、あんたも逃げようとは思わんだろう？」

「わたくしは逃げも隠れもいたしません」

院長は堂々と言い放った。

「ふん。さすがは元公爵令嬢、肝が据わっている」

ボードワンは嘲笑を浮かべた。

「ひとつ訊くが、あんたは弟の大それた計画を知っていたのか？」

「存じません。わたくしとて青天の霹靂《へきれき》ですわ」

睨みつけられたボードワンは肩をすくめた。

「ま、あやつもよもや儂《わし》がこの修道院に駆け込むとは思わなかっただろうて」

夜明け前、一群の兵士たちが王宮を襲い、近衛隊と戦闘になった。侵入したのは経験を積んだ手練の傭兵部隊で、宮廷の刹那的な享楽に毒されてたるみきっていた近衛隊は到底太刀打ちできず、王族を守るどころか恥も外聞もなく我先に逃げ出す始末だった。

もともと近衛隊は由緒正しい貴族の子息たちで構成されていたのだが、ボードワンが王位に就くと怪しげな縁故採用が横行し、一気にレベルが低下した。帯剣貴族としての矜持《プライド》を持つ者、王国を守る志ある者は失望して次々に去り、ここ数年は完全に箸にも棒にもかからないドラ息子の巣窟と化していた。

逃げ出した近衛兵たちは、王宮がいつのまにか王国軍に取り囲まれていることに気づいた。助けが来たと狂喜したのもつかのま、彼らは剣を突きつけられて全員捕縛されてしまう。王国軍が来たのは国王の救援のためではなかった。王族の逃亡を阻止するために彼らは王宮を取り囲んでいたのだ。

守る者のいなくなった宮殿を、傭兵部隊は素早く移動した。配置図は頭に叩き込んである。彼らは計画どおり分散してそれぞれの目標《ターゲット》に向かった。

最初に襲われたのは王太子オーギュスタン。お気に入りの愛人ふたりと巨大なベッドで眠りこけているところに踏み込まれ、寝ぼけ眼で起き上がったところを殴られて気絶。シーツで巻かれて担ぎ上げられた。同様に失神した愛人ふたりは全裸で放置された。

それぞれの部屋で眠っていた王妃アポリーヌとデボラ王女は有無を言わさず寝間着のまま縛り上げられ、牢獄に放り込まれた。王太子はどことも知れず連れ去られ、アポリーヌが生きた息子に会うことは二度となかった。

しかし、国王ボードワンだけはまんまと逃げ果《おお》せた。野生動物並みの勘が働いた、とも言える。実はボードワンはとても眠りが浅かったのだ。犬のようにウトウトしては目が覚める、というのを繰り返すのが常態で、本人はすっかりそれに慣れてしまっている。

宮殿じゅうが静まり返った未明。ボードワンは異様な気配を察して起き上がり、隠し部屋へ逃れた。そこには必ず不寝番が控えている。何か思い立ったらすぐに指示できるよう、彼はつねに私兵を側近くに待機させていた。昼夜を問わず即時対応させるために大金を払っている。

ボードワンにとっては近衛兵よりも私兵のほうがよほど信頼できた。近衛隊の予算を削ったのは、その分を私兵の給金に当てるためだ。国家予算が使えるなら自腹を切る必要などないというのが彼の考え方だった。

私兵に護衛され、ボードワンは隠し通路から王宮の外へ逃れた。これは宮殿の平面図には載っていない。いちいち図面と実際の部屋の配置を突合《とつごう》しなければわからないようになっている。

王位を継いだとき、それを知っているのは先王の侍従長だけだった。ボードワンは秘密を聞き出すと私兵に命じて侍従長を始末した。以来、隠し通路を知っているのは彼とその私兵たちだけだ。

ボードワンと妻のアポリーヌは宮殿入りする前から寝室は別だった。逃亡にあたって彼は妻子のことなどまったく考慮しなかった。自分さえ生き延びられれば新たな妻を娶《めと》ってまた子を作れる。彼にとって大事なのは自分だけだ。

王宮を抜け出すとボードワンは即座に聖マリエル女子修道院へ向かった。

叛乱軍の背後にいるのはルヴィエ公爵に違いないと彼は確信していた。旗印になれる人物など他に見当たらない。差し迫った危機感は抱いていなかったが、どうやら少々舐めすぎていたようだ。

ボードワンは木陰から修道院の様子を窺い、機を見て一気になだれ込むと門を閉ざした。怯えて突っ立っている修道女を捕まえて院長室へ案内させた。

「縄を解いてやるから奴に手紙を書け。さっさと兵を退き、王宮から撤退せよと。土下座して詫びれば命だけは助けてやる。国王たる者、寛容でなければいかんからな。さもなくば姉を殺し、修道院を焼き払う」

「そのような非道、神がお許しになりませんよ！」

「儂はニスティア国教会の唯一にして最高の首長だ。すべての教会、修道院は儂の指示に従わねばならぬ。逆らう者は厳罰に処す」

尊大に顎を反らされ、院長は憤怒の形相で歯ぎしりした。ボードワンはすでに多数の修道院に難癖をつけては信徒から寄進された土地や財産を取り上げ、建物の接収や破壊を行っている。王都で接収された教会の中には賭博場や売春宿に転用されたものまであるのだ。

この女子修道院は院長が準王族ということでかろうじて破壊と強奪を免れたが、このような暴君の言いなりになどなりたくない。こんな無道極まりない男よりも、多少頭が固い弟のほうがよほど君主たるにふさわしい。単なる身びいきではないと胸を張ってそう言いきれる。このような事態に至っては尚更だ。

「そういえば腹が減ったな。何か持って来い。ワインも追加だ」

私兵のひとりが院長室の扉を開けて怒鳴った。

「国王陛下にお食事をお持ちしろ！　いちばんいいワインもだぞ」

悔しげに唇を震わせる院長を喉をくっくと鳴らしながら横目で見やり、ボードワンは残忍な笑みを浮かべた。

† † †

「――無理よ。とても持っていけないわ」

修道女たちが騒いでいることに食堂に入ってすぐビアンカは気づいた。ちょうど昼食の時間だった。緊急事態でもやはり昼時になればお腹は空くし、事態がどうなったのかも気になる。ビアンカは世話係のシュゼット修道女に言われてリディと一緒に自室で待機していたが、特に物々しい喚声《かんせい》も聞こえてこないので思いきって部屋を出てみたのだ。

「どうしたんですか？」

近づいていくと修道女たちはおろおろと振り向いた。そこにはシュゼットもいて、困惑に眉を上げ下げしている。

「ああ、お嬢様。国王陛下がお食事をご所望なのですが……怖がって誰も持っていこうとしないのです」

シュゼットが言うと、他の修道女は気まずそうに目を泳がせた。

「食事を運ぶだけなのでしょう？」

「だって！　大きな剣を持った兵士が廊下を見張ってるんですよ！」

まだ年若い修道女が泣きそうな顔で訴える。指導的立場の者たちは院長を解放するよう直訴しに行ったきり戻らないという。そのまま人質となってしまったらしい。だから自分たちも捕まるのではないかと怯えているのだ。

ここの修道女は院長を始め高位貴族の令嬢が多い。温室育ちの彼女たちは立派な城館やお屋敷から修道院へ直行し、世間のことをほとんど知らない。武装した兵士など見たこともないのだろう。

ビアンカも七歳からはお嬢様として暮らしてきたが、それ以前は寒村の旅籠の女中として酷使されていた。ちょっとした失敗でもがみがみ怒鳴られ、手を上げられることも少なくなかったから多少の度胸はある。

「だったらわたしが持っていきます。院長様のご様子も見てくるわ」

修道女たちは露骨にホッとした表情になったが、リディは眉を吊り上げた。

「いけません！　お嬢様まで人質になったらどうするんですか⁉」

「食事を届けるだけだもの、大丈夫じゃないかしら」

「楽観的すぎます！」

「すでに全員が人質みたいなものよ。門は閉ざされてしまったのでしょう？」

ビアンカの視線を受け、修道女のひとりが青い顔で頷いた。

「正門と裏門、どちらも門がかけられて複数の見張りが立っています」

「助けが来ることを信じて、それまでは下手に刺激しないよう従ったほうがいいわ」

「だったらわたしが持っていきます」

リディが言ったがビアンカは首を振って食事の乗ったトレイを手にした。

「いいえ、わたしが持っていくわ。叛乱を起こされるような国王がどんな面構えをしているのか見てみたいのよ」

自分の父親――というより実の娘に手を出すような外道はどんな顔をしているのか。ノエルの家族を殺し、人生を破壊した男の顔をこの目で見てやりたかった。

「な、何言ってるんですか、お嬢様!?」

リディが悲鳴のように叫ぶと同時に、食堂の入り口で胴間声《どうまごえ》が上がった。

「食事はまだか？　陛下をお待たせするな」

「は、はい。ただ今お持ちします！」

ビアンカは急いで入り口へ向かった。決然としてリディもついてきたが、入り口で兵士に止められた。

「運ぶのはひとりでいい。残りは俺たちの食事を用意しておけ」

兵士は横柄に顎をしゃくってビアンカを促した。とても軍人とは思えない華美な格好をしている。国王を護衛しているのだから近衛隊なのだろうが、それにしても派手な軍服だ。

兵士はいやらしい目つきでじろじろとビアンカを眺めた。

「あんたは修道女じゃないようだな。服装が違う」

「……修練女です。来たばかりで、まだ制服をいただいていません」

咄嗟に嘘をつく。ビアンカが着ているのは紺色のシンプルなデイドレスだ。兵士は上から胸元を覗き込んでニヤニヤした。

「修道女なんてやめとけよ、もったいねぇ」

生温かい息が首筋に触れ、ぞわっと鳥肌が立つ。ビアンカはトレイの持ち手をぎゅっと握り、早足で進んだ。院長室の前には同じような格好の兵士が立っていて、品定めするようにビアンカを眺めつつ扉を開けた。

部屋に入ってすぐ目に飛び込んできたのは大きな執務机の向こうでふんぞり返っている大柄な男の姿だった。

（これが国王ボードワン……）

かつてノエルが家族で仕えていたギャロワ公爵。リュディヴィーヌの父親。そして自分の父であると同時に祖父でもあるという、忌まわしい男。

ボードワンは机に脚を投げ出し、手に持った紙片を眺めている。机の横では院長が椅子に座り、その前に紙と鵞《が》ペン、真鍮のインク壺があった。ボードワンは院長に書かせたものを検分しているらしい。

院長は入ってきたのがビアンカと知って驚き、早く下がるよう目配せした。

大丈夫ですかと目顔で問うと、院長は小さく頷いた。ビアンカは顔を伏せながら、ちらと上目遣いにボードワンを見た。いかにも尊大そうな顔つきの男だ。人に命令し、従わせることに慣れている——というよりそれを当然と見做しているのが一目でわかる。

若い頃は整った顔立ちだったのかもしれないが、自分勝手で傲慢な性格が歳月とともにくっきりと浮かび上がってきたのだろう。たるんだ皮膚のせいで顔が大きく見えるのも、ふてぶてしい印象を強めている。

金茶色の髪はだいぶ後退しているが、もみあげの辺りはまだふさふさしており、そのせいか野獣めいて見えた。男は鼻の下にたくわえた髪と同じ金茶色の髭を撫でながら、院長に書かせた手紙をしかめっ面でバサバサ振った。

「だめだ、だめだ。もっと情に訴えるように書け」

吼えるように怒鳴った男が、今気づいたようにビアンカを見る。ぎらつく緑の瞳がにわかに見開かれた。ビアンカは慌ててトレイを置き、さっと会釈して背を向けたが、扉まで行き着かないうちに雷のような声が轟《とどろ》いた。

「待て！」

びくっと立ちすくむと、ガタガタと椅子が乱暴に鳴る音がした。大股で飛ぶように歩み寄ったボードワンがビアンカの肩を掴んで強引に振り向かせる。目が合った途端、ボードワンは惚けたようにぽかんとした。

「リュディヴィーヌ……？」

「……っ」

びくりと肩が震える。母の名を、この男は口にした。信じられないとでも言いたげに、唖然とした顔で。

今になってビアンカは自分が母親によく似ているのだということを思い出した。ノエルにもテレーズ修道女にもそう言われたのに。父親をこの目で見てみたいという思いが先走り、すっかり忘れていた。

「ひ、人違いです」

振り払って部屋を飛び出そうとすると逆に両肩を摑まれ、がっちり拘束されてしまう。どぎつい緑の瞳がさらに燐光を帯びた。必死に抗うビアンカを食い入るように凝視しながらボードワンは呟いた。

「……いや、リュディヴィーヌのはずがない。リュディヴィーヌは死んだ。そう、この手で埋葬してやったのだから間違いはない。――ならばおまえは……デボラだな？　リュディヴィーヌが産んだデボラに違いない……！　そうであろう⁉」

「違います！　は、放してっ」

ことの成り行きに唖然としていた院長が慌てて割って入った。

「何をおっしゃるのです、陛下。デボラ王女とはずっとご一緒に――」

「あれは偽者だ！」

ボードワンは嚙みつくように怒鳴った。

「どうも怪しいとずっと思ってたんだ。あれは儂にもリュディヴィーヌにも全然似ていない。引き取ったときすでに入れ替わってたんだな。どうりでひとつも愛着を感じないわけだ。くそっ、いったい誰の差し金だ!?」

猛禽類《もうきんるい》が獲物を摑むように爪が肩に食い込み、ビアンカは痛みに顔をゆがめた。

「陛下! おやめください」

院長が必死に腕を揺さぶっても、憑かれたようになったボードワンはまるで聞く耳を持たない。

「デボラ、今までどこにいたんだ? んん?」

血走った目をぎらつかせ、浅ましい昂奮に鼻の穴を膨らませる男にビアンカはゾッとした。肉親への情愛など微塵も感じられない。生理的嫌悪感とおぞましさで鳥肌が立ち、ぞわぞわとうなじの髪が逆立つ。

「厭っ、放して!」

無我夢中で暴れていると、何事かと兵士が顔を出した。

「どうなさいました、陛下」

「娘だ! 儂の本当の娘が見つかった!」

「は……?」

わけがわからず兵士はぽかんとした。必死に抗うビアンカと、憤激して国王を揺さぶる院長。それを気にも留めずに狂喜の哄笑を上げるボードワン。どうしたものかと兵士がためらった隙をついて、誰かが部屋に飛び込んで来た。

「おのれ、またも悪魔の所業を繰り返す気か！」

怪鳥のごとき叫び声を上げたのは寝込んでいたはずのテレーズ修道女だった。彼女はかぶりもの《ウィンプル》も着けず、白髪まじりの金髪を振り乱して狂ったように目を吊り上げている。その手には小型ナイフが握られていた。

驚きにボードワンの手がゆるみ、すかさず院長がビアンカを引き剝がした。勢い余ってふたりとも床に転がる。ボードワンは眉をひそめ、探るようにテレーズを凝視した。

「……姉上か？」

怪訝そうな声にテレーズの唇がゆがむ。

「おまえにそう呼ばれると反吐が出るわ」

ボードワンは冷笑を浮かべて嘲った。

「生きていたのか。とうに死んだと思っていたぞ」

「死んだも同然に生き長らえてきた。おまえにこの身と魂をずたぼろにされて……」

「なんと、老けたものだな。昔はあんなに美しかったのに。――デボラ、おまえの名は姉上からもらったんだぞ」

「!?」

ビアンカは驚愕してボードワンからテレーズ修道女に視線を移した。彼女の俗名はデボラだったのか。彼女は激しい怒りに目許を痙攣させ、食いしばった歯を剝き出しにした。ナイフを握る両手に関節が白くなるほど力がこもる。

「リュディヴィーヌは姉上に生き写しだった。だからリュディヴィーヌの娘もきっと姉上そっくりになるだろうと考えてデボラと名付けたんだ。馬鹿な妻《アポリーヌ》がヒステリーを起こして騒がなければ、けっして余所に預けたりはしなかった。そのせいで赤の他人を王女扱いするはめになったわ。——ふん、王宮に戻ったら即刻首を刎ねてやる。そして本物のデボラを王女としてずっと手許に置き、今までの分まで大事にしてやろう。他国へ嫁がせたりするものか」

狂的な偏執が浮かぶ目つきにゾッとして、ビアンカは床にうずくまったまま院長にしがみついた。

「この外道！　これ以上おまえの好きにさせてなるものか」

絶叫しながらテレーズはボードワンに突進した。やめてと院長が叫ぶも間に合わない。ボードワンは咄嗟に身を躱したが、至近距離だったため避けきれずに刃が脇腹をかすめた。彼はチッと舌打ちし、情け容赦なく平手でテレーズをなぎ払った。勢いで彼女の痩身が宙を飛び、床に叩きつけられる。

「お祖母様！」

ビアンカは悲鳴を上げ、倒れたテレーズの側に這うように駆け寄った。彼女はぐったりと目を閉じたままぴくりともしない。

「しっかりして！　ああ、しっかり……お祖母様、お祖母様」

おろおろするビアンカに院長が這い寄り、ふたりでテレーズを介抱する。フンと鼻で嗤ったボードワンは入り口に控える私兵に尊大な口調で命じた。

「手当てしてやれ。老いさらばえても我が姉だ。くたばるまでは飼い殺しにしてやるさ」

答えがなく、何気なく振り向いたボードワンは鼻先に剣を突きつけられてぽかんとした。

それは軍服を派手に着崩した私兵ではなく、濃灰色のシンプルな軍装に身を包んだ鋭い目つきの兵士だった。ひとりではなく、その後ろにも同じ格好をした屈強な兵士たちが油断なく武器を構えている。

「な……なんだ貴様ら……!?」

「――お手持ちの兵はすべて制圧させていただいた」

カツ、と硬質な靴音が響き、戸口に人影が現れる。軍服ではなく、洒落たテイルコート姿の紳士だ。

「お兄様っ……」

ビアンカは飛び上がるようにしてノエルの許へ駆け寄り、勢いのまま抱きついた。大きな掌で軽く背中を叩かれ、ホッと安堵の吐息を洩らす。

「何者だ……!?」

「ノエル・ディ・フォルジ。ビアンカの兄です」

「その娘はデボラだ！」

口角泡を飛ばす勢いで怒鳴るボードワンに、ノエルは冷笑を浮かべた。

「どなたかとお間違えなのでは？　――元国王を居室へご案内しろ」

謎の兵士たちはノエルの命令に従って素早く動き出した。ボードワンを後ろ手に拘束し、引き立ててゆく。彼はノエルに肩を抱かれたビアンカを凝視して唇をゆがめ、いつまでも執念深く視線を逸らさなかった。吸血蛭を思わせるじっとりした目つきに改めて悪寒を覚える。

ノエルは意識を失ったままのテレーズを静かに抱き上げた。

「居室へ運んで手当てしよう」

残った兵士たちが縛られていた修道女たちの縄を解いていく。それを確認して院長は急いでノエルとビアンカに続いた。

「助かりましたわ、ノエル卿。でも……いったいどうやって？　王都の叛乱はどうなったのですか」

「王位はルヴィエ公爵のものとなりました。聖職者たちもそれを認め、忠誠を誓っています」

そう聞いて院長は複雑な顔になった。

テレーズを居室へ運び込み、医務係を呼ぶ。どうやら床で頭を打って気絶したらしい。

ノエルは院長だけに詳しい説明を行った。

「……あなたはこの叛乱にかなり深く関わっておられるようですね」

院長の問いかけにノエルはうっすらと微笑んだ。

「主に財政面でお手伝いさせていただきました」

「お金を出しただけではないのでしょう？」

「どこに出したかにもよりますね。現在ニスティア王国にいる傭兵部隊の雇用主はこの私です」

啞然とする院長に軽く頷き、淡々とノエルは続けた。

「どこの国もそうですが、王国軍は傭兵なくして成り立たない。ところが、これまたどの君主もそうなのですが、給与の支払いがとても渋いのですよ。彼らは国防を傭兵に頼っているくせに、ならず者どもの集まりと蔑んでいるのです。ニスティア王国においてもまた然り」

院長の顔が青ざめる。

「ま、まさかあなたは……」

「はい。王国軍に所属する全傭兵部隊を買いました。違法ではありません。彼らがニスティア国王と交わした契約は、給与未払いによりとうに失効しています。私は彼らと新たな契約を結び、ニスティア王国内に駐屯させておいたのです。いつでも動かせるようにね。もちろん、知っていたのは部隊長などの限られた幹部だけですが。彼らは契約に従ってきっちり働いてくれましたよ。契約に従うことが彼らのルールですから。雇用主が契約を遵守するかぎり、彼らは命を惜しまず尽くしてくれます。ただのならず者集団なら、誰も高い金を払って雇うはずがないでしょう」

「……つまりあなたは今も王国の命運を握っていると言っても過言ではないわけですね」

青ざめる院長に、彼は黙って冷たい微笑を浮かべた。

ビアンカはまじまじとノエルを見つめた。いったいどれだけ周到に準備してきたのだろう。この十一年間『妹』として彼にべったり甘えてきただけで、本当は彼のことを何も知らなかった。憎悪を胸に滾らせながら冷徹に復讐計画を練り上げたノエルには感嘆を禁じ得ない。たとえ自分がその計画の一部だったとしても、怨む気持ちにはならなかった。自分でも不思議なほどに。

「ボードワン――ギャロワ公爵を、しばしこの修道院に留め置きたいのですが、かまいませんか？　もちろん身体を拘束したうえで厳重な警備をつけますし、そう長いことにはならないと思います」

「……許可します」

重々しく院長が頷き、ノエルは立ち上がった。一礼して戸口へ向かう彼をビアンカは慌てて追いかけた。

「待って、お兄様」

横目で憮然と睨まれ、急いで『ノエル』と言い直す。歩廊を進みながらビアンカは小声で尋ねた。

「今、院長を遠回しに脅したでしょう」

「何故そう思う？」

「ルヴィエ公爵は院長の弟よ。公爵が頼みにしている傭兵部隊の雇用主はノエル。傭兵は雇い主の言うことしか聞かない。だったら――」

思わずごくりと唾をのむ。

ノエルの不興を買えば公爵がどうなるか知れたものではない。院長がそう考えるのは当然だ。

フッとノエルが笑う。明確な答えはなくとも、それは肯定に他ならなかった。

「わかっていてわたしをこの修道院へ送ったの？」

「……なんだって？」

「ボードワン王がこの修道院へ逃げ込むとわかっていて、わたしを送り込んだのかと訊いてるの」

「奴がここに逃げ込むかどうかはわからなかった」

「でも、ここに来るかもしれないとは考えたんでしょう？　そうなったときのための手筈もすっかり整えておいた。なら、わたしが鉢合わせする可能性だって当然考慮したはずよ。万事抜かりないお兄様のことだもの」

ノエルは唇をゆがめた。

「宮殿で捕らえ損ねた場合、あの男がどこに逃げ込むか正確に予想するのは難しい。だから、いざというときあの男がここを逃避先として真っ先に思い浮かべるよう誘導した」

「すべてお兄様の目論見どおりというわけね。それじゃ、お祖母様がここにいらっしゃることもご存じだったのよね？」

ノエルの冷徹な顔に初めて当惑が表れた。

「お祖母様？　誰のことだ」

「わたしのお母様のお母様。ギャロワ公爵の姉よ。わたしの元の名前――デボラというのはお祖母様からもらったのだと……あの人は言ってたわ」

ノエルは憮然と眉をひそめ、しかめ面になった。

「……知らないぞ、俺は。そんなこと」

「あら。お兄様にも知らないことがあるとはね」

「俺がギャロワ公爵家にいた頃、公爵の姉など屋敷にいなかった。すでにどこかに嫁いでいたんだろう。あの当時屋敷にいなかった人間はどうでもいい。……待て、今なんと言った？　母親の母親だと？」

「そうよ。リュディヴィーヌは公爵夫人が産んだ子じゃなかったの」

ノエルは顎を摘まんで考え込んだ。

「……なるほど。だから夫人はリュディヴィーヌに冷たかったんだな。娘ではなく夫の姪だったわけか。しかし、それがどうした。リュディヴィーヌが俺にしたことは変わらない」

「お母様はノエルを陥れたんじゃないわ。誤解なのよ」

「黙れ！」

「確かにわたしの父は救いようのない極悪人よ。この目で見て、喋るのも聞いた。恐ろしかった……。あの人はお母様やわたしを自分の所有物としか思っていない。この国のことも、国民のことも、全然考えていない。自分さえよければ他はどうでもいい。そういう人だとよくわかった。だからお母様は――」

「あのぅ……」

自室の前で怒鳴り合っていると、申し訳なさそうにリディが部屋からおずおずと顔を出した。

「すみません、テレーズ修道女が旦那様とふたりきりでお話ししたいと言っているそうなんですけど……」

「わかった」

　ノエルは一呼吸して堅苦しく頷いた。


　テレーズ修道女はベッドで半身を起こしてノエルを迎えた。

「残念だわ。あの男はまだ生きているそうね。あの男を殺してわたくしも地獄へ堕ちる覚悟だったのに」

　彼女は幽鬼のような笑みを浮かべて呟いた。

「地獄へ堕ちるのはあの男だけでいいのでは？　わざわざ同行することはないでしょう」

　ノエルの冷ややかな口調にテレーズは口の端を苦くゆがめた。

「それもそうね。堕ちるにしても別の地獄にしてほしいわ」

　テレーズは溜め息をつくと居住まいを正し、昨日ビアンカとともに考察したことをノエルに話して聞かせた。ノエルは最後まで黙って聞いていた。

「――なるほど。だがそれは状況証拠に基づく推測にすぎない」

「あの男は昔から異様なほどわたくしに執着していた。幼い頃はそれでもかわいいと思っていたのよ？　弟が慕ってくれれば姉としては嬉しいもの」

しかしだんだんと常軌を逸していると思えてきた。付きまとわれ、監視されているように感じ始めた。両親も異常に気付き、娘を早く結婚させようとしたが、候補の男性が怪我をしたり病気になったりで、ことごとく破談になった。

「弟の仕業だと？」

「二度までは偶然でも、三度、四度と続けばさすがにおかしいと思うでしょう？」

恐ろしくなった両親は息子を先に結婚させることにした。妻を持てば姉への過剰な執着も薄らぐはずだと期待したのだ。ボードワンは両親の決めた相手と素直に結婚した。貴族ではないが莫大な財産を受け継ぐ女相続人だった。

テレーズはホッとする一方でなんだか怪しいという気もしていた。案の定、それからまもなく両親が同時に事故で亡くなり、ボードワンがギャロワ公爵となった。

「その事故もあの男が仕組んだと言うのですか」

「証拠はありません。ただ直感したのです。事故の一報を聞いたあの男の表情から。――すみませんが、お水をいただけますか」

ノエルはサイドテーブルの水差しから木製のカップに水を注いで差し出した。

「ありがとう」

テレーズはゆっくりと水を飲み干すと空になったカップを両手で握りしめた。

「……それから地獄が始まった。あの男は両親の葬儀の夜……わたくしを犯したのです。

実の姉を。まさにあれは狂った野獣でした」

公爵家の当主となったボードワンには誰も逆らえなかった。両親がいなくなった途端、彼は暴虐な本性をあらわにし、姉を屋敷に閉じ込めて日夜弄んだ。

「やがてわたくしは身ごもり、女の子を出産しました。それがリュディヴィーヌです」

ノエルは絶句し、凝然とテレーズを見つめた。

「……ビアンカにも話したんですか」

「とても言えません。あの子にはただ、リュディヴィーヌの母親がわたくしだということだけ……。父親は身分違いの恋人だと匂わせておきました。ビアンカは父母の関係を父と娘ではなく叔父と姪だと思っています。そのほうがいくらかましでしょう。事情によっては特別に婚姻も許可される関係ですから」

「それでビアンカの後ろめたさを軽くしてやったつもりですか」

「あの子に罪はありません。あなただって本当はそう思っているのではありませんか？　だから純白《ビアンカ》と名付けた。あなたはただ、リュディヴィーヌに対する怨みや憎しみをあの子にぶつけているだけ。ただの八つ当たりです」

フッとノエルは冷笑した。

「はっきり言ってくれますね。そう、認めますよ。リュディヴィーヌが死んでいる以上、その娘であるビアンカに罪を償わせなければ気が収まらない。私の家族を殺すよう私兵に直接命じたのはボードワンだ。しかし、あの男がそうするように仕向けたリュディヴィーヌに罪がないと言えますか？　そもそも仕組んだのはあの女だ。あの女は自分の手を汚すことなく私と家族を破滅させた。あれは性悪な毒婦だ。姉と弟の間に生まれた禁忌の子であればなおのこと」

冷たい怒りを孕んだノエルの低声に、テレーズは蒼白になって木のカップを握りしめた。

「……そう。リュディヴィーヌは罪を背負って生まれてきた。でも、その罪はわたくしとあの男の罪であって、あの子は否応なくそれを背負わされただけです。あの子自身の罪ではない。怨むならリュディヴィーヌではなくわたくしを怨みなさい。罪もないあの子を置いて逃げたわたくしを！」

テレーズは声を荒らげ、翠の瞳に涙を溜めてノエルを睨んだ。しばし無言で睨み合い、やがてテレーズは糸が切れたように枕に寄り掛かり、深々と溜め息をついた。

「話が途中でしたね……。リュディヴィーヌは生まれてすぐ乳母に渡され、わたくしはふたたびあの男のおもちゃになりました。こともあろうにあの男は、わたくしに息子を産めと言ったのですよ。その子を跡取りにする、と。そのためにわたくしと髪や瞳の色が同じ女を妻にしたのだと、ぬけぬけと言い放ったのです。あの男は狂っている……！」

なんとかして逃げ出さなければまた孕まされてしまう。焦る彼女の前に協力者が現れた。

ボードワンの妻アポリーヌだ。

「同情したわけではありません。わたくしの存在が単に不愉快だったのです。当然でしょう。夫が実の姉を愛人にして子どもまで産ませているのですから。正妻として赦せるわけがありません」

　別れたくても持参財はすべて夫のものとなり、離婚してもほとんど戻ってこない契約だった。そうなれば準王族である『公爵夫人』の称号《タイトル》にしがみつくしかない。だが、このままでは自分の子が相続人となる見込みは薄い。夫は妻を放っておいて嫌がる実姉を無理やり抱いているのだ。

　有無を言わさずリュディヴィーヌを自分の娘ということにされて当然アポリーヌは憤っており、義姉が次の子を孕まないうちに追い出したかった。

　弟の留守を狙って彼女は逃げることにした。馬車や旅費はアポリーヌが用意してくれた。目障りな義姉が消えるなら安い出費だったろう。

「リュディヴィーヌを連れて行くよう言われましたが、わたくしは拒否しました。そのときは忌まわしいあの男から離れたい一心で、あの男の血を引く娘に愛情を抱くことができなかったのです」

　アポリーヌも強くは言わなかった。ボードワンはリュディヴィーヌを溺愛していたから、娘を残しておけば機嫌が取れると思ったのかもしれない。

　テレーズが軽く呟き込み、ノエルはもう一度カップに水を注いでやった。ごくごくと喉を潤し、テレーズは嘆息した。

「正直に言います。リュディヴィーヌのことはずっと忘れていました。いえ、忘れたくて、あえて思い出さないようにしていました。ですが……屋敷を飛び出して十二、三年経った頃でしょうか。あの子から手紙が届いたのです」

彼女の居場所はすでに知られていた。ボードワンは半狂乱になって姉を捜し回り、半年を費やして見つけ出したのだ。しかし修道院は彼女を守ってくれた。すでに修道の誓いを立てていたこともあり、ボードワンはやむなく引き下がった。これで大丈夫だと安堵して彼女は祈りと労働の安らかな日々を送っていた。

「……リュディヴィーヌは手紙でなんと？」

「アポリーヌから、自分は父とその姉の間にできた子だと言われたが本当かと。わたくしは震え上がってしまい……とても返事を出せませんでした。手紙は燃やしました。万が一にでも誰かの目に触れたらと思うと怖くて……。でも、内容は一字一句覚えています」

リュディヴィーヌはとても寂しい生活を送っているようで、アポリーヌの言葉が真実なら自分も修道院に入って贖罪生活を送りたいと綴られていた。返事を出さなかったからか、二度と手紙は来なかった。

テレーズは身を乗り出すようにして訴えた。

「あの手紙を読めば、リュディヴィーヌがあなたの言うような毒婦ではないことがわかったはずです」

「だが、手紙は燃やしてしまったのでしょう？　それに、あなたの記憶が確かなら、リュディヴィーヌが手紙を書いたのは十二、三の頃だ。私があのおぞましい光景を目撃したときリュディヴィーヌは十六だった。数年もあれば人が変わるには充分です。一瞬で変わってしまうことだって、あるんですからね」

スッとノエルの目が冷酷さを帯びる。

「……どうあってもリュディヴィーヌを赦すことはできないと言うのですね」

「悪意の有無はともかく、彼女が原因で私の家族が死んだことは事実だ。赦せるわけがないでしょう」

「あの子は逃げ出そうとしていたのです！　かつてのわたくしと同じように。あなたに助けを求めたのですよ！　弟の三歳祝いで浮かれている隙をついて逃げようと……。でも、運悪くあの男がやって来て気づかれてしまった。あの男の憤激がいかに凄まじかったか、わたしには容易に想像できますよ。わたくしが逃げたときのことを思い出したに違いありません。逆上してリュディヴィーヌを折檻しているところに、折悪しくあなたが来あわせてしまったのです。あなたを陥れるつもりなど、あの子にはなかった……」

「見ていたようにおっしゃる」

ノエルが鼻で嗤うとテレーズは悲憤に顔をゆがめて叫んだ。

「だったらあの男に訊いてみなさい！　唯一真実を知っているあの男に！」

ノエルは立ち上がって冷笑を浮かべた。

「そうするつもりです。しかし果たしてあの男が真実を口にするかどうか」

「あなたなら真実を吐かせる手段などいくらでもお持ちでしょう。いいですか、わたくしのあの男への怨みと憎悪は、けっしてあなたに劣るものではないという自信がありますよ。どんな手段を使ってもあの男に真実を告白させなさい。わたくしの望みはあの男が絶望にのたうち回って苦しむこと。苦しんで、苦しんで……絶望の只中で血反吐を吐いて死ねばいい」

自らも血を吐くような口調でテレーズは言いきった。

「修道女とは思えぬ呪詛《じゅそ》ですね。悔い改めてほしくはないのですか」

「あの男が懺悔《ざんげ》するとでも？　天地がひっくり返ってもありえません。あの男は芯から腐っています。この世に悪魔が実在するとしたら、まさしくあの男のことですよ」

「……そのご意見には全面的に賛成です」

固く目を閉じ、ぎゅっと唇を引き結んで顎を反らす老いた修道女に一揖し、ノエルは居室を出た。

廊下には下働きの格好をした女が籠を持って佇んでいた。二十代半ばほどの美しい女はノエルににっこりと笑いかけた。

「こんにちは、ノエル様」

「ヴァネッサ」

彼女はノエルがこの修道院にもぐり込ませていた『同志』だ。ボードワンがやって来たことを即座に知らせたのも彼女である。

ヴァネッサはうきうきした様子で籠を示した。白い茸《きのこ》が四つほど入っている。

「いいものが手に入ったの。〈破壊の天使《デストロイングエンジェル》〉よ」

「ほう」

ノエルの顔に冷酷な微笑が浮かぶ。

「元国王様に食べさせてあげようと思うんだけど……どうかしら？」

「それはいい。たっぷり食わせてやれ。ただし、他の人間にうっかり摘まみ食いさせないよう気をつけてくれよ」

「わかってますわ」

色っぽくウィンクしたヴァネッサが声をひそめて囁いた。

「ところで、お姫様が立ち聞きしてたわよ」

「……ビアンカのことか？」

「ええ。何してるんですかーって声かけたら、飛び上がって逃げちゃった。いけないお姫様だこと」

冗談ぽく言ってヴァネッサはくすくす笑った。

「ねぇ、ノエル様。あのお姫様、どうなさるおつもり？」

「まだ決めてない」

憮然とするノエルに、彼女は思わせぶりな流し目をくれた。

「わたしはねぇ、一生監禁しとくのがいいと思うんだけど？　ノエル様の腕の中に」

「――は？」

「唐変木《とうへんぼく》。あの子はもう充分償ったと思うわよ。それも、犯してもいない罪を。わかってるくせに認めたくないいんでしょ。ほんと、無駄に矜持《プライド》が高い人って面倒くさーい」

「何が言いたい」

眉を吊り上げるノエルに、彼女は芝居がかって肩をすくめた。

「だから、あの子は終身刑が妥当だって言ってるの。しっかり見張るのね、看守さん」

陽気《のんき》に手を振って、ヴァネッサは足取りも軽く歩いていった。ノエルは眉根をぎゅっと摘まみ、げんなりと嘆息すると気を取り直してビアンカの居室へ向かった。

† † †

ビアンカはベッドの端に座り、ヘッドボードにすがりつくようにしてガタガタ震えていた。

（そんな……そんなのって……）

先ほど立ち聞きしたノエルとテレーズの会話が頭の中でぐるぐる回っている。

（お母様が、お祖母様とお父様の子……!?）

あまりのことに頭が爆発しそうだ。ボードワンが姉のテレーズ——俗名デボラを犯して産ませたのがリュディヴィーヌ。ボードワンは禁忌の子であるリュディヴィーヌをさらに犯して娘を産ませ、執着していた姉の名をつけた。デボラ。七歳までビアンカが呼ばれていた名前。

両親が父娘ではなく叔父と姪だと聞いて少しは気が楽になったばかりなのに、真実はなお悪かった。自分は二代にわたる忌まわしい関係の落とし子だったのだ。

母であり、姉であるリュディヴィーヌは伯母でもあった。祖母のテレーズは伯母でもあり、大伯母でもあり、そして父は祖父でもあり、大叔父でもある。親族関係はもうぐちゃぐちゃだ。こんなことあってはならない。まるで黒ずんだ血で編まれた巨大な蜘蛛《くも》の巣に捕らえられたかのよう。

がんじがらめになって身動きが取れぬまま貪婪《どんらん》な蜘蛛に貪《むさぼ》り食われる幻覚にビアンカは恐れおののいた。その肩をそっと摑まれ、反射的に悲鳴を上げる。

「厭ぁっ」

呆気に取られて目を瞠るノエルの顔が、ようやく焦点を結んだ。

「あ……」

「すまん」

憮然と詫びるノエルにビアンカは無我夢中で抱きついた。

「……おい」

「ごめんなさい……！」

頭上で溜め息が聞こえ、ぽん、と背中に大きな掌が落ちた。

「何故おまえが謝るんだ」

「わたし……本当に穢かった……！　すごく、すごく……穢かったの……！」

今度はもっと長い溜め息。

「立ち聞きなんてするもんじゃないと言っただろう？」

「だって……気になって……。お祖母様がノエルに何を言うつもりなんだろうって……」

頭が逆上せたようにカーッとなり、逆に背筋は氷塊を押し当てられたように冷たくなる。

ビアンカは冷や汗を浮かべながらガタガタと激しく震えた。

「ごめんなさい、ごめんなさい、ごめんなさい……」

譫言のように繰り返していると、いきなり耳朶を強く嚙まれて悲鳴を上げる。

「いっ……たぁっ!?」

「本当に鶏頭だな。謝るなと何度言えばわかる？」

「……っ」

　また謝りそうになってビアンカはぎゅっと唇の裏を噛んだ。ノエルの大きな掌が、ぶっきらぼうに背中をさする。彼は翳りを帯びた低声で呟いた。

「――本当は、違うんじゃないかと思ってた」

「？　何が……？」

「リュディヴィーヌが俺を陥れたこと」

「……！」

　顔を上げようとすると後頭部をぎゅっと押さえつけられてしまう。

「そんなつもりで俺を呼んだんじゃないと、心のどこかで囁く声がずっとあったのに、それを認められなかった。認めたくなかったんだ。彼女が呼びつけたりしなければ、あんなおぞましいものを見なくて済んだ。そうすれば……俺の家族は無事だった」

　ノエルの身体が一瞬こわばり、ぶるりと震えた。

「そう思うと彼女が恨めしかった。どうして俺をあんな夜中に呼びつけたりしたんだと、腹が立ってたまらなかった」

　ビアンカはそっと彼の背中に腕を回した。

「あのときの俺には彼女の事情を鑑みる余裕などなかった。実の父親と寝ている姿がとにかくおぞましくて……彼女が俺に気付いたときの表情さえ、嘲笑っているようにしか思えなかったんだ」

「お母様は嗤ってなんかいなかったはずよ」

「そうだな。今思えばあれは……絶望と屈辱にゆがんでいたのだろう。だが、俺はあれを性根のねじ曲がった毒婦の嘲笑だと思い込んだ。手を下したのは父親でも、そのきっかけを作ったのは彼女だと。諸悪の根源はあの女だと決めつけて、ひたすら憎んだ。そうしなければ復讐心が揺らいでしまう気がしたんだ。リュディヴィーヌに同情などしたら復讐の刃が鈍る。あの男は俺の家族を奪った。だったら俺も奴を破滅させてやると決めた。どんなことをしてもギャロワ公爵家を潰してやる、と。リュディヴィーヌだけを除外することはできない。許されない。そんなの死んだ家族への冒瀆だ。だから俺は彼女を憎んだ。彼女が死んだと知った後は……」

「わたしを憎んだのね」

ビアンカはノエルを抱きしめて呟いた。

「ああ……。おまえは復讐のすべてを象徴する存在だった。ギャロワ公爵とリュディヴィーヌの間に生まれた、原罪を負った娘――。だからおまえを引き取った。身近に置いて復讐心を駆り立てるために。憎悪は復讐の原動力だ。その黒い炎を絶やさぬために、俺が誰より憎悪するふたりを日々思い出し、忘れぬために……おまえが必要だったんだ」

ギリ、とノエルは歯を軋ませた。

「なのにおまえは——あまりに惨めな生活を送っていた。小さくて痩せっぽちで、あかぎれだらけの小さな手で箒やら雑巾やらを握って、朝から晩までこき使われていた」

「……ノエルと最初に会ったとき、食事をごちそうしてくれたでしょう？　すごく嬉しかった。あのとき食べた料理は最高に美味しかったと今でも思ってる」

「あんなもの、ぼったくりの手抜き料理だ」

吐き捨てるノエルに、ビアンカは小さく笑った。

「でも、わたしにとってはあれが生まれて初めて食べた『ごちそう』だったの。親切なこの紳士にふたたび会うことができたら、きっと恩返ししようと決めた。そうしたら、その日のうちにまた会えた。しかも仮面の紳士の正体は、わたしがずっと逢いたかった天使様だったの……！　あのときどんなにわたしが感激したかわかる？」

「俺が天使であるものか。むしろ死神だ。おまえを連れ去りに来た、死神だったんだ」

「いいえ、天使よ。だって死神は本当は天使なんだもの。死ぬべき人を迎えに来る天使なの。わたしはずっと死の天使が迎えに来るのを待ってた。醜い悪魔のわたしを迎えに来てくれる、美しく気高く凜々しい天使様を」

「馬鹿を言うな。俺は復讐心に凝り固まった悪鬼だ」

ノエルの声は今までになく弱々しい。ビアンカは彼をぎゅっと抱きしめてかぶりを振った。

「それでもわたしの天使様なの……。わたしはノエルのためならなんでもするって決めた。ただノエルの側にいられればいい。そのためならどんなことでもするって。八つ当たりくらい、へっちゃらよ」

「……おまえはどこまで馬鹿なんだ？」

まるで血を吐くような軋む囁き。ビアンカは目を閉じ、そっと彼の背を撫でた。

「そうね。ごめんなさい。…………ぁ」

身を縮めたビアンカがそろそろと上目づかいに尋ねる。

「噛まないの？」

「いちいち噛んでたらおまえの耳がちぎれる」

「……ノエル、もしかして泣いてるの？」

「泣いてない」

ぶっきらぼうに吐き捨てる彼の声は、やはり少し鼻にかかっている。

「ビアンカ」

「何？」

「すまない」

息が止まりそうになったのは、ひときわ強く抱きしめられたせいばかりではない。ノエ

ルはビアンカをきつく抱擁《ほうよう》しながら呻くように繰り返した。

「すまない、ビアンカ。すまない……」

「……いいのよ」

ビアンカは優しく彼の背を撫でた。

「いいのよ、ノエル。わたし怒ってないわ。ほんのちょっと悲しかっただけ……。でももう平気。ノエルの側にいられるなら、何があってもわたしは大丈夫なの。……だから、ずっと側にいさせてね」

「ああ」

彼はビアンカを抱きしめながら頷いた。ビアンカもまた彼のことを抱きしめて幸福感に浸った。本当はノエルの顔を見てキスしたかったのに、彼はビアンカの頭を押さえつけてけっして放そうとしない。仕方なく彼の肩口に頬を押しつけ、ごつごつした背中を撫でた。間近で響く確かな鼓動に耳を傾けながら、ずっと。

† † †

ノエルはビアンカに帰り支度をしておくように言って部屋を出た。扉を閉めた途端、表情がすっと消えて冷徹な光が瞳に宿る。戸口まで送ったビアンカが不満そうな顔をしているのに気づき、額にキスして甘い微笑を浮かべたのが嘘のようだ。

扉の向こうではビアンカが熱くなった頬に手を当て、『お兄様、笑った？　笑ったわよね!?』と真っ赤になっていたが、今のノエルを見たらやっぱり見間違いだったと思うだろう。

廊下にはノエルの身辺警護を担当する傭兵がふたり控えていた。ノエルは彼らにボードワンを収監している部屋へ案内するよう命じた。それは半地下の小部屋で、いわゆる反省室のようなものらしい。高いところにある明かり取りの窓には鉄格子が嵌まり、壁は煉瓦が剝き出しになっている。室内には簡素な寝台、小さなテーブルと椅子の他には何もない。厚い樫の扉は上部が鉄格子になっていて外から見ることができる。鍵穴はなく、頑丈な閂がかけられていた。

ノエルが近づいていくと、ちょうど中からヴァネッサが出てきた。深皿と蓋付きのスープポットが載った大きなトレイを持っている。

「あら、ノエル様。ちょうど食事が終わったところよ」

「何本食わせた？」

「もちろん全部」

指を四本立ててにっこりするヴァネッサに頷き、彼はスープポットの蓋を取った。中は空っぽだ。

「よほどお腹が空いてたのね。残さず全部平らげたわ。すっごく美味しいって」

「最後の晩餐だからな。美味で何よりだ」

クッ、とノエルは冷酷に喉を鳴らし、入れ替わりに部屋に入った。見張りの兵に頷くと、彼らは即座に退出した。ボードワンは両手首を鎖で鉄製ベッドの枠にくくりつけられ、仏頂面で両足を投げ出している。ノエルに気付くと彼は尊大に顎を反らした。服装や見張りの態度から傭兵の雇用主と察したのだろう。

「おい、貴様。さっさとこの鎖を外せ。ニスティアの国王に対して不遜であろうが」

「おまえはもう国王ではない。すでに王位はルヴィエ公爵に移行した」

冷淡に吐き捨てられ、ボードワンは目を剝いた。

「儂はそんなこと認めんぞ！　これは不当な簒奪《さんだつ》だっ」

「不当な簒奪を行ったのはおまえのほうだ。おまえはかつてルヴィエ公爵と王位を争った際、カネをばらまいて自分への支持を取り付けた。当時おまえから賄賂を受け取った者たちが証言した。不正によりおまえは失格、ルヴィエ公爵カンタン・ルルーシュがニスティア国王となった。王都の司教はこれを認め、国内の教会・修道院の長も恭順の意を示している」

「ふざけるなっ、この国の王は儂だ！」

ボードワンは激昂して吼え立てた。手枷に繋がれた鎖がガシャガシャとけたたましく鳴る。

「そう思っているのはおまえだけさ」

冷たく笑うノエルを、ボードワンは息を切らせて睨んだ。

「……貴様、何者だ。名を名乗れ」

「ノエル・ディ・フォルジ。フィリエンツを拠点とする商人だ」

「そうか、貴様がルヴィエの資金源だな。何が目的だ？　この国で商売したいなら儂が便宜を図ってやるぞ。ルヴィエなんかより儂と手を組んだほうがずっと儲けられる」

「あいにく俺の目的は儲けることではない。おまえを破滅させることだ」

ボードワンはぽかんとし、次いでげじげじ眉を吊り上げた。

「儂を破滅させるだと？　何を言うか、フィリエンツの商人なんぞに怨まれる謂われはない！」

「俺はかつてニスティア人だった。そのときの名はノエル・デフォルジュ」

「デフォルジュ？　どこかで聞いたような名だな……」

考え込んだボードワンは、やがて思い当たった様子で目を瞬いた。

「昔、そういう名の園丁を雇っていた……」

そう呟いて彼は顔をしかめた。彼がどういう最期を遂げたのかも思い出したのだろう。

「俺の父だ」

ノエルが告げると虚を衝かれたボードワンの顔から次第に血の気が引いていった。

「おまえ……っ、あのときのガキか!?」

フッとノエルは冷笑を浮かべた。さすがにボードワンも度肝を抜かれて色を失う。ノエルは彼の蛮行の生き証人だ。

「生きていたのか……。くそっ、あのとき確実に殺しておくんだった。まさかリュディヴィーヌの駆け落ち相手が園丁ふぜいだったとは」

忌ま忌ましげに毒づくボードワンを、ノエルは目を眇めてじっと見つめた。

(なるほど……。駆け落ちだと思われたんだな)

リュディヴィーヌは鞄に服を詰めていた。旅行の予定もない彼女がそんなことをしていれば家出を疑われても無理はない。怒りに任せてボードワンはリュディヴィーヌを凌辱した。そこへノエルが現れたため、ボードワンはふたりが駆け落ちを目論んでいたと思い込んでしまったのだ。

ボードワンは毒々しい緑の目をぎらつかせて独りごちた。

「リュディヴィーヌは儂のものだ。儂だけの……。それが他の男と駆け落ちだと？　許さん、絶対に許さんぞ……!」

「——ひとつ訂正しておこう。俺とリュディヴィーヌはそのような仲ではない」

冷ややかに告げるとボードワンは我に返ったように目を瞬き、狷介《けんかい》な目つきでじろじろとノエルを睨め回した。

「リュディヴィーヌの情人《いろ》ではないというのか？」

「下種の勘繰りだな。俺はただ大事な話を聞いてほしいと呼ばれただけだ。まさか家出を考えているとは思いもしなかった」

「それは本当か？　本当に貴様はリュディヴィーヌとできていなかったのか？　嘘ではあるまいな!?」

「嘘などつく必要がどこにある。もしも俺が恋人だったら逃げ出したりするものか。おまえをぶん殴ってでも彼女を連れて逃げたさ」

「は、は、は！　そうだな、確かにそうだ。わはははは！」

ボードワンは箍が外れたように哄笑し始めた。

「そうか、そうか。だったらデボラは間違いなく儂の子だ。リュディヴィーヌに生き写しのデボラ！　姉上にそっくりなデボラ！　三人とも儂のデボラだ！　わははっ、わーっははははっ……！」

鎖をガシャガシャ鳴らし、足をどすどすベッドに打ちつけて哄笑するボードワンを、ノエルは蠢く蛆虫《うじむし》でも見るような厭悪《えんお》の目で斜に眺めた。

「何がそんなに可笑しい」

「これほど喜ばしいことがあるか!?　デボラには卑しい平民の血など一滴も混じってはい

ないのだ！　姉上に産ませたリュディヴィーヌ、リュディヴィーヌに産ませたデボラ。なんと美しい、純血の娘よ……！　はぁはぁ、わ……儂はリュディヴィーヌを信じてやるべきだった。デボラはおまえの子ではなく儂の子だと。だが儂は疑心暗鬼になり、家令に命じてデボラを余所へ預けさせた。儂の子でないなら育てる意味はない」

「だが結局は引き取った」

「使い道を思いついたのだ。国王になった儂には王女が必要だ。政略のために他国へ嫁がせる王女が。儂の子でなくとも、リュディヴィーヌの産んだ子であればいちおうは儂の血筋だ。孫だからな。しかしあれは偽者だった。本物のデボラはここにいた……。いったいどういうことだ!?　儂にもリュディヴィーヌにも似ていないのは父親に似たせいだと思っていたが、おまえがリュディヴィーヌと関係していないなら──」

「赤の他人に決まってるだろう。おまえが引き取った『デボラ王女』は本物のデボラが預けられていた旅籠の主人夫婦の娘だ。贅沢できると見込んですり替わったのさ。本物のデボラは俺が先に大金を積んで買い取っていたからな」

　ボードワンは愕然とした面持ちでノエルを見た。

「買い取っただと……？」

「おまえに殺された妹の代わりに大切に育ててやったよ。名前もビアンカに変えさせた。おまえが見た、あの娘だ」

「やはりあれが本物のデボラだったんだな！　儂の娘、美しい純血の娘……！　誰にも渡さん。あれは儂のものだ。三代にわたって血を純化してきた。儂とデボラの間には完璧な息子が生まれるはずだ。できそこないのオーギュスタンとは比べものにならぬ、純血の王子が……！」

昂奮に顔を紅潮させ鼻腔を膨らませるボードワンにノエルは顔をゆがめた。そのおぞましい顔に唾を吐いてやりたい。

「ケダモノにも及ばぬ下種な怪物め。そのために実の姉から始まって次々毒牙にかけたのか」

「貴い血筋を取り戻すためだ。本物の王族を復活させるには血統に入り込んだ卑しい血を取り除かねばならぬ……」

自らの言葉に酔ったように、ボードワンは血走った目を恍惚と見開いた。いつから彼がこんな妄想に取り憑かれたのかはわからない。単に実の姉への劣情を正当化するためだったのかもしれない。そこにひとかけらでも愛があったとは思えなかった。ただ歯止めの利かない欲望だけが荒れ狂い……姉のデボラもリュディヴィーヌも人生を破壊された。

リュディヴィーヌ。彼女はどんな思いで娘を産んだのだろう。お産の血が止まらずに亡くなったとき、彼女は何を思ったのだろう。そのとき側にいられたら……と初めてノエルは切望した。彼女の短すぎた寂しい人生に胸が潰れそうになる。

リュディヴィーヌの物憂く儚げな微笑が、ビアンカのはじけるような笑顔に重なった。

あの子を愛して、と彼女が囁いた。大切にしてあげて。あの子は何も悪くないの。あの子の背負わされた罪は、けっしてあの子自身の罪ではないのだから……。

(ああ、わかってる)

最初からわかっていた。ただそれを認めたくなかったのだ。夜空を焦がして燃え上がった生家のように、この胸を焼き焦がす復讐の炎を掻き立てるために、憎悪という薪をくべ続けた。そうしながらビアンカを亡き妹の代わりとして扱い、燃え盛る地獄の溶鉱炉に蓋をしていた。

その蓋がはじけ飛んだのは、どちらのせいとも言えない。互いの愛がぶつかっただけ。ずっとビアンカはノエルをひたむきに愛し続けていた。そしてノエルは愛してはならないと葛藤しつつビアンカを愛さずにはいられなかった。

(そうだ。俺はビアンカを愛していたのだ)

ずっと愛してた。憎みながら愛していたのだ――。

それをあの子に言ってあげて、と幻のリュディヴィーヌが囁く。あの子は愛するために生まれてきたの。あの子の純な心を受け止めて。あの子の無垢《むく》な魂を。

きっとそうしよう、と幻のリュディヴィーヌにノエルは誓った。彼女の微笑みが清らかな光となり、ノエルはつかのまの幻視から現実に立ち戻った。

目の前では醜悪な男が繰り言をわめき立てていた。なんと無様な。ゆがんだ欲望のままに生きてきた男はもはや人間とも思えない。おぞましい怪物だ。

この世に災いを齎《もたら》す怪物を地獄へ送らなければならない。だが、その前に生き地獄を味わわせてやろう。『死の天使』として。

「──スープは美味《うま》かったか？」

唐突に訊かれ、ボードワンがきょとんとした顔になる。ノエルは無表情に繰り返した。

「おまえが喰った茸のスープは美味かったか、と訊いた」

「あ、ああ。美味かったぞ……？」

ボードワンは我に返って頷いた。ノエルは口の端に冷酷な笑みを浮かべた。

「それはよかった。おまえのために特別に作ったんだ」

面食らってノエルを眺めていた男が、ハッと顔色を変える。

「ま、まさかあの茸……!?」

「おまえが喰ったのはドクツルタケだ。別名〈破壊の天使《デストロイングエンジェル》〉。白くてきれいな茸さ。猛毒でも食えば美味いそうだが、本当だったらしいな」

ノエルは呆然とする男ににんまりした。

「口にして半日から一日で激しい腹痛、嘔吐《おうと》、下痢《げり》の症状が現れるが一日ほどで収まる」

硬直していたボードワンの顔がホッとゆるんだところで、すかさずノエルは続けた。

「その後数日で黄疸が現れ、肝臓や腎臓の組織が破壊されて悶え苦しむ。そして最期には真っ黒な血をたらいいっぱい吐いて死ぬ」

ふたたびボードワンの表情が固まり、蒼白になってだらだらと冷や汗を流し始める。

「……う、嘘だろう？」

「もちろん本当だ。一本でも大人ひとりが死ぬには充分なところ四本入れたそうだから、絶対確実だな」

「解毒剤は⁉　解毒剤を寄越せ、金ならいくらでも払う！」

悲壮に絶叫する男をノエルはせせら笑った。

「解毒剤はない。存在しないんだから、いくら金を積んだところで手に入るものか」

「この野郎！　よくも、よくもォォォっ……！」

「死ぬまでに一週間くらいかかるから、迫り来る死をじっくり楽しむといい。最期には昏睡状態に陥るが、それまでは意識もはっきりしてると言うしな」

くくっとノエルは低く笑った。

「清らかな修道女たちがおまえのために祈ってくれる。安心して死ね」

「いやだぁっ、死にたくない！　死にたくない！　助けてくれェェェっ！」

狂乱してわめきちらす男を冷たく一瞥し、ノエルはくるりと背を向けた。廊下に出て、監視役の傭兵に命じる。

「あまり騒ぐと修道女たちに迷惑だ。猿ぐつわでも噛ませておけ」

「はっ」

傭兵はきびきびと一礼して中に入っていった。怒鳴り声が急にくぐもり、絞め殺される動物のような呻き声がかすかに聞こえた。

ノエルは肩を揺らして短い哄笑を上げ、ふーっと深い溜め息をついた。そして晴れ晴れとした笑みを浮かべて回廊を歩いていった。

修道院の玄関にヴァネッサが佇んでいる。

「帰るのか」

「まさか！　最期まで見届けるわよ。看病しながら昔話をしてやるの。あの男のことだからすっかり忘れてるだろうし、なんとしても思い出させてやらないとね。他にも看護人が大勢来る予定になってるわ。あの男を恨んでいる人間は山ほどいる。あなたはいいの？」

「気が済んだ。あの男の絶望顔を見たら胸がスッとしたよ。王都でまだやることもあるし」

「ああ、あの偽王女様」

ノエルは頷いた。

「一家全員、身柄を押さえてある」

「どうするつもり？　本当の身元を明かす？」

「あくまで王女として弾劾してやるさ。本人が馬脚を現すのは勝手だが、たぶん誰も信じないだろうな」

「あなたってほんと悪い男よねぇ」

くすくすとヴァネッサは笑った。

「そういうところ、だーい好き。ねぇ、わたしを愛人にしない？　お姫様を立ててうまくやるから。絶対でしゃばったりしないわ。あの子かわいくて、わたし好きなのよね」

「それは無理だな。そもそもきみが妙に迫ってきたのがぎくしゃくの原因だ」

「見られちゃったのは偶然よ。わざとじゃないわ」

プン、とヴァネッサは唇を尖らせた。

「今の生活から足を洗いたいなら援助するが？」

「ありがたいお申し出だけど遠慮するわ。今さら堅気に戻れるわけもなし。こうなったら半社交界《ドゥミモンド》の女王を目指そうと思うの。そうね、とりあえず新国王の愛妾にでもなろうかな」

「がんばるんだな、ルヴィエ公爵は堅物だぞ」

「あら。じゃあ、坊ちゃんのほうにしようかしら」

「おまえも悪い女だな」

呆れたように嘆息するノエルの頬に、ヴァネッサは素早くキスして踵を返した。

「じゃあね〜。お姫様とお幸せに」

振り向けば帰り支度を整えたビアンカがリディを従え、唖然とした顔で歩廊の先に突っ立っている。ヴァネッサはとびきりの笑顔でにっこりとビアンカに笑いかけ、鼻唄まじりに去っていった。ぽかんと見送っていたビアンカは憤然とノエルに駆け寄った。

「あの人誰!?　キスしてた！」

「頬にだろ。別れの挨拶だよ」

「付き合ってたの!?」

「そういう意味じゃない」

ノエルは目を丸くしているリディに先に行けと目配せした。彼女が荷物を持って玄関から出て行くと、ノエルは眉を吊り上げているビアンカに向き直って嘆息した。

「ヴァネッサは『仲間』だ。いろいろと力を貸してもらったんだよ」

あ、とビアンカは瞠目し、きまり悪そうに肩をすぼめた。

「あの人に立ち聞きしてるところを見られちゃって。なんだかどこかで見たことあるような気がしてたんだけど……。ノエルの書斎にいた人じゃない？」

「計画の打ち合わせをしてたんだ」

「彼女も……あの人に怨みがあるの？」

ボードワンを父とも名前でも呼びたくないらしく、ビアンカは困ったように口ごもりつつ尋ねた。

「ヴァネッサはギャロワ公爵の領地に住んでいた小作農の娘だ。ボードワンがまだ公爵だった頃、狩猟に出かけたあの男を父親に言われて接待したところ、美貌に目をつけられて手込めにされた」

「ひどい……！」

「彼女には幼なじみの許嫁がいて、まもなく挙式の予定だった。事件を知った許嫁は奴の無体を国王に直訴すると猛抗議して……殺されてしまった。彼女の家族も、許嫁の家族まで……。俺より酷《むご》い目に遭ってる」

「それで、彼女も復讐を……？」

「ヴァネッサは美貌と才気を生かして高級娼婦《ドゥミモンデーヌ》になった。彼女の顧客には貴族や有力者がたくさんいる。王太子のオーギュスタンもそのひとりで、彼女はいろいろと有益な情報を聞き出してこちらに流してくれた」

「そうだったの……」

「さぁ、もう行こう」

肩を抱かれてビアンカは素直に歩き出した。玄関に横付けされた馬車にはすでに荷物が積み込まれている。ふたりが来るのを馬車の傍らでリディが待っていた。

走り出した馬車の窓からビアンカは遠ざかる修道院を眺めた。父はどうなったのだろうかという思いが心の片隅をふとかすめたが、見知らぬ人の行く末ほどにも関心は持てなかった。もう二度と会いたいとは思わない。あの男を目の当たりにすれば厭でも自分の忌まわしい出自を突きつけられることになる。

（わたしはビアンカ。デボラじゃない）

向かいに座ったノエルと目が合うと、彼はちょっと困ったような、あるいは少し照れたような笑みを仄かに浮かべた。それだけでビアンカの心はあたたかいもので満たされる。

視線に気付いたリディが嬉しそうににっこりした。

ノエルの側なら自分は純白《ビアンカ》でいられる。彼が名付けてくれた名前。彼に名を呼ばれるたび、少しずつ赦されていく。

同じように、ビアンカの名を呼ぶたびにノエルが癒やされてくれたら。側にいることで彼の孤独を埋めることができたら。ビアンカが望むのはそれだけだ。他には何もいらない。

ふと、自分が名前をもらった祖母《デボラ》のことを思った。二度と会うことはないだろう。遠くから彼女の心の平安を祈りたい。ビアンカを気遣ってくれても、会えば必ず忌まわしい過去が思い出されてしまうだろうから……。

一度だけ舞踏会で顔を合わせたオーギュスタン。異様に睫毛が長い、病的な美貌の青年。異母兄とは知らぬまま生理的嫌悪感を掻き立てられた。

（どうでもいいわ。ビアンカ《わたし》には関係のない人だもの）

「――お兄様、わたしフィリエンツに帰りたいわ」

心のままに訴えるとノエルは目を瞬いて微笑んだ。薄青い氷のような瞳が優しい水色に融ける。

「そうだな。仕事が終わり次第、戻ろうか」

「なるべく早くよ？」

ああ、と彼は頷いた。かつて甘えかかる『妹』に向けたのと同じ穏やかな表情で。

ビアンカはすっかり満足して座席にもたれた。ゴトゴトと揺れる馬車から青空を見上げ、独りごちる。

「綺麗な空だわ」

ノエルが空に目を向ける。彼の青い瞳は空よりももっと綺麗だと、ビアンカは無心に彼を見つめて心の中で呟いた。

終章

　王都は意外なほど落ち着いていた。騒ぎが起こったのは王宮や宮廷貴族の屋敷が建ち並ぶ右岸で、しかも襲撃されたのは王宮だけ。王都の一般住民が事態を知ったのは日が昇ってだいぶ経ち、国王代官の公告が広まってからのことだった。

　これほど迅速に叛乱が成功を収めたのは、宮殿を守る軍隊がほぼ傭兵部隊で占められていたこと、正規軍である近衛隊がまったく機能しなかったことによる。

　帰宅して数日は落ち着かなかった。館には様々な人々が訪れてはノエルと密談していった。夜になってから外出することも多い。新国王と秘密会議を行っているらしい。ノエルはフィリエンツ公国でも君主の私的な財務顧問を務めているので、新国王に財政的な助言をしているのだろう。

　市街地で戦闘があったわけでもなく、新国王は前国王が不当に引き上げた税率を元に戻すと確約したので市民たちは喜び、街はすぐに平静を取り戻した。

前国王ボードワンは家族を見捨ててひとり逃亡した挙げ句、追い詰められて自殺したと発表されたが同情する者はいなかった。私欲のために圧政を敷く前国王はすでに愛想を尽かされていたのだ。

王太子オーギュスタンは王都を貫くザビ河の水門で変わり果てた姿となって発見されたが、彼もまた多くの人から怨まれ、顰蹙を買っていたので、ろくな葬儀も行われないまま王家ゆかりの教会の墓地の片隅に葬られた。詣でる者もなく、墓標代わりの石も誰かに持ち去られて、その場所はすぐに忘れられてしまった。

元王妃アポリーヌと元王女デボラ——実は旅籠の娘コランティーヌ——は税金の使い込みや詐欺行為、召使の虐待などで告発され、王宮前広場で晒し刑にされた。王都の住民は寄ってたかってふたりを罵倒し、野菜屑や腐った卵、売れ残りの魚などを投げつけた。アポリーヌは屈辱に震えながらも黙って耐えていたが、デボラことコランティーヌは『自分は王女ではない』と金切り声でわめき立てて人々の失笑を買い、ついには大量の馬糞を浴びせられて気絶した。

晒し刑は一週間、日の出から日没まで続けられ、ようやく刑が終了するとアポリーヌは着の身着のまま修道院へ駆け込み、二度と世間に姿を現さなかった。義理の娘がすり替わった偽者だと気付いていたのかどうかはわからない。どちらにしても情を感じてはいなかっただろう。

コランティーヌは牢から出されてまもなく行方知れずになった。その後、自分は王女だと吹聴する頭のおかしな娼婦がいるという噂が場末で流れたが真偽は定かではない。王女のお気に入りとして権勢をほしいままにしていた元旅籠の経営者一家はすべての財産を取り上げられ、住んでいた豪勢な屋敷を身ひとつで追い出された。その後彼らがどうなったのかは知られていないが、よく似た物乞いを裏町で見かけたと言う人もいる。

ビアンカは屋敷に引きこもって静かに暮らしていた。今はただ一刻も早くノエルとともにフィリエンツに帰りたい。

なるべく早く帰国するとノエルは言ったが、実際には諸事情でなかなかニスティアを離れられなかった。その代わり彼はビアンカを夜毎愛してくれた。情熱的に愛し合い、ビアンカが眠りに就くまで腕に抱いていてくれる。

今夜もまた、ビアンカがうとうとしていると傍らに優しいぬくもりが滑り込んできた。ビアンカは夢見心地で彼の頬に手を伸ばし、くちづけをせがんだ。

「ん」

唇をふさがれ、うっとりと放心する。ノエルは夜着を捲り、乳房をゆっくりと揉みしだきながらビアンカの舌を吸いねぶった。ちゅぷちゅぷと口腔を貪られると身体の中心に甘い疼痛が引き起こされ、ビアンカは淫らに腰をくねらせた。

早く欲しくて彼の下腹部に手を伸ばす。ノエルはすでに裸体だった。逞しい男根に直に触れ、指を巻きつけてそろそろと扱くと彼は低く忍び笑った。

「せっかちだな」

「欲しいの……」

「これが？」

「ん」

「どこに」

頬を染めながらおずおずと脚を開く。

「いやらしいな」

くくっとノエルが笑うと官能的な低声に尖った乳首を羽で撫でられたかのようにゾクゾクしてしまう。彼は身を起こし、ビアンカの膝を摑んで大きく割り広げた。

「真紅の薔薇みたいに真っ赤になってる」

彼は身をかがめ、ぷっくりとふくらんでいる花芽にキスした。根元からねろりと舐め上げられ、痛いほどの快感が込み上げる。

「あ！　あんんッ……」

ぎゅっと口許を押さえ、ビアンカは腰を揺らした。ノエルが舌を使う水音が淫靡に響く。

「ん……ん……」

性感が高まるにつれて顎が上がり、ビアンカは背を反らして最初の絶頂に達した。ひくひくと柔肉が戦慄き、熱い蜜が奥処からどっとあふれる。じゅうっと強く吸われると快感と羞恥とで瞳が濡れた。

「早いな。もう達してしまったのか」

顔を上げたノエルが唇を舐め、甘い口調で詰る。唇を押さえたままビアンカは涙目でこくこく頷いた。彼に花芽を吸われ、舌先でくすぐられるだけで容易に恍惚となってしまう。

「感じやすいのか、淫乱なのか。あるいはその両方かもな」

揶揄されても下腹部が疼いてしまう自分はたぶん両方なのだろう。ノエルに淫乱と詰られることに、ビアンカは倒錯的な愉悦《ゆえつ》を覚えるようになっていた。詰られながら繰り返し絶頂させられたせいで習い性になってしまったのかもしれない。

最高級の毛皮を思わせる光沢をおびた甘いバリトンで囁かれると下腹部が激しく疼き、とめどなく愛蜜を垂れ流してしまう。そんな自分は確かに淫乱であるに違いなかった。

彼は勃ち上がった太棹をビアンカの目の前で見せつけるように扱いた。目を瞠り、思わずこくんと喉を鳴らしてしまう。くくっと笑われて赤面しながらも長大な一物から視線を逸らせない。最初は凶器みたいで怖かったのに、今ではそれが欲しくてたまらず、あさましく媚肉が疼いてしまう。

ビアンカは肘をついて身を起こし、おずおずと顔を近づけた。先端にちゅっとキスをして淫涙をにじませる小さなくぼみを舌先で舐める。そのままこぷりと呑み込み、唇と舌を使って夢中で扱いた。

唇が前後するたび、ちゅるっ、ちゅぷっと淫靡な音が上がる。ビアンカは彼の腰に手を添え、一心不乱に口淫を続けた。含みきれない唾液が口の端からこぼれ、顎を伝って滴り落ちる。

「……好き者め」

ノエルの甘い揶揄はどこか満足そうでもある。彼はビアンカの髪を指でゆっくりと梳きながら呟いた。

「そんなに美味いか、俺のものは」

「ん、ん」

屹立を口に含んだまま懸命に頷く。彼は微笑んでビアンカの頬を撫でた。褒められたようで嬉しくなり、さらにねっとりと舌を這わせて心を込めて奉仕する。軽く腰を揺らしながら彼は独りごちるように呟いた。

「……今日、王宮でおまえの話が出た」

しゃぶりながら不思議そうに目を上げるとノエルはビアンカの頭をそっと撫でた。

「プレヴァン侯爵――アンドレ王太子だな、今は――彼がおまえを娶りたいそうだ」

娶る……？　と目顔で尋ねると彼は皮肉っぽく唇をゆがめた。

「つまり、おまえを王太子妃に迎えたいということだ」

目を丸くして動きを止めながら、それでも雄茎を銜えたままでいるビアンカにノエルは苦笑して肩をそっと押した。唾液と先走りの混じった淫靡な糸を引いて剛直がちゅぽんと飛び出す。思わず不服の声を洩らすビアンカを、ノエルは胡坐を掻いて抱き寄せた。

「嬉しいだろう？」

「嬉しくなんかないわ」

膝立ちの格好で肩に腕を回し、ビアンカは彼を睨んだ。

「何故だ？　王太子妃になれるチャンスじゃないか。もともとおまえは公爵令嬢、先日までは王女だったわけだし……アンドレと結婚すれば元の身分に戻れる」

「わたしは天涯孤独な捨て子でノエルに拾われたの。それでいいの。ううん、それがいいの。そうでなくちゃ厭」

ビアンカはぎゅっとノエルに抱きついた。

「アンドレと結婚しろなんて言わないで」

「俺はただおまえの気持ちを訊いただけだ」

「わたしはノエルの側にいたい」

正面から見つめ、きっぱりと告げる。彼はビアンカを見返し、狡猾とも取れる笑みを浮かべた。

「そんなに俺がいいのか」

「ノエルじゃなきゃ絶対厭。他の人なんか死んでも厭よ」

「ふぅん？　俺以外にもおまえのいやらしい身体を満足させてくれる男はいるかもしれないぞ」

彼の指が茂みをかいくぐり、濡れた媚蕾をきゅっと摘まむ。ビアンカはびくんと肩をすぼめた。

「い、いるわけないわ。わたしはノエルじゃなきゃ……厭……だもの……ッ」

性感の固まりのような花芯をぐにぐにと弄られ捏ね回されてビアンカは背をしならせた。花芽を扱きながら同時に指を挿入され、軽く引っ掻くように内壁を探られてびくびくと身体を震わせる。

「それはどうかな。こんなに感じやすいんだから、他の男にされても……」

「いじわる……言わないで……っ」

泣き声を上げ、ビアンカは彼のうなじに腕を回して抱きついた。喘ぎながら腰をくねらせればたわわな乳房が揺れる。ツンと尖った乳首をぺろりと彼は舐めた。

「ぁんッ」

「ほら、乳首だけでココが締まった」

ビアンカは真っ赤になった。言われなくても自分が挿入された彼の指をきゅうきゅう締

めつけてしまったことはわかる。

「ノエルだから……。ノエルにされると……なんでも感じてしまうの……っ」

「仕方ないな、おまえはとんでもない淫乱だから」

ビアンカはこくんと頷き、彼の頬に手を添えて唇を重ねた。

ノエル以外に淫乱なんて言われたら腹が立つし、徹底的に否定する。絶対自分はそうではない、と。それなのに、ノエルにそう言われると反発するどころか腰骨がとろけるような甘美な陶酔を覚えてしまうのだ。貶められるのではなく、逆に褒められているようでうっとりする。もっと淫乱になって彼に尽くしたいとさえ願ってしまう。

そんな自分はきっとどうかしているのだろう。それは濃すぎる血のせいかもしれない。一度目覚めたビアンカの官能は一気に開花し、危うい幼さを残した背徳的な妖花となった。その蜜がこぼれるのはノエルに触れられたときだけ……。そんな奇妙な確信がある。

一目見た瞬間、ビアンカは彼に魅せられていた。単に好きだとか愛しているとかいうのではなく魅了されてしまったのだ。もちろん大好きだし、心から愛してる。だが、そういった感情以上に惹きつけられ、魅惑されている。いや、蠱惑《こわく》と言ったほうがいい。

ビアンカにとって異性として意識できるのはノエルだけだった。それはもう宗教的な法悦も同様だ。そう思えばやはり自分はあの異常な男の娘なのだと嫌悪しつつも納得できてしまう。特定の誰かに異様に執着する傾向は、ビアンカがあの怪物から否応なく受け継いでしまった呪いなのだ……。

ビアンカは腰をくねらせながら懇願した。

「……あ、あ、ノエル……。わたしを離さないで。側にいさせて。なんでもするわ。なんでもするから、お願い……」

にゅくりと指を抜き出され、ビアンカは身体を痙攣させた。ひくひくと中途半端に媚肉が戦慄いている。ノエルの底光りするまなざしに、お腹の奥がぞくぞくした。

「王妃になれなくてもいいのか」

「王様がノエルでないなら、王妃になんてなりたくないわ」

そう言うと彼は当惑したように眉をひそめ、少し考え込んだ。

「……ふむ。ならば王になるしかないな」

「え……？」

目を瞠ると同時に視界がくるりと反転し、ぽすんと背中がシーツに落ちる。ノエルはすかさずビアンカの腰を持ち上げ、一気にずぷりと貫いた。

ずん、と奥処を突き上げられる快感にクラクラと眩暈がする。

「はぁん……」

ビアンカはうっとりと悦楽の吐息を洩らした。挿入される瞬間がいちばん好きだ。たまらない、この充溢感。固く締まった太棹で隘路をいっぱいにふさがれ、ずぷずぷと突き上げられる快感に優るものはない。ビアンカは声を抑えるのも忘れ、甘ったるく喘いだ。

「あぁ、悦い……」

「気持ちいいか」

「んっ……。気持ちぃ……すごいの……あぁ、ノエル。もっと……もっとしてぇ……」

「……ふ。俺のお姫様は、しようのない色情狂《いろぐるい》だな」

残酷な言葉を甘い口調で紡ぎ、ノエルは激しく腰を打ちつけた。がくがくと揺さぶられながらたちまちビアンカは上り詰め、のけぞりながら絶頂した。空中で揺れる爪先がきゅっと丸まって痙攣する。

蜜襞のこまやかな蠕動をじっくりと味わい、ノエルは怒張したままの屹立を引きずり出した。恍惚と放心しているビアンカに『後ろを向け』と冷たく命じる。

ビアンカはのろのろと手をついて体勢を入れ替えると、四つん這いになってお尻を突き出した。ノエルは雪白の双丘を両手で掴み、ぐいと割り広げた。薔薇色の肉襞がくぱりと開き、あふれ出した淫蜜がとろとろと腿を伝ってゆく。

ノエルは剛直の先端を蜜口にあてがい、ぐっと腰を進めた。濡れそぼった花弁は抵抗することなく柔軟に雄茎を受け入れた。

「んッ……」

先端がずぅんと奥処を穿ち、下腹部に甘だるい衝撃が走る。瞼の裏でチカチカと光が瞬いた。ノエルは一呼吸置くとビアンカの腰を摑み、猛然と腰を打ちつけ始めた。

濡れた肌がぶつかるたび、パンッ、パンッと淫らな打擲音が上がる。ビアンカはシーツに頰を押しつけ、抽挿されるままに揺さぶられた。快楽にとろけた瞳はすでに焦点を失い、朦朧と恍惚の中を漂っている。甘い喘ぎ声だけが蝋燭に照らされた仄暗い寝室に響いた。

後背位でも繰り返し絶頂させられ、ビアンカの理性はすでに蒸発しきっていた。とろんとした焦点の合わない瞳で喘ぎながら淫靡な睦言を口走る。気持ちいいと繰り返し、もっともっとと舌足らずに懇願した。

「ひぁ、あ、あんっ、ノエルっ、ノエルぅ……！　すき……すきなの……。んっ、んっ、んぅ……」

身体を支えきれずに突っ伏して、ビアンカは半狂乱に泣きむせんだ。後ろから散々責めたてるとノエルはビアンカの身体を引き起こし、膝に乗せた。挿入されたままの淫楔がさらに深く蜜洞に食い入り、下りてきた子宮口をごりごりと突き上げる。

「……この体位が好きだったな」

「んっ、好き……っ。気持ちぃ……」

背後から伸ばした腕で上気した乳房を鷲摑みにしてぐにぐにと捏ね回し、揉み絞る。ビアンカの肩に顎を乗せ、ノエルは舌を伸ばして首筋から耳の後ろにかけてねろねろと舐め回した。

耳朶を甘噛みしながら彼は囁いた。

「何故好きなんだ？　言ってみろ」

「ぁ……。ぜん、ぶ……一緒にして、もらえる、からっ……。ずんずんしながら、むね……ぐにぐにされて……キス、も……」

唇をふさがれ、卑猥な睦言が途切れる。代わりにちゅぷちゅぷと淫らな接吻の音が上がった。無我夢中で舌を絡めるビアンカは、薄闇にくねる上気した肢体を食い入るように凝視している目があることにはまるで気付かなかった。

暖かい季節ゆえベッドの帳はくくられており、中で何が行なわれているかは一目瞭然だ。その扉はノエルが入ってきたときから少しだけ開いていた。閉め忘れたのではない。わざと開けておいたのだ。扉の隙間から覗く目は、瞬きさえ忘れたようにビアンカの痴態に見入っている。

次第に荒ぶってゆく呼吸音はベッドの軋みと嬌声に紛れた。そうでなくても快楽に耽溺するビアンカに聞こえはしなかっただろう。

見られているとも知らず、ビアンカは淫らに腰を振りながら舌足らずにねだった。

「ノエル……っ。なか……ちょうだい……。ね？　お願い、いいでしょ……？」

「中に出してほしいのか？」

ビアンカは無我夢中で頷いた。

「出して。いっぱい中に出してぇ……！」

「さて、どうするか」

ノエルはビアンカの尖った乳首を摘まみ、こりこりと左右に紙縒りながら焦らすように呟いた。

「お願い……」

すすり泣くように繰り返し懇願すると、彼はわざとらしく嘆息した。

「まぁ、いい。よくできたご褒美《ほうび》だ」

すでに理性の飛んだビアンカは言葉のニュアンスなど気にも留めなかった。

ノエルはビアンカの身体を押し倒し、ぴたりと身体を密着させてずくずく腰を打ちつけた。次第にストロークが短くなり、ノエルは呻くように熱い吐息を洩らした。

「……っ」

ノエルが低く唸ると同時に熱い奔流が蜜襞に浴びせかけられる。それに反応して媚肉が痙攣し、雄茎をきゅうきゅう締め上げた。

ノエルは背中からビアンカをぎゅっと抱きしめ、繋がった腰を何度も押しつけた。そうして欲望を出しきり、脱力した身体を抱きしめたまま横倒しになって荒い息をつく。

身を起こして顔を覗き込むと、ビアンカは目を閉じ、ぐったりとしていた。目的を達した欲望をゆっくりと引き抜く。ビアンカは無意識に甘い吐息を洩らした。

ノエルはビアンカの身体を上掛けで覆い、化粧着を引っ掛けてベッドから出た。細く隙間の空いた扉を無造作に引き、廊下に出て扉を閉める。

廊下の灯はすでに落とされていたが、ガラスの火屋《ほや》のついたオイルランプがひとつ床に置かれている。その側にテイルコート姿の男が壁にもたれてうずくまっていた。ノエルは扉の向かい側の壁に寄り掛かり、腕を組んで男を眺めた。

男は膝を抱え、顔を伏せている。その身体がこまかく震えているのは怒りのせいか、屈辱のせいか。たぶんその両方だろう。

「……だから言ったでしょう」

冷たく言い放つと男ははじかれたように顔を上げ、ノエルを睨みつけた。それは新たな王太子となったアンドレだった。

数時間前、彼はノエルを交えた非公式の会議を終えると話があると請うて父とノエルに残ってもらい、ビアンカとの婚姻の件をおもむろに切り出した。父王は呆れたが、王権奪取が成功したら好きにしろと言った手前だめとは言えない。

喜び勇んだアンドレは明日にでもビアンカに正式に求婚するとノエルに告げた。ところがノエルはビアンカにその気はないから無駄だと言い出したのだ。

『ビアンカ嬢が受け入れるならかまわないと言ったじゃないか！』

『彼女に受け入れる気がないから無駄だと言っているのです』

冷然とノエルは答えたがアンドレは納得しなかった。何故そんなことが言えるんだと食い下がった。辟易したノエルはビアンカが実の妹ではないことを明かした。死んだ妹と同じ年頃の孤児を引き取り、妹代わりに育てたのだと。そして、お互いの気持ちを確かめたので帰国したら兄妹の関係を解消し、結婚するつもりだと告げた。

新国王は驚いたものの、自分が口を出すことではないからと、息子にも諦めるよう言った。王位に就けたのはノエルの助力あってこそとよくわかっている新国王は、彼に無理強いするつもりは一切なかった。

逆に彼がビアンカを王太子妃にと望めば断れなかっただろうが、叛乱をお膳立てする見返りとしてノエルが求めたのは国王一家の処遇だけだった。

彼の望みはボードワンを徹底的に破滅させること。その血脈を断ち、ギャロワ公爵家を完全に断絶させることを彼は望んだ。新国王に反対すべき理由はない。

ギャロワ公爵の血筋を残せば将来の禍根となりかねない。だから彼はボードワンとその家族の処遇についてはノエルの好きにさせた。そうすれば万が一にも弑逆《しぎゃく》を疑われたときには彼に責任を押しつけられる。そんな為政者特有の狡猾な打算は、もちろんノエルもわかったうえでの取引だった。

彼はすでに目的を達した。ボードワンの死にざまは聞いていないが、あえて聞きたくもない。オーギュスタンについても同様。ノエルに叛乱計画を持ち掛けられてそれに乗ったとき、すでに従兄弟とその息子の身柄は彼に引き渡していたのだ。

父に説得されてもアンドレは頑として応じなかった。ビアンカ自身の口から断りの言葉を聞くまでは納得できないと言い張り、決闘でも申し入れかねない勢いだ。

だったら、とノエルは彼を自宅へ招いた。もう夜も遅かったが、早ければ明日にでも屋敷を引き払うつもりだと言われてすぐさまアンドレは応じた。

真夜中を過ぎ、屋敷はすでに寝静まっていた。帰りが遅くなることがわかっていたのでノエルは執事に待たずに休むよう言いつけ、鍵を持って出かけたのだった。ノエルは執事が玄関ホールに用意しておいたオイルランプを灯し、二階の寝室へ案内した。

廊下で待つよう言われ、オイルランプを渡されておとなしく指示に従った。ノエルは扉を少し開けたまま寝室へ入っていった。最初それをアンドレは気に留めなかった。

やがて隙間からぼそぼそと低い話し声が聞こえてきた。ノエルが眠っていたビアンカを起こし、事情を説明しているのだろう。

待つうちに隙間から聞こえる声や物音に妙な不審を覚え始めた。やがてそれが明らかに男女の秘め事だと確信し、アンドレは仰天した。

そろそろとドアの隙間ににじり寄って耳を澄ますと、ビアンカのきっぱりとした声が聞こえた。嬉しくなんかないわ、と彼女は言った。ノエルの科白は低くて聞き取れない。聞こえるのは彼に応ずるビアンカの声だけだ。

『アンドレと結婚しろなんて言わないで』

懇願する声に、ひゅっと息を呑む。

『わたしはノエルの側にいたい』

『ノエルじゃなきゃ絶対厭。他の人なんか、死んでも厭よ』

『ノエルだから……。ノエルにされると……なんでも感じてしまうの……っ』

身も世もなく訴える甘い声が下腹部を直撃し、どくどくと欲望に血液を送り込む。固くこわばっていく己自身をなんとか抑えようと苦闘しながら、気がつけばアンドレは壁にすがって扉の隙間から室内を覗き込んでいた。

サイドテーブルに置かれた燭台で蝋燭が燃え、薄暗いながらも室内の様子は見て取れる。最初に目に入ったのは仄白い裸体だった。ほっそりとした女性の背中がこちらを向いていた。彼女は膝立ちして、向かい合わせに座るノエルに抱きついていた。

彼女の横顔が見え、アンドレの喉が異音を発した。それはまさしく彼が一目で激しい恋に落ちた相手、ビアンカだったのだ。彼女は甘い声を上げながら腰を揺らしていた。ノエルの指で秘処をまさぐられ、彼女は厭がるどころか甘く喘ぎながら身体をすり寄せている。

『……あ、あ、ノエル……。わたしを離さないで。側にいさせて。なんでもするわ。なんでもするから、お願い……』

懇願する彼女をノエルが押し倒し、のしかかる。悦びの声が上がり、空中で白い脚が揺れた。ビアンカはノエルを受け入れ、快楽の声を上げて悶えていた。無理強いされているのだと自分をごまかすことはもうできない。ビアンカはノエルの雄を進んで迎え入れ、愉悦に打ち震えているのだ。

アンドレは憑かれたようにビアンカの裸身を凝視した。彼女は命じられるまま後ろ向きになり、伸びをする雌猫のように尻を高く掲げてノエルを受け入れた。

やがてノエルは彼女を抱き上げ、挿入したまま豊満な乳房を弄り始めた。こちらを向いているのはむろん見せつけるために決まっている。扉の隙間から覗かれていることにビアンカはまったく気付いていない。甘い嬌声を上げ、上気した身体を夢中で弾ませている。

小柄でほっそりしているのに、ビアンカの胸は少々バランスを欠くくらいに豊かだった。それがなんとも卑猥で背徳的で、アンドレはごくりと喉を鳴らした。彼女は『中に出して』とあられもなくねだっていた。

暴発しそうな危機感にアンドレは慌てて覗き見るのをやめ、膝をきつく抱えて座り込んだ。ぎゅっと目を閉じ、膝頭に額を押しつけて歯を食いしばる。耳元でドクドクと鳴る血流が、彼女の嬌声をかろうじて打ち消してくれた。

しばらくすると扉が開いて誰かが出てきたが、アンドレは顔を上げられなかった。

「……だから言ったでしょう」

嘲るような憫笑をふくんだ冷たい声に顔を撥ね上げ、声の主を睨みつける。素肌にしどけなく化粧着をまとったノエルが反対側の壁にもたれ、腕を組んで見下ろしていた。

「どうしてこんなことを……っ」

「すっぱり諦めてもらうには、これがいちばん効果的かと思いまして」

ノエルは残酷な微笑を浮かべた。

ビアンカに想いを寄せる人間など煩《うるさ》い蠅《はえ》みたいなもの。鬱陶《うっとう》しいだけだから二度と近づかないよう叩きのめす。ビアンカを愛するのも憎むのも、俺ひとりでいい。

それは俺に与えられた特権だ。与えたのは他ならぬ彼女自身。

ビアンカは自らを贄《にえ》に差し出した。俺を慰撫《いぶ》するために自ら羽を切り落とした、愚かしくも純粋なビアンカ……。ならば俺はそれに応え、煩《わずら》わしい雑音など入る余地のない完璧な鳥籠《せかい》を用意しよう。

俺はおまえを永遠に愛し、守りぬく。だからおまえは美しい鳥籠《せかい》で、俺のために優しく淫らに愛らしく歌うのだ。俺だけのために、ずっと。

それがおまえの望みだろう……？

黙り込んで肩を上下させていたアンドレが、よろよろと立ち上がる。彼はノエルを見ようともせず、ふらふら歩き出した。ノエルは床からオイルランプを取り上げ、彼の足元を照らしながら後に続いた。

玄関前に待たせていた馬車に無言で彼は乗り込んだ。居眠りしていた馭者はその振動で目を覚まし、寝ぼけ眼できょろきょろした。ノエルが頷いてみせると馭者は照れたように会釈して手綱を振るった。

二頭立ての馬車がガラガラと動き出し、たちまち夜闇に呑まれる。馬車の両脇に取り付けられたランタンだけが、しばらくのあいだ鬼火のように揺れていた。

ノエルは玄関に施錠してビアンカの寝室へ戻った。眠るビアンカの傍らに身を横たえると、彼女は吐息を洩らして薄目を開けた。

「……どこへ行ってたの？」

「どこにも」

「嘘。いなかったわ」

「いるよ、ここに」

囁いて額にキスするとビアンカは嬉しそうにくふんと笑った。

「ずっといてね？　朝になっても」

「お姫様が望むなら」

「わたし、お姫様じゃないわ」

「俺のお姫様にするって決めたんだ」

「じゃあ、ノエルは王子様？　ううん、王様よね」

ふふっと笑ってビアンカはノエルの胸に額をすり寄せた。肩を抱き寄せると彼女はうとうとしながら呟いた。

「わたしの愛しい王様。いつかわたしを……お妃にしてね……」

ああ、そうしよう。人生を捧げた復讐を成し遂げた今、俺には新たな目標が必要だ。俺はおまえの休らう鳥籠《せかい》を守るために、無冠の王になろう。

領土を持たぬ王、だが全世界が領土ともいえる王に。

俺だけを見つめ、俺だけを愛する、あまりにも純真で愚直なおまえ。

俺だけの……穢れなき純白《ビアンカ》——。

あとがき

ソーニャ文庫様では初めまして。小出《こいで》みきと申します。このたびは『復讐者は純白に溺れる』をお読みいただき、まことにありがとうございました。楽しんでいただけましたでしょうか？

せっかくのソーニャさんなので、他レーベルでは難しいタイプのヒーローに挑戦してみたいなと思いまして。編集部から「復讐」や「ザマァ」といったキーワードをいただいたこともあり、モンテクリスト伯のようなクールでダークな復讐者ヒーローを目指してみました。

対するヒロインは不遇なところをヒーローに救われ、大事にしてもらったため、ひたすらヒーローを崇めています。自己犠牲も厭わないくらい慕っていますが、一面ではものすごく執着していて、実はだいぶ変なのです。

ソーニャさんといえばもちろん「ゆがんだ愛は美しい」が信条で執着ヒーローが鉄板なのですが、ゆがんだヒロインも書いてみたいというのもありまして。ふたり揃ってゆがんでいるため、他の人では絶対に合わない組み合わせとなっております。引き離そうとすればふたりとも壊れてしまう、唯一無二の取り合わせ。最高に幸せになれると同時に、途方もなく不幸にもなりうる。そんな危うい恋人たちを書いてみたいと思いました。

ありがちですが、今回も初稿が物凄く長くなって三万字くらい削りました。設定を確認しながら書き進めるため、だいたいいつも削ることになります。一度自分で納得いくように書けば気が済むので、ざくざく削ります。今回はヒロインの幼い頃の境遇を詳細に書いた部分や、親族とのやりとり、ヒーローの過去の一部をばっさり削除しました。

わたしはもともと、暗くて重い過去を背負ったヒーローが好きなのですが、昨今はダメ出しされることが多いです。世相ゆえやむを得ないとわかっていても、好きなものを書けないのはやはりつらい……。

今回は久しぶりにダークで冷酷なヒーローが書けて嬉しかったです。もちろんヒロインに対して（だけ）は激甘なのでご安心ください。いじめてますけど。だいぶいじめてますけど、今後はずっと猫可愛がりでひたすら尽くしますから！

復讐物語って、目的を遂げたとしても虚しさが残るものですよね。復讐者にとっては、目的達成はゴールではなくスタートなのではないでしょうか。それまで止まっていた時間がやっと動き出す。そのとき彼／彼女は何を思うのか……。そんなことも考えながらストーリーを作りました。

今作のヒーローであるノエルにとって今後の人生はヒロインのビアンカを幸せにすることにのみ注がれるわけですが、そこはヒーローだいぶゆがんでますので、世界にまたがる影の大帝国とか作っちゃうんじゃないかと思います。本人もそんなようなことをぼそっと言ってますけど。

彼らの子孫は当然ながら執着心ハンパなく、時代が下ったいつかどこかで純情可憐な娘さんが精緻な蜘蛛の巣に囚われてがんじがらめになった挙げ句、豪華絢爛な鳥籠に閉じ込められたとも知らずチヤホヤ甘やかされることになるのではないか……と妄想したりしています（笑）。いや、世界的大財閥の御曹司に執着されるとか鉄板ですから！

妄想はさておき、お世話になった方々へ謝辞を。お声がけくださった編集部E様。ご異動で最後までご一緒できなかったのは残念ですが、プロットから原稿まで細かく見ていただき、本当にありがとうございました。厚く御礼申し上げます。

篁《たかむら》ふみ先生にイラストをつけていただくのは初めてで、すごくわくわくしています。表紙や挿絵のラフを拝見してニヤニヤが止まりませんでした。表紙のふたり、正面から抱き合えない葛藤やせつなさがにじみ出てますよね！　ありがとうございました。

後任編集のH様にも様々なご連絡等、大変お世話になりました。本作品の制作に携わってくださったすべての方々に感謝します。そして今、本編を読み終えてあとがきを読み進めている読者の皆様（あとがきを最初に読んでるかもしれませんが）、ほんのひとときでも物語世界に没頭していただけたのなら嬉しいです。どうもありがとうございました。またいつかどこかでお会いできますように。

Sonya ソーニャ文庫

この本を読んでのご意見・ご感想をお待ちしております。

◆ あて先 ◆

〒101-0051

東京都千代田区神田神保町2-4-7 久月神田ビル

㈱イースト・プレス　ソーニャ文庫編集部

小出みき先生／篁ふみ先生

復讐者《ふくしゅうしゃ》は純白《じゅんぱく》に溺《おぼ》れる

2022年8月8日　第1刷発行

著　　者　小出《こいで》みき

イラスト　篁《たかむら》ふみ

編集協力　adStory

装　　丁　imagejack.inc

発 行 人　永田和泉

発 行 所　株式会社イースト・プレス

〒101－0051

東京都千代田区神田神保町2－4－7 久月神田ビル

TEL 03－5213－4700　FAX 03－5213－4701

印 刷 所　中央精版印刷株式会社

ISBN 978-4-7816-9729-1

定価はカバーに表示してあります。

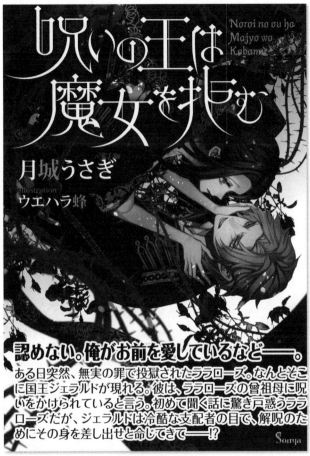